『神奇波诺』

【新西兰】海伦·布朗（Helen Brown） 著
邵文实 译

中国出版集团 现代出版社

图书在版编目(CIP)数据

神奇波诺 /(新西兰)海伦·布朗(Helen Brown)著;邵文实译. -- 北京:现代出版社,2019.3
ISBN 978-7-5143-7550-3

Ⅰ. ①神… Ⅱ. ①海… ②邵… Ⅲ. ①传记小说—新西兰—现代 Ⅳ. ① I612.45

中国版本图书馆 CIP 数据核字(2019)第 010926 号

版权登记号 01-2018-7319

神奇波诺

作　　者:[新西兰]海伦·布朗(Helen Brown) 著
译　　者:邵文实
选题策划:杨　静
责任编辑:杨　静
出版发行:现代出版社
通信地址:北京市安定门外安华里 504 号
邮政编码:100011
电　　话:010-64267325　64245264(传真)
网　　址:www.1980xd.com
电子邮箱:xiandai@vip.sina.com
印　　刷:三河市南阳印刷有限公司

开　　本:880mm×1230mm　1/32
印　　张:9.625　　字　　数:190 千
版　　次:2019 年 4 月第 1 版　　印　　次:2019 年 4 月第 1 次印刷
书　　号:ISBN 978-7-5143-7550-3
定　　价:45.00 元

献给菲利普（Philip）和我的姐姐玛丽·德赖顿（Mary Dryden）

别害怕爱上我。
即使我伤了你的心，
你的心扉也将会重新敞开。
而你将更加生气勃勃。

目录

格子呢睡衣

猫有九条命，条条须珍重。

据我所知，没有哪条法律会禁止穿法兰绒睡衣。可是，偏偏眼前这一身是墨绿色格子的，与我老爸晚年一年到头都穿着的那些睡衣一模一样。

再说了，它们也不当季啊。我们正在经历一个酷热难耐的夏季。他最不需要的就是厚重得足以御冬的睡衣了。

“你觉得怎么样？”菲利普一边说，一边神气活现地走进卧室，端出老于此道的时装模特的高冷架势。

我在枕头上调整着头部的位置，以便在不借助护颈的情况下就可以填完字谜游戏。

我怎么才能告诉我亲爱的老公，他正在不知不觉间变成了我的父亲？

不需要福尔摩斯就可推知事情的来龙去脉。菲利普在某次午饭期间踱进了一家百货商店，某个店员嗅出了他身上的味道，知道来了个冤大头。

她年方二十五岁，金发碧眼，皓齿灿然，想必她父母曾为此花过大价钱。她必定风情万种地向他招手，诱他过去摸摸布料。他就好比站在一盘菲力牛排前的小猎犬般失了方寸，穿过陈列的内衣，屁颠颠地奔向她的柜台。她想必会满面春风地觑着他，用精心护理过的纤纤玉手抚弄着御冬的法兰绒。当她指着领子上的白色绲边，曲意逢迎地让他相信那是种复古风格时，他定然已心醉神迷，忘乎所以了。老实说，绝不应该放直男们自个儿去购物。

给我当了二十二年丈夫的他是个格外善良而圆融的男人。他从来不曾抱怨过我睡觉时穿的大号 T 恤（100% 纯棉，唯此一种能让人正常呼吸），也从来没有抱怨过与之相佐的米色呆瓜裤（收于腰线处的大裤头是这世上最不为人知的经典杰作）。

一个明白事理的女人会翻身滚到自己那一侧，填完字谜游戏 [“10 下：烹饪用油（4）”]。但常识从来都不是我的强项。我忍不住要张开嘴，说新睡衣并不那么令人兴奋。我绝不是在拿他打趣。我说话的方式完全是年过五旬的人的那种。话一出口我就后悔了。他有充分的理由反唇相讥，说他发现我在写上一本书时体重增加了二十磅，或者指出我的衣物收纳理念就是把它们扔在地板上。

可他只是用那种总会令我着迷的善解人意的方式微笑着。“当心你的欲望，”他说，撩起他那一侧的被子，爬上床，在我身边躺下，“兴奋可是要付出代价的。”

这句话击中了我，如同一把铸铁锅般沉重地扣在我的头上。我们的婚姻、现代医学带来的奇迹、我们长大成人的孩子以及两个漂亮的孙女都让我心存感激，但近几个月来，我陷入了一种令人困惑的不安状态。我们在一起的生活开始有点儿，嗯，沉闷。兴奋也许是得要付出代价，不过我几乎已经准备好要为它奉上所有了。

我过去的生活并非总是如此乏善可陈。没有什么能比第一次凝视我的四个孩子的脸更让我欣喜若狂的了。有无数次，无论是一只小猫湿漉漉的鼻子，或者是脚下草地那凉浸浸的触感，都会让我突然迸发出一阵喜悦之情。我曾经是个记者，与米克·贾格尔①和保罗·麦卡特尼②这样的人物比肩为伍，可那样的生活似乎是一百万年前的事了。在曾经的那些日子里，我会拿起电话，听某个公关人士恳求我对帕瓦罗蒂③进行一对一的采访，或者去阿拉斯加或塔希提岛旅行，作为交换，我只需写几行游记而已。

近些天来，我诉诸明目张胆的拼死之计来获得些许兴奋感，但这纯属徒劳——对我和其他人都是如此。我说服了这

---

① 米克·贾格尔（Mick Jagger，1943— ）：英国创作型歌手、音乐家、作曲家和演员，滚石乐队的创始人之一。——译者注。下同。

② 保罗·麦卡特尼（Paul McCartney，1942— ）：英国创作型歌手、多乐器演奏家和作曲家。他作为摇滚乐队披头士（the Beatles）的贝斯吉他手和歌手而享誉全球。

③ 帕瓦罗蒂（Luciano Pavarotti，1935—2007）：意大利歌剧男高音。他录制了大量完整的歌剧和个人咏叹调，以其音质享誉世界，最终成为 20 世纪最杰出的男高音之一，获得了“高音 C 之王”的称号。

世上受煎熬时间最长的发型师布伦丹给我的刘海染上紫色条纹，结果惨不忍睹。尽管菲利普和他的家人都太过圆滑世故，未置一词，但我开始意识到，我新入手的红色鱼网袜就是个贻笑大方的玩意儿。百无聊赖的感觉日复一日地加深，没有最沉闷，只有更沉闷。早上去购物中心的路上，曾经像猫眼石般变幻多彩的天空像顶钢盔似的压在我的头上。过去常常落在我脚边的喜鹊，早已带着只有鸟类才可集结起的那种漫不经心的自由，振翅择其他良木而栖了。就连鸟儿也对我感到了厌烦。

看医生是个不错的选择，但我知道，她会伸手去拿处方本，并告诉我要多运动。我并不想加入那支看病女人的大军之中，她们脸上带着假惺惺的微笑，眼中戴着明艳艳的美瞳，隐藏起撕心裂肺的情绪状态。

如果我是在一本小说里，我可能会飞去法国，与一个种薰衣草的农场主搞场外遇。但是，即使我能对菲利普做出此等行径，可又有哪个自尊自爱的薰衣草农场主会看得上我呢？他会对我的半吊子法语嘲笑不已，恨我把羊角面包的碎屑撒落在了他定制的石砖地上。

取而代之的是，在一个白日迟迟的周日午后，为了活跃一下气氛，我打碎了一只盛菜的碗。我从来都不是个会摔盘子的人。当那只碗带着令人快意的声音重重落在地上时，我意识到我其实相当喜欢它。它是只德国产的白瓷碗，碗缘呈精致的波浪状，这世间可能再也找不到第二只了。过去的我会选择打碎某个廉价且可有可无的东西，比如约拿的食盆。那是个好女人，一向是那么高贵端庄，又是那么在意别人的感觉，所以不会把任何重于袜子的东西扔出去。可是，她消失了。出现在她的位置上的是个疯女人。

唯一比瓷器在地砖上炸裂的声音更令人震惊的是菲利普的脸。他的皮肤变得苍白。他的嘴唇圈成了一个圆。在一片空寂之中，我确信他会抓起车钥匙，摔门而去。他完全有权利那样做。我几乎希望他会那样做——我厌倦了成天担心他会因为我太老、太胖、太把自己当回事而离开我。

我低头盯着碎瓷片，等待着。几秒钟后，我一脸愧疚地看到他伸手去拿簸箕，然后把地板上的残片清理掉。

我们的婚姻绝非岌岌可危。如果说有什么不同的话，那就是我们的关系在最近一次与乳腺癌的擦肩而过之后加深了。在手术后的几个月里，我们就像一对遇难水手似的相依为命。然而，一旦尘埃落定，在适应了我不会因此而死去的念头后，我们就进入了安然的无喜无忧状态。就像连体梦游者一样，我们不自觉地终日循例而为，喝着咖啡，拿着情侣 iPad 坐于壁炉前。当然，还有约拿。我们那只神经错乱、需要吃药的暹罗猫期望我把每一个清醒的时刻都奉献给它。

我的预后诊断良好。但是，尽管我已摆脱了得匆忙安排自己葬礼的负担，但一部分的我却在怀念那种在边缘上摇摇欲坠的强烈感觉。

如果经验曾教会我什么的话，那就是要当心不理智的冲动。数十年前，也是那类似的强力荷尔蒙混合物把我弹射进了未成年人婚姻，在十九岁时就当上了妈妈。然而，在我与死亡来了次生死之约后，我不禁觉得，虽然时间如白驹过隙，我却想骑在它的身上飞驰，活生生地，如同我正在走向死亡。我想扼住生命的喉咙，体验它危机四伏的美丽和勃勃生机。

菲利普摘下眼镜，把它放在他那一边的床头柜上的一摞书上。他倾过身，蜻蜓点水地在我的鼻子上啄了一下，然后舒适地蜷缩在了被单下。我们总是在周日晚上九点半上床睡觉，因为接下来将是忙碌的一周。他黎明即起，大汗淋漓地骑一阵子健身脚踏车，然后跳进浴室冲澡。他刮完胡子、套上西装后，会给我端来一杯茶，还有烤吐司和覆盆子果酱。相濡以沫的生活舒适轻松，但毫无新意，令人麻木。

我的笔悬在“7 横：无聊”（E 开头的五个字母的单词）上。过道深处一阵低沉的轰隆声分散了我的注意力。那是爪子搔击地板的声音，还伴随着一连串急促且越来越大的哀嚎声。

“又来了。”菲利普在被单下咕哝着说。

我抓紧了字谜本，缩紧了臀部，为迎接袭击做好了准备。几秒钟之后，一只目光充满野性的暹罗猫蹿过卧室房门，腾身跃起，在空中飞行了一段距离后，重重地落在我的双腿之间。

约拿对我的大腿根有种根深蒂固的依恋，这让我丈夫颇有微词。我试着向他解释，说我的下身区域绵软阴湿，这对一只热爱舒适的猫而言是种无法抵御的诱惑，可每当这时，他似乎都不以为然。我不会劳神费力地去打消他的疑虑。现在地球上只剩下他和约拿两个雄性动物还会对我的隐私部位感兴趣，这时我可不想刻意地去安慰他。

约拿在它户外的“猫亭”中与想象中的毒龙大战了几个回合后，浑身透湿，意气昂扬，发出胜利的喵呜声。它转了三圈，拱进我的两腿间，在被子上摩挲个不停。一旦那猫儿确信我已令它满意地被钉在床上后，便用其长得荒诞的尾巴盖住我的膝头。我垂下手，用食指抚摩着它天鹅绒般柔软的鼻子。它像拖拉机似的发出呼噜呼噜的声音，用我其余可以施展的手指尖剔着它的牙齿。

约拿从它那黑巧克力的面具后冲我眨了眨那蓝宝石般的眼睛。它愉悦地吸了口气，打了个哈欠。我一动不动地躺着，等它进入梦乡。当那呼噜声渐渐低下去，变成温和的咕噜声时，我断定此时抽回手会是安全的。我试着一点一点地拿开手，可猫主子的爪子却伸过来，抓住了我的手腕。约拿露出利爪，揪着我的皮肤，但没怎么刺破它——这是它提醒我的方式，让我知道我的地位要比它低好几个等级。没有什么是比一只猫把你纳入它的生活中更讨人喜欢的事了，即使它认为你不过是只移动的靠垫。

有菲利普在我的一侧，又有约拿像楔子似的挤在我的腿间，我觉得自己就像是只巨人的可颂面包中的馅料。虽说我对约拿的爱无以言表，可它真算得上是这世界上最苛刻的猫了。它是个黏住人就不放的猫，死抱着我的大腿、我的胳膊、我的脖子，从来不让我离开它的视线。当事情没有按照它的方式进行时，它就会像只驼鹿般发出咆哮，可似乎近来的大多数时候，情况都不能如它所愿。

一旦他俩都安顿下来，进入其平行梦境之中，我便开始一点点地收回对自己的手的主权。在约拿把我扎在床垫上动弹不得的情况下，我伸手去够床头灯。我的身体不由自主地发出了呻吟声，这是近来它自己制造出的声音交响乐的一部分。

我在黑暗中睁大着双眼，想知道此刻老公的头脑里在上演着什么戏码。他似乎从我们激情四射的年轻时代平滑地过渡到了心满意足的中年生活，连点小毛病都没出过。要么，他就是个有潜力获得奥斯卡奖的戏精。

我以为，法式热吻将不可避免地变成周日晚间轻描淡写的轻轻一啄。爱有多个层面。性可以令人心荡神移，令人沉迷上瘾，但一而再、再而三地追求同一个人，就需要源源不断的想象力。

电影最喜欢刻画的是初吻和在床上纵情狂欢的夜晚，继而（90 分钟后）是当他认为她要离开他时，向机场发起的猛冲。两个人在一生中共同经历了全部的轮回之后依旧相亲相爱，这是种平淡无奇却又惊天动地的成就，但好莱坞似乎对这一画面兴趣寥寥。

他的呼吸变得深沉而规律起来。

“你想要什么？”我问。

“啥？！”他说，一面将被单拉上去盖住肩头，把自己裹得像只毛毛虫，“睡个好觉，这没什么毛病吧。”

“不，我是认真的。”我拍拍他的肩膀说，“如果你只剩下几年好活，你会怎么度过它们？有没有什么你一直梦想得到的东西，一个你一直想去的地方？”

房间沉寂了下来。他要么是睡着了，要么是在想问题。

“南极洲。”过了好一会儿，他才如是说。

他知道我关于南极洲的理论。地球上的某些地方太过神圣，人应当远离它们。除此之外，我还受不了寒冷。

“还有？”

“一座海边小屋，也许还有只可以随波逐流的小船。”

他总是会提及有个海滩小屋的事，可在我看来，没什么是比那更糟糕的事了。你得清洗两个厨房里的水池，得铺双倍数量的床，还会有一屋子的沙子，这听上去如同在给人当牛做马。至于船只，我可不是无缘无故地就得到了“呕吐女王”的称号的。

约拿惊动了一下，发出舔舐的声音。我心头感到一阵惊慌。我的生命行将结束并没有什么大不了的，但假如我可能选择了错误的人生则不同。这种焦躁不安的情绪极有可能与第二青春期无关，而是一种迹象，表明我在浪费生命，把它们花在做饭和给一只专横的猫倒便盆之上。也许我的灵魂——如果我有灵魂的话——正在告诉我，我本不属于位于墨尔本内城的一条死胡同里的一栋摇摇欲坠的房子，我真正的家在一个全然地更加迷人的地方？

起先，我耳朵中的声音听上去如同耳鸣，但那条信息变得越来越响亮，越来越清晰：

时间不等人。抓住你能抓住的一切兴奋之情。

我陷入了一阵狂乱的梦境。既然我已经起了要让自己兴奋的念头，它便似乎带着旋风般的力量冲了进来。虽然我从未经历过超级风暴，但我看到过几个月前那场名为桑迪的飓风[①]是如何吞没了曼哈顿的。看着电视上那巨浪吞噬整个城市的画面，我被深深地触动了。当时，我根本不知道那股飓风的威力还远未消失。它很快就会在我的生活中激起另一种骚动。我根本不必担心自己缺乏冒险精神。在一个横跨世界的动物收容所里，一股兴奋之情正坐在一只牢笼里，舔着它毛茸茸的黑爪子……并隔着时间和空间向我发出召唤。

① 飓风“桑迪”（Sandy）是 2012 年大西洋飓风季最致命、破坏性最大的飓风。它造成了近 700 亿美元的损失，是美国有记录以来损失第二高的飓风。

天堂或地狱

你看得到猫的皮相，却看不透猫的灵魂。

第二天早晨，我醒过来时，心里已经有了个完美的计划，它实际上堪比幻境。如果我真的将止于错误城市中的错误生活，那么我就要改变它，至少是在短时间内。论起搬家，还有哪里是比纽约更好的地方呢？

毕竟，纽约与我缘分未了。尽管我从未在那座城市的摩天大楼的峡谷中居住过，但几年前，为了祝贺我的处女作《克莱奥》（*Cleo*）的发行，我曾在那里度过了一段撩人的时光。那些聚会的所有细节都如我梦想中的那样闪着华美的光芒，那里的人个个热情好客，优雅迷人。

当《克莱奥》跃上《纽约时报》畅销书单时，没有人比我更诧异了。原因之一是，那本书写的是一只猫，以及它是如何在我九岁的儿子萨姆于 1983 年被汽车轧死后帮助治愈了我们一家人的。

虽然那只名叫克莱奥的猫似乎是来自另一个世界的天使，伴我度过了最黑暗的悲伤时光，但当我把它的故事推送给文学代理人和出版商时，大多数人都唯恐避之不及。最终，它还是出版了，不久之后，它便被翻译成了多国文字，数都不数不过来。

正当我认为是时候报名参加园艺课程之时，我开始周游世界，旋风似的参加了一场又一场妙不可言的快乐聚会。在法兰克福和维也纳，那里的作家被尊奉为艺术家。在波兰的华沙，我发现人们是如此喜欢读书，以至于他们的书展要在一座足球场馆里举行。在日本海啸灾区的旅行给我留下了深刻的印象。当那些失去众多亲人的人们想要与我分享他们的悲伤时，那真是一种无以言表的荣誉。

在前往纽约的一次旋风式旅行途中，我享用了一顿优雅的午餐。我努力端稳一杯霞多丽白葡萄酒，希望我澳大利亚风格的泥土气息和超大码的双脚不会显得太过可笑。

隔着桌子，一个金发蓬松如泡沫的女子笑意盈盈，那笑容让整个世界都变得温暖了起来。她脖子上的那条色彩鲜亮的围巾用一只猫形的珐琅质胸针别在一起。对猫狂热到了骨子里的她承认，在她的两居室的公寓里养了三只猫。当她笑起来时，餐厅便带上了桃红色的情调。她名叫米凯拉·汉密尔顿，是肯辛顿出版社的执行编辑，也是《克莱奥》的美国编辑。

现在，因为有一本新书即将在美国发行，所以我有一个无懈可击的理由回到纽约。只是这一次，我待的时间会长一些，让自己沉浸在这座城市里，让我沉闷的郊区生活暂停下来。如果我能遇到足够多的出类拔萃的人，也许我就能近朱者赤，从而变得有魅力一些。我要与文人雅士共饮香槟，还要（如果我的膝盖支撑得住的话）在黎明时分沿着第五大道翩翩起舞。他们也许甚至会足够喜欢我，要求我无限期地待下去。只有傻瓜才会对那一切说不。我所要做的就是联系米凯拉，并把我的这一奇思妙想介绍给我的另一半。

菲利普那一侧的床是空的。我知道规矩。我本该待在床上，直到他端来茶和烤吐司。我把我们那睡意蒙眬的猫咪从身上推下去，跳下床，穿上晨衣，它对此表示了抗议。约拿嚎叫着，试图阻止我的行动，这样它就可以把我引回到床上，以便像往常那样依偎在那里。我左腾右挪地避开它摇来摇去的尾巴，冲进了书房。

根据我的计算，现在应该是纽约时间的下午晚些时候。

我很幸运。米凯拉还在她的办公桌旁。

她洋溢的热情像气泡一样穿过网络空间反馈回来。如果我在两个月后，即在三月底去纽约，就正好可以与《猫与女儿们》的上映时间对上，那样我们就可以一起开心玩乐，也许还能卖掉几本书。她赞同地表示，我应该租一套公寓，而不是住在旅馆里。那样的话，我就可以更轻松地延长我的逗留时间，同她讨论新的出书计划。

我想象着自己每天早上穿过时代广场，来到她的办公大楼，讨论我为下一季《权力的游戏》① 拟就的大纲，然后转过街角，去享受百老汇日场演出的饕餮盛宴。当夜幕降临帝国大厦的时候，我会去《每日秀》② 友情客串，然后穿城而过，去与史蒂芬·科尔伯特③ 一起喝鸡尾酒。这就像为一个冰毒成瘾者提供了她自己的冰毒实验室。

在我与米凯拉把事情敲定后，我飘进厨房，在那里，菲利普正在往一片吐司上涂抹厚厚的果酱。

“怎么啦？”他问。

我不知道该如何告诉他这个消息。约拿在我的脚踝周围绕来绕去，像多明哥④ 般亢声哀嚎。

“它吃过药了吗？”我问。如果不吃下它每天一次的抗精神病药物，我们的猫就会尖叫个不停，把房子捣得个七零八落，并（如果其他的一切行动都未达到目的的话）把尿液喷洒得到处都是。

菲利普是给猫喂药的行家里手。他会让约拿像个婴儿似

---

① 《权力的游戏》(*Game of Thrones*)：一部改编自乔治·R. R. 马丁（George R. R. Martin）的奇幻小说《冰与火之歌》(*A Song of Ice and Fire*) 的美国奇幻电视剧，由大卫·贝尼奥夫（David Benioff）和D.B. 韦斯（D. B. Weiss）联合制作。

② 《每日秀》(*The Daily Show*)：一档美国深夜脱口秀和新闻讽刺电视节目，在喜剧中心每星期一到星期四播出。

③ 史蒂芬·科尔伯特（Stephen Colbert）：美国喜剧演员、作家、制片人、演员和电视主持人。他以主持讽刺喜剧中心节目《科尔伯特报告》(*The Colbert Report*) 而闻名。

④ 多明戈（Plácido Domingo，1941— ）：西班牙男高音、指挥和艺术管理者。他迄今为止已录制了一百多部完整的歌剧，并以多才多艺闻名于世，经常在世界上最负盛名的歌剧院以意大利语、法语、德语、西班牙语、英语和俄语演出。

的躺在他的臂弯中，娴熟地把胶囊放进猫的喉管里。每当菲利普不在家的时候，我就不得不硬着头皮去喂药，那位患者会扭动个不停，把药吐出来，然后冷落我好几个小时。

“我刚喂它吃过，”他说，“你不冷吗？”

“不，实际上我热着呢。那个，我习惯了。我在想……”

“你为什么不回床上去呢？我把这给你端过去。”

“我在想……我得去趟纽约。”

我带着猫咪勉强吐出毛球时的那股优雅劲儿说出了那句话。

“去干什么？”

“他们想让我去推销新书。”我说。

我丈夫从长凳的一端拿起一条黄色抹布，把顺着果酱罐淌下的一滴红泪抹去。

“蚂蚁又来了。”漫长的沉默过后，他说。

我对蚂蚁真是烦透了。它们每天晚上都将约拿的食碗团团围住。约拿害怕蚂蚁，这对一只喜欢捉老鼠甚至是小狗的猫来说可不怎么体面。我们试过各种陷阱和毒药，但是我们的蚂蚁根本不把它们放在眼里，继续着自己打算接管世界的计划。

水淹蚂蚁是我的活儿。我走向盥洗室，那里的食碗一夜之间就变成了由蠕动的生命构成的小丘。我用一只黄色的桶从冷水龙头里接满水，然后把碗浸在水里。我怀着内疚的阴郁心情，看着蚂蚁们的尸骨形成黑暗的漩涡，打着转儿流入了下水道。

“那么，你打算去多久？”菲利普在外面叫道。

我回到厨房，他在那里递给我一盘吐司。

“说不准。”我说，将牙齿咬进面包的脆皮。

菲利普一言不发。

“你为什么不一起来呢？”我问，“你可以请一年的假。”

我知道答案会是什么。他要是跟着我在世界各地周游上十二个月，就几乎无法指望可以保住工作了。除了他退休还为时过早之外，我们的养老金也几乎还没有保障呢。

我等着他与我讨价还价，将我不在家的时间减少到两周，也许是三周。取而代之的是，他把果酱罐子放进蚂蚁够不到的冰箱里，轻手轻脚地上楼，朝他的书房走去。

“你去哪儿？”我问道，感觉到了一声警报。

“去看看我可以为你订哪个航班。”他回头叫道，“你想去多久，你说过吗？”

要多久才能停止这种空洞而困惑的感觉？一个月，一年……永远？

“这要取决于他们要让我在那儿干多少事儿。”我冲着楼上喊道。

“也许该让返程时间保持机动？”

他的回答是如此慎重克制而恳切婉顺，我怀疑他是想展示他无条件的爱是如何扩展到了要帮助我把梦想变成现实的。或者，在这种情况下更可以理解的是，他会欢迎一切从我这里喘口气的机会。

随着时间的流逝，我的兴奋感像岩浆一样沸腾不已。在那个不眠之城中，我有那么多想看的东西和想做的事。我并非沉得太低，以至于要把它叫作“遗愿清单”。我绝不可能把帝国大厦和中央公园标记得像是一张葬礼购物清单上的东西。我也没有“办”纽约的野心。事实上，唯一比遗愿清单还要糟糕的是人们在“办某地”。我想向这座城市举手投降，让它以坚韧不拔的生命力来召唤我。纽约将要“办”我。

对于任何愿意听我讲话的人，我都尽量避免滔滔不绝地讲述我即将到来的旅行。我们附近的咖啡馆里，那个困于人手不足的咖啡师微笑着，赞同我将拿铁咖啡带走喝。我的好朋友格雷格没觉得那有什么大不了的。

“怎么啦，亲爱的？”他说，不屑从伦敦那头的电话线上滴下来，“你是不是患上了我们这个年纪的人常见的脑袋断片儿的毛病了？”

格雷格与我相识于学前班的换衣服的角落。就算是在那时，我也信任他的判断。他说服我穿上了牛奶女工的服装，让我相信它与一件T恤很相称，这样就把仙后的长裙空了出来，可以让他来穿。

“可它是世界上最大的城市。”

“那不过是纽约人发明的一种标识，好让他们自己对于生活在世界上最糟糕的地狱这件事感觉好些。”他说，“无论如何都别坐那些黄色的出租车。司机都是杀手。”

他热切的反应真是出人意料。

“你不是在嫉妒我吧，对吗？”我问。

“怎么可能？我宁愿待在一个乞丐不会带枪的地方。”

“纽约的乞丐有武器？”

“总而言之，你怎么舍得离开你那迷人的老公？”

格雷格一直对菲利普想入非非。

“我闻到了离婚的气味了吗？”他满怀希望地追加了一句。

他的两个问题我都没有回答。我只知道，我的膝盖酸，脖子疼。既然孩子们已经离开家，好像我也就没必要成天围着他们转了。

我儿子罗布和他的妻子尚特尔在忙于家里的装修、他们的工作和他们可爱的女儿们。我这当奶奶的内疚测量仪爆了值，想象着安妮和斯特拉在学前班过祖父母节时，本该有我的座位上空空如也。所有其他那些靠助行器蹒跚而行的奶奶们都克制着自己，不问我去哪儿了，以防我走捷径去了墓地。我们的小女儿凯丝对我的行为完全免疫。她去上大学了，身在一个平行宇宙里，会在大学附近的一个公园里装扮成小精灵与半兽人战斗。于是就只剩下一个人要向其通报这个消息了。

一天下午，我打电话给我们的大女儿莉迪亚，提议去就位于我们家路那头的狗公园——维多利亚花园——散散步，她似乎对此感到很惊讶。

我们注视着一个男人抛球给一条患有关节炎的德国牧羊

犬，这时，我忍不住想告诉她，自从她不再剃光头以来，她看上去有多漂亮；我是多么高兴地看到她成了佛教居士，并勇敢地参加了极速约会之夜以寻找货真价实的男朋友。和潮人一起住在合租的房子里，显然很适合她。

“雷蒙怎么样啊？”我问。

她发出一声干咳。只有当妈的人才会注意到她的手在身体一侧握成拳头的方式。她不必这么戒备。我并未打算建议我们铺开野餐毯，上谷歌搜一搜婚纱。话虽这么说，我还是非常喜欢雷蒙。雷蒙有一半的斯里兰卡血统，从小被培养成了天主教徒，他有种天赋异禀的幽默感，是她严肃天性的理想陪衬。

“挺好的。”她说，望着一个滑滑板的人朝着远处的公园大门缓缓滚动而去。

在我患乳腺癌前后，我们都在痛苦的战斗中伤痕累累。当她在我做乳房切除术期间前往斯里兰卡去当尼姑而不是留在家里为我提供情感上的支持时，我感到既伤心又愤怒。反过来，我不理解她对精神成长的需求，这也让她感到困惑和受到了冒犯。

尽管自从她返回澳大利亚以完成其心理学研究以来，我们的关系有所改善，但我们依旧无法开诚布公，就像两只在小巷里围着彼此兜圈子的猫那样。

我们找到一条位于树下的长凳，在有树荫的地方坐下来。

“我要去纽约了。”这个声明听上去有点笨拙，还有些古怪的震惊意味。

一只金毛猎犬在我们面前疾驰，它的舌头像抹布似的甩动着。一只鸟用颤音唱出爵士乐的序曲。莉迪亚始终不吱一声。

"我知道，你认为我想去那儿真是疯了，你一定以为这很可笑，可是……"我字斟句酌地说，"我真的想去看《摩门经》[①]。你知道，那个音乐剧，说的是一个信仰摩门教的男孩被派往乌干达劝人皈依的故事。它很搞笑的。"

我在说什么啊？莉迪亚讨厌音乐剧。此外，多年来笃信佛教的她一直被禁止踏入剧院，这对她来说并没有什么难的。

"你是当真的吗？"她问，语气中有种暗示，好像我需要专业的帮助似的。

"它赢了很多托尼奖项。"我说，"要等上好几年才会把它引入澳大利亚。我从亚马逊网站买了CD。你听说过'鬼魅的摩门教地狱之梦'吗？"

"没有。你当真要去纽约吗？"她盯着我问，一副心理学家的神情，似乎是在拷问着我的灵魂，以确保我不可能撒谎。

"嗯，是的。我的出版商认为那是个好主意，因为新书行将上市。"

当一个作家的女儿的一样诅咒是，你命中注定要最终被

① 《摩门经》（*The Book of Mormon*）：一部由特雷·帕克（Trey Parker）、罗伯特·洛佩兹（Robert Lopez）和马特·斯通（Matt Stone）创作的音乐喜剧，讲述了两个年轻的摩门教传教士前往乌干达宣讲摩门教的故事。该剧于2011年首次上演，淡化了摩门教的各种信仰和习俗，但最终还是认可了爱和服务的积极力量。

印成文字。我仍然不确定，当我在《猫与女儿们》中描绘我们的戏剧性场景时，莉迪亚是何感受。几个月前，她在读完那部书稿时，脸上露出了严肃的表情，看到那种表情，我有一半的把握，预期她会把它狠狠地扔在地上，禁止我把它送交出版商。可正相反，她宽容大度得令人难以置信。

“要去多久？”她问，将脸转向一边，茶色的头发在斑驳的光线中闪着光芒。

为什么人人都在不断问这个问题？

“我还没决定。”

我知道她在想什么。在所有的地方中，偏偏是纽约。全球资本主义的中心，充斥着愚蠢而毫无同情心的物质主义，一切都缺乏精神性。一只猎狐梗飞奔着驰过公园大门，在一位上了年纪的澳大利亚人的脚下吠叫个不停。

“你干吗不跟我一起去呢？”我问，为的是打破沉默。

莉迪亚将脸转向我。她的脸颊比平时要红。“我很乐意！”她说。

“真的吗？！”

我热泪盈眶。在我们经历了一切之后，莉迪亚自愿陪我去一个对她的整个信仰系统都抱有敌意的环境。

“我不能待太久……”她说。

哦，没错，我想。她转念一想，又改了主意。

“可是我能去上大概十天，在你的旅行开始的时候。”

她用一根香就能把我打倒。

养只小猫——不要

猫永远不喜欢被逼到墙角。

唯一比不设期限地待在纽约还要好的事就是莉迪亚会只属于我达十天之久的念头。她是自愿那么做的。如果我不侵犯她的空间或说太多不得体的话，我们就有机会原谅彼此的不同，重新喜欢上对方。有她在我身边，那座城市就不会那么势不可当。在她的陪伴下，适应一种自由的新生活要容易得多，如果我的膝盖出了毛病，她时刻都会抓住我。

令我高兴的是，她主动请缨，去爱彼迎网站搜寻公寓。

米凯拉告诉我们，要避开晨边高地（Morningside Heights）、哥伦比亚大学街区以及第 96 街以北的任何地方。她建议我们在她位于切尔西（Chelsea）的公寓附近找个安全、便捷的公寓。令我们大失所望的是，莉迪亚在那个区域的搜寻一无所获。诺荷区（Noho）和苏豪区（Soho）也无房源，高架公园区（Highline）和熨斗区（Flatiron）也是如此。不过，她设法挖掘出在西村（West Village）的两个可能性。我把地址发给米凯拉，等候她的建议。

第二天早上，我和约拿一个比一个快地扑向电脑。

在我试图破译邮件时，约拿在键盘上踩踏个不停。

嘿，海伦，我想你没见过我们的营销主任维达·因斯特朗德，可她也是一个爱猫入骨的人。有一天，我们在谈论飓风桑迪过境后留下了多少无家可归的动物时——我们想到了一个主意，我们希望你会认为这个主意十分绝妙……

约拿的尾巴嗖嗖地在屏幕前甩动着，阻挡着我的视线。我抓起它，把它使劲摁在我的腿上。

在你在纽约期间养一只收容所的小猫咪，你觉得怎样？

我的喉咙收紧了。米凯拉和维达是喝多了还是怎么着？

你在与你的美国小毛球嬉戏玩乐的同时，也是在为我们的社区提供帮助。你怎么想？

一只小猫咪？她们不可能知道，我去纽约的一个原因就是想休息一下，不再在一只猫的身子下面睡觉。即使她们知道原因，我也搞不懂她们为什么会以为我明明可以在大都会四处闲逛时还想着要擦拭猫尿？

约拿发出一声君王般的吼声，并冲我眨着眼睛，仿佛是在说："她们现在可逮着你了！"

将邮件读到第三遍时，我看到，在世界上最伟大的城市中的怡情悦性的自由新阶段收缩为一轮无休无止的铲猫沙活动。

"怎么啦？"菲利普从厨房里叫道。

我失望的呻吟声一定传到了客厅里。他手里端着茶，出现在我书房的门口。

"这难道是什么新鲜事吗？"在我告诉他后，他问道，"去到另一个国家，在你住在那儿的时候，养一只小动物？"

约拿从我的腿上跳到我的肩上，像巨蚺般地紧紧缠住了我的脖子。

"不，这事不新鲜，可我不打算再疯上一次。"我说，一面使劲扒开约拿的纠缠，"她们脑子进水了。"

我丈夫早已不再对其他人的精神状况评头论足，他套上西装，在我的额头上吻了一下，去上班了。

只有一个人可以求助了。我最初是在为处于晚期的患病儿童的募捐会上见到奥莉维亚的。她有颗圣徒的心和外交官的头脑，风格灵活多变，应付自如。她不是在帮助苦苦挣扎的艺术家，就是在招待欧洲的王室成员。奥莉维亚的社交技能享有盛名。如果有必要的话，她能把喜马拉雅山铲平。

"在纽约养只小猫？！"她重复道，"不可能！说到底，你去那儿是为了什么？唯一比巴黎人还要粗鲁的就是纽约人了。你会被打劫的。”

“可她们是我的出版商。”我告诉她，“如果我拒绝她们，她们会认为我是个骗子。”

我可以听到奥莉维亚的脑子在电话线的那头转个不停。约拿在我的鼻子前轻摇着尾巴，我强行把一个喷嚏压了下去。

“没必要惊慌。”她说，“在纽约能找到住的地方就够难的了。你根本找不到一个愿意接受猫咪的住处。”

奥莉维亚总是棋先三着。

“跟她们打哈哈就是。”她继续说道，“让她们以为你在寻找一个允许养宠物的住处。我向你保证，你若是能找得到这样的地方，墙上都能长出胡子来。”

“那么，我可以问心无愧地全身而退喽？”

“绝对的。”

“她们不会恨我吧？”

“怎么可能？”她说，“这是种双赢的局面。”

这可不是我第一次为奥莉维亚的聪明才智所倾倒了。在她可以管理联合国的时候，却把才华浪费在了为我解忧纾困上面。我放下电话，上谷歌搜了一下“纽约市接受宠物的公寓”。我在扫视结果时，嘴角不由露出了笑意。在纽约，爱猫公寓的数量多不过火星上的。

我发邮件给米凯拉，说我很乐意养只小猫，然后我走出门去，给自己来了杯双份拿铁咖啡和一块裹着白巧克力糖霜的意大利脆饼，作为对自己的犒赏。能够重新主宰我自己的生活，这种感觉真不错。

第二天早上，电脑屏幕亮了起来，送来了米凯拉的另一条消息。

亲爱的海伦，你准备好接收“你的”美国小猫咪了吗？我从比德伟（Bideawee）得到了热情洋溢的回应，那里是我们当地的一家声誉卓著的收容所。

她的热情让人害怕。我把这封邮件给莉迪亚看，她是顺道来借阁楼里的帐篷的。这个周末，她和雷蒙要去露营。

“我不会做这事的。”

莉迪亚似乎很感兴趣。

“猫咪多可爱啊。”她说，一面把约拿从我腿上抱过去，将鼻子埋在它的脖子中。

“我知道，可你还记不记得，当这一只还小的时候，我们过的梦魇般的日子。”刚出生不久的约拿在我做乳房切除手术后的那个星期，带着一枚氢弹的精细微妙在我们家着陆。话虽如此，在一个阴郁的时刻，它也带来了亟需的笑声和温暖。

“我会帮着照看它。”

我女儿的母性本能有些反应过度。

“谢谢，但我已经做了些研究，这事毫无希望。在纽约没有任何接受宠物的公寓。”

莉迪亚用手抚摩着约拿那长长的、顺滑的脊椎。

“如果我上网搜搜，你会介意吗？”她问。

这是个毫无恶意的请求。

过了一会儿，我开始欣欣然地假装成一个收养猫咪的申请者。毫无疑问，骗子们也会沉浸在类似的邪恶带来的痛快感觉中，同时又会害怕被人逮个正着。

维达报告说，比德伟暂时缺少小猫。他们希望，现有的几只到复活节时都会被收养。当她问我是否愿意接受一只成年猫时，我陡然感到一种失望的痛苦，仿佛看到一只眼睛圆圆、任人搂抱的小毛球衰变成了一只浪迹街头的虎斑猫。这有些荒唐，因为我并不打算养比尘螨更大的东西。谎言从我的指尖上流出，我告诉她，成年猫甚至比小猫还要好，尽管（想起了约拿的随地撒尿的习惯，并假设收容所的一只成年猫会有排泄物方面的问题）我更喜欢一只母猫。

几天后，维达发来封邮件，说收容所想要调查一下我的背景。他们认为我的过往不大可能太过复杂，这让我感到受宠若惊。当然，他们不会将猫随便借给什么人的做法是件好事。比德伟和我的出版商们投入这个前程黯淡的收养计划的思虑和关切给我留下了深刻的印象。在那之后，是一段令人宽慰的沉默期。

几天后，维达发来的一则消息打破了沉寂。

嗨，海伦，

你一切都还好吧？比德伟说，他们在考虑几只猫，但他们希望这些猫能在四月之前被领走。

他们想知道，你是否愿意收养一只有特殊需求的成年猫？他们有几只养在特需收容室中的 FIV+（猫免疫缺陷病毒呈阳性）的猫。它们都喜欢与人相亲，非常可爱，但需要收养家庭里没有别的猫。

在你去接猫之前，你必须提前几天去见见收养中心的经理，了解一下需要哪些照料，并填写收养表格。

你有什么想法？接受一只有特殊需求的猫对你来说没问题吗？

非常感谢，

维达。

惊慌失措的我给奥莉维亚打了个电话。

“一只有艾滋病的猫？”她说，“20 世纪 80 年代的纽约怎么会有这种事？”

“那病不会传染给人。”我说。

奥莉维亚认为我应当坚决反对，但我还是答应了下来。如果她们让我收养一只三条腿的患有梅毒的孟加拉虎，我也会说，把它带来吧。

因为这样的事根本不会发生。

不过，有一件事是我没有把握的。莉迪亚是金牛座，生于牛年丑时。一旦她打定主意要做什么事，她就会把蹄子扎进去，九头牛也拉不回来。让她完成某事的最好方法是告诉她那是不可能完成的。

她花了一个周末的时间上网搜索，然后神采奕奕地出现在我们的前门口。“看看这个！”她说，在厨房的餐桌上打开了她的笔记本电脑。

我坐下来，仔细查看着一个虽然小但看上去非常宜居的单室套公寓的照片。不能跟索菲特酒店相比，但也不是顶帐篷。最吸引人的照片上有一张黑色的、几乎可以肯定是乙烯基的沙发，它安放在松木地板上，上方是熨斗大厦[①]的海报。

“它的位置棒极了，在中城区。”她说，“位于联合国大楼和中央火车站之间。”

听上去有点像天方夜谭，但纽约什么事都有可能发生 。

价格很合理，更妙的是，整个四月都可租。

“最好的部分是这里。”莉迪亚指着印在那张照片下的一行小字说，我把笔记本从桌子上端起来，仔细查看那微小的字迹。随着几个字映入眼帘，我的胸口像是压了块石头一样，那几个字是：“接受宠物。”

“真的吗？”我说，“这不对啊。在这张照片中，根本看不到任何猫爬架啊。”

莉迪亚用她那心理学家的神情凝视着我。

“对于养宠物这件事，你必须拿出勇气来。”

---

① 熨斗大厦（Flatiron Building）是一栋22层的钢框架地标建筑，位于纽约市曼哈顿区第五大道175号，因形似熨斗而得名。

夹缝中的爱

猫咪总是准备发现新邻居。

没有人能对纽约不偏不倚。他们要么会告诉你，它就是个垃圾坑，要么会告诉你，它是地球上最美妙的地方。不管他们的看法如何，他们都绝不会问你为什么要去那里。俗话说得好，一个人没有活过怎么会知道活着的滋味。

当我们的出租车汇入涌向曼哈顿的车流时，我将脸压在旁边的车窗上。摩天大楼上闪烁的避雷针刺入了黄昏的最后一缕红光。这些对自己的美丽充满自信的摩天大楼朝我们眨着眼睛，知道我们很快就会加入那数百万住在它们之中和它们周围的上了瘾的人群之中。我把帝国大厦指给莉迪亚看时，她安静地坐在后座，一言未发。

“看见了吗？”我用手指戳着窗玻璃说，“想想看，有将近四十年的时间，它都是世界上最高的建筑。”

我吓了一跳，意识到我老妈也曾做过同样的事情，她用食指敲打着车窗，好引起我们对挤奶棚的最新建筑风格的关注。任何变成我母亲的危险都消失了。我已经变成了她。

我迫切地希望莉迪亚会爱上这座城市，唯一可以与此迫切愿望相提并论的是我的希望：在接下来的十天里，她能理解我，并对我表示出一点儿热情。我们的性格近乎对立的两极，这不是任何人的错。就像手指的指指戳戳一样，那是与生俱来的东西。如果我能放弃好为人师的习惯，那她也有可能不再退回到她的精神寺庙中去。

这个二十八岁的可怜姑娘有的是青春可以挥霍。在接下来的十天里，我计划让她沉浸于她在整整五年的宗教奉献中不予理睬的一切——剧院，画廊，买新衣服，而不是买凉鞋和僧袍。在她返回澳大利亚之后，我有的是大把的时间推销书籍。有谁知道在她离开后，我会经历些什么？

她在亚洲的寺庙中度过了那么长的冥想时间，我担心她可能不赞成我对一个西方文化达于其逻辑终点的地方的迷恋。当我们轰轰隆隆地进入曼哈顿时，我对她的沉默感到敬畏。即使是修女也不会对一个散发着如此耀眼光芒的城市嗤之以鼻。

这似乎是个告诉她米凯拉的冰舞派对的好机会。在此之前，我不知何故就是找不到合适的时间提这件事。

"她的什么？"莉迪亚把脸转向我。

"你知道。"我说，装出信心满满的样子，"冰舞派对。纽约人总是搞这样的派对。我想你不会对此感兴趣的。"

“米凯拉会拿冰来？”

“当然不啦。那是指滑冰……我想。”

“那就是说，我们也得在冰上跳舞了？”

我可不这样想。

“我们会很累的。”我说，心想不管人们在冰舞派对上干什么，都会把莉迪亚投入深渊的，“如果你不想，你就不必跟我一起去。”

令我吃惊的是，她说她想去。

我们的爱彼迎的主人泰德告诉我们，我们的公寓要到过两天才会收拾好，所以我们在时代广场附近预订了一家旅馆过夜。当出租车转入一条狭窄的街道，在一幢破旧的、灯光昏暗的建筑物外面无声无息地停下来时，天已经黑了下来。我扫视着入口处，寻找表明它真的是处旅馆的标识。

“是这儿吗？”我问。

“就像那不是地狱一样肯定！”司机一边说，一边冲着街道另一边的支撑着一座建筑物的脚手架的轮廓耸了耸肩。

当我和菲利普一起旅行时，从来不会出什么岔子。我像个孩子似的跟在他后面，穿过机场和旅馆的大厅。车票和护照变戏法似的一下子就从他放在胸前口袋里的塑料钱包中掏了出来。手提箱从传送带上消失，然后又神秘地出现在我身边。而且旅馆总是看起来像个旅馆的样子。我查了查我的电话。我最后一条说世界各地的出租车闻起来都是一个味的信息发出去后便如石沉大海。他可能在去上班的路上。

当莉迪亚和我爬出出租车时，夜晚的寒气割得我喉咙发疼。纽约的春天感觉就像澳大利亚的隆冬。我们抓起大包小包，冒险进入一个证明是大厅的地方。一架摇摇晃晃的电梯把我们送到了七楼，我把塑料钥匙卡插进 74 号房间的锁里。门缓缓打开，露出一张窄小的双人床，上面罩着 20 世纪 80 年代风格的大花被。

陈腐的空气刺得我鼻孔发痒，但莉迪亚泰然自若。她向我保证，比起睡在寺院的地板上，和我同床共枕就是一种奢侈。此外，她补充说，真的很累的人在任何地方都会倒头便睡。我仿佛看到，在搭在新西兰高地的一处悬崖绝壁边缘的帐篷里，我在靠近菲利普的睡袋里瑟瑟发抖（那是我们恋爱初期，当时我试图让他相信，我和他一样喜欢露营）。在湿漉漉的灌木丛中跋涉了一天之后，我筋疲力尽，但由于帐篷门边有只毛蓬蓬的巨人动物在喷着鼻息，我根本无法入睡。

我拿起床头柜上的鳄梨绿的电话。电话那头的一个带鼻音的声音说，旅馆已经订满了。我们不可能搬到一个有两张单人床的房间去，太太。

前台的人说“太太”的腔调在暗示，那不是种抱怨。

莉迪亚消失在浴室里。按我表上的时间（仍然是澳大利亚时间），墨尔本应该是早晨。如果菲利普没出去慢跑，他就是在给约拿喂食 124 袋鸡丁中的第一袋，那是我以马赛克的图样留在冰箱底部的。如果幸运的话，他会记得把其中的一个小袋子转移到冰箱的冷藏室，以便在夜间解冻。更有可能的是，他在约拿的碗里丢下几块冷冻鸡肉，让这只猫在鸡肉解冻期间与蚂蚁们为之搏斗。

我从手提包里掏出手机，打下“安全到达。爱你 xxx”的句子。他秒回了信息。那个男人真是像心跳一样稳当可靠。

我脱下靴子，重重地躺在床上。床垫颇为愤恨地晃了晃。在一个不会以难以理解的速度在空中疾驰的柔软的水平表面上舒展身体是种解脱。当我快速进入求之不得的酣睡中时，我突然想到，如果我能预订自己的死亡，那么像这样的死亡将是可以接受的。没有痛苦的，深邃的，平和的……

一只温柔的手摇着我的肩膀。

“我们不是要去冰舞派对吗？”莉迪亚问。

我猛地清醒过来，滚下床，奔去洗澡。莉迪亚从门外递给我一条毛巾，问我是否知道我们要在哪里与米凯拉碰面。

“在这城里的某个地方一定有块冰场。”我一边说，一边从一只瓶子里泵着声称是二合一的洗发水和沐浴露，“我把它写在那张有地址的黄纸的背面了。她要在某处的楼下举办它。听起来像是个仓库的地下室。”

当我坐在床沿上，用毛巾把头发擦弄成桀骜不驯的尖刺状时，莉迪亚问我，人们在冰舞派对上都做些什么。她还不如向我请教新几内亚的生育仪式上的礼仪呢！

我们拉开包上的拉链，拽出最暖和的衣服。我怎么想的，竟把一件满是菠萝图案的短袖衬衫也打在包里？我重新费劲地蹬上靴子，自从我们离开墨尔本以来，靴子已经变小了一码。

毫无疑问，我的大脑正在坐着时差的旋转木马。自打五分钟前从坟墓中醒来后，它现在对咖啡和派对充满渴望。

我判定，观看一群疯狂的纽约人的冰上舞蹈，将是我们戴上我的手织绒线帽的绝佳机会。在我们离开澳大利亚之前，我曾经历过另一个疯狂的绒线帽阶段，为我所爱的每个人都织了一顶。

我希望他们会感激我倾注在每顶帽子中的心血。在每一排针脚中都有一些间隔，它们既非羊毛，亦非孔洞。在这些空间里，我把自己的美好祝愿都织了进去，为的是保护和滋养帽子的接受者。

随着每一年的推进，我越来越意识到事物周围的空间的力量。那些空隙中蕴含着真理和魔力。我通过观察人们散发出的能量来了解他们，其收获要多于筛查他们所说的话，甚至是他们的面部表情。这一定就是动物观察世界的方式。毫无疑问，我们的婴儿自我也有这种能力，直到我们屈服于一个充满焦虑和令人头脑麻木的科技的世界。在所谓的虚无的空间里，我能够与那些已经离去的亲人们取得联系，发现他们一直都在我身边。

不管怎么说，事实证明，并非我关心的每个人都想让自己看起来像个会行凶杀人的剪羊毛工。此外，甚至连我也不得不承认，在我的一些针织作品中的马海毛有点儿扎人。我的潜在的帽子接收者的名单被降级至任何想要帽子的人。

就算没有别的优点，我的帽子至少很暖和。我从行李箱里拿出一顶黄色的，把它扔给莉迪亚。它慎重地消失在她的大衣口袋里。她从背包里抽出一条纤薄的束发带。

“那东西会让你冻掉耳朵的。”我说，把我的红帽子拉到耳朵上。这带来的效果是让我更像个乡巴佬，而不是时尚弄潮儿。

根据米凯拉的指示，溜冰场步行十分钟即可到达。我们下了楼，瞬时被外面人行道上汹涌的人潮惊呆了。剧院开演前的人群，我猜。或者，他们是在去时代广场的路上，去做人们在那里会做的任何事情。人们的脸上露出神采奕奕和期待满满的表情，与此同时，我们听到了用十几种不同的语言表达的兴奋之情。亚洲人、欧洲人、年轻人或年过半百的人，他们都知道，今晚，他们是这个地球上最具活力的城市的荣誉市民，并因这种心领神会而被捆绑在了一起。莉迪亚和我跳进了人潮里，我们呼出的气体在面前形成了缕缕白气。

当我加速跟上人群的步伐时，我的陈腐的标签似乎行将脱落。母亲、祖母、作家和游手好闲的妻子在这一浪潮中几乎毫无意义。我只是千百万人中的一个，是巨大的有机体中的一个单细胞。这真令人振奋。

一次励志的滑行

猫更多的是种需要拆解的神秘事物，而非需要解决的困难问题。

在尾随莉迪亚沿着西 47 街前行时，我有足够的时间来欣赏她棕色的波波头。年轻人不知道自己的头发多么有光泽，而那段光彩夺目的生长期又是多么短暂。

当我们鱼贯地走过闪闪发光的店面时，她不得不为了我而放慢速度，我很感激她没有因此流露出丝毫恼怒的神情。

如果她稍停片刻，我就会赶上来，指出一幅华丽的石砌壁画。装饰艺术迷人的现代性在两次世界大战之间喷涌而出的乐观情绪中席卷了这个星球。虽然这种风格起源于法国，但纽约是它的精神家园，而克莱斯勒大厦[①]则是它的圣殿。

① 克莱斯勒大厦（Chrysler Building）是一座装饰艺术风格的摩天大楼，位于纽约第 42 街和列克星敦大道的交叉口。这座高 1046 英尺（318.9 米）的建筑是世界上最高的钢框架砖建筑。

“现在应该不远了。”她转回头说。

我们拐了个弯，对面是一排从旗杆上垂下来的令人印象深刻的国旗。在它们上方，一幢建筑的垂直线条飞升至七十楼，直插夜空。

“洛克菲勒中心[①]。”我对莉迪亚说，她已经停下来欣赏这景色了。

但她并没有在听我说话。她正凝望着我们下方的露天广场——这世界上最著名的溜冰场。

镀金的普罗米修斯雕像是不会被认错的。这个古典造型的美男子曾在无数电影中客串过，通常是在一棵巨大的圣诞树下，在那里，情侣们发现他们的爱情终究是真的。

自 1934 年以来，普罗米修斯便一直带着倦怠的威严呈现出近乎水平的飞行姿态。他的一个令人印象深刻的平衡动作是，他右手拿着一团火，同时还要用一条披肩始终遮住他的男性部位。

我朝下看了看那熠熠生辉的长方形冰场。除了一架孤零零的赞博尼（Zamboni）磨冰机在身后留下一道微微发亮的痕迹外，溜冰场空无一人。也许我们已错过了演出。

我们走下楼梯，一个女保安领我们穿过滑冰场旁边的一扇门。一小群人挤在一处半明半暗的地方。很难看清人们的

① 洛克菲勒中心（Rockefeller Center）是一个受洛克菲勒家族的委托建造的大型综合建筑群，由 19 栋商业建筑组成，占地 22 英亩（8.9 万平方米），位于纽约市第 48 街和第 51 街之间，面朝第五大道。

面部特征，但至少有一半是年龄较大的男性，而且他们似乎很热情。没有米凯拉的踪影。

一个男人用《乱世佳人》中的绅士腔调对我们表示欢迎。他用一只戴着手套的手拿着摄像机，用另一只手握住我的手，介绍自己是吉恩。我们的话语透过一股股冷雾钻出，这些冷雾盘旋在夜空中，仿佛不愿离去似的。

令人宽慰的是，我注意到吉恩戴了顶堪与绒线帽一比的东西，只不过它比我的帽子织得精细，形状也优雅得多。莉迪亚拉起衣领，把头带拉到耳朵上。

“你们正赶上米凯拉的单人表演。”他说。

单人表演？

冰场呈现出神奇的光芒。柴可夫斯基的乐曲从一个看不见的地方突然响起。人群围拢在广场的上层，越过栏杆张望。

当乐声达于一个高潮时，一个女人旋转着来到冰上。她披着一件猩红色斗篷，头戴俄罗斯传统头饰，堪比沙皇皇后。但那不是米凯拉。她更高，轮廓更分明。当那女子向观众微笑着张开双臂的时候，她的斗篷向两边展开，露出件镶着金边的短裙。

这个女人很有可能比我年纪还大，且基因结构与我相似。然而，在午后的游戏节目前，她并没有将自己隐藏在宽松的针织衫后面。看着她以大胆的、有节奏的步伐随着音乐起舞，我惊叹于她的优雅和健康。我试着想象自己栖息在她的身体里，感受画着浓妆、面带微笑地纵横在冰上的感觉，自信不会穿着一堆乱七八糟的衣服跌倒在地。我的右膝开始因同情而疼痛。

当她完成一个悠然的旋转、鞠躬离开冰场时，我们一众人爆发出欢呼声。

音乐停止后，一个穿着精致的白色靴子的小精灵行云流水般地滑上冰面。她的淡粉色裙子层层叠叠地从腰间垂下，刚好到达膝盖以上。她的袖子上飘动着彩带。她娇小的身材和卷曲的金发与普罗米修斯的金色互为映衬，使她看上去似乎是来自另一个世界。

“那就是米凯拉！”我低声说，一面用胳膊肘捅了捅莉迪亚的外套。

我们大家满怀敬意地静静地等着。当她像一只在热浪中飞翔的小鸟般飘然地做着种种常规动作时，吉恩举起了相机。

晚会以一场群演结束，直至最后一次旋转都全无瑕疵。我们跟那些崇拜自己女人的男性伴侣们一起在场边发出欢呼。这群人中没有四十岁以下的，但那些情侣们却以一种似乎是真正的激情的方式互相拥抱。也许这个城市的供水系统中含有荷尔蒙。无论其秘诀是什么，这些女人和她们的男性伴侣都在证明，下半生可以是一场励志的滑行。

米凯拉向我们走来，大衣用皮带束在演出服上。她容光焕发的肌肤和锆石般的眼睛使她带有一种玛丽莲·梦露的风情。但如果有人误把米凯拉当成一个傻头傻脑的金发女郎，那他肯定会大吃一惊。我见过她像外科医生那样冷静而精准地解剖手稿的样子。

当我们跟着她和一群人来到附近的一家酒吧时，我觉得我的余生已经定下来了。我会搬到纽约，报名参加乔乔的冰酷健身班。虽然乔乔·斯达巴克[①]是位奥运奖牌获得者，但她会指导各个级别的人。当她的学生们不是“冰雪公主”时，她们就会从事房地产、金融、法律和其他行业的日常工作。我很快就将学会无视那些在旗帜下靠着栏杆的好奇的旁观者，带着冰上舞者的幸福微笑纵横于冰场之上。

我的剪影将呈现出经过精雕细刻的雕像的轮廓，而我的后退滑行、螺旋腾转、单足跳跃乃至大幅度跳跃的技艺都将无可挑剔。

米凯拉一边喝着酒，一边告诉我，在天气允许的情况下，她和她的朋友们每周有三四天都会于早上七点在滑冰场见面。他们会先自己准备咖啡，吃欧式早餐，然后开始热身练习。

十二月的时候，在练习前，他们会停下来与遛动物的驯兽师交谈，后者在“圣诞奇观秀”期间住在无线电城音乐厅[②]中。有时，他们甚至会受邀去抚摩骆驼，因为正如人们所期待的那样，纽约市的单峰骆驼彬彬有礼、干净整洁。

一月份，当班级碰头时，天还很黑。广场周围的树上闪

---

① 乔乔·斯达巴克（JoJo Starbuck）：美国花样滑冰运动员。她和搭档肯尼斯·雪莱（Kenneth Shelley）一起获得了三次美国双人滑冰冠军（1970—1972）和两次奥运会冠军（1968—1972）。

② 无线电城音乐厅（Radio City Music Hall）：位于纽约市曼哈顿中城洛克菲勒中心的娱乐场所，曾被称为国家的秀场。

烁着点点白光。当太阳从萨克斯第五大道升起的时候，乔乔会帮助她的学生们提高其技巧，使其滑冰幻想略接近于现实。

我急不可耐地想要开始。我需要的不过是一双冰鞋和350美元的季票，它让我可以无限制地使用冰场和一只寄存箱。

我到那里才几个小时，但那地方的勃勃生机就让我有了返老还童的感觉。

在温暖的酒吧里与和蔼可亲的陌生人打成一片的我，注视着猩红色的葡萄酒倾倒进我的酒杯里。似乎这些人一直在期待着我的到来，而我终于回到了家。莉迪亚似乎也很快乐。一个引人注目的金发女郎介绍自己是凯伦·奥尔巴赫，宣传总监。她把莉迪亚拉到一边，向她灌输纽约出版界错综复杂的情况。

让维达、米凯拉、凯伦和她们的团队如此不厌其烦地安排一系列采访和一个特别的猫咪商店活动可谓一位作者的梦想。虽然我很感激她们的努力，但我还是很紧张，不知在美国，《猫与女儿们》将受到何种对待。毫无疑问，她们希望它能复制《克莱奥》的成功。

若是有人认为，作家是唯一要为一本畅销书负责的人，那他就大错特错了。据我所知，没有人只需坐在可以眺望连绵起伏的山峦的窗前，就能将一本畅销书送入书店（不管怎样，我所见过的大多数职业作家的办公桌都是面朝空白墙壁的）。

必定有某种神奇的东西碰巧激发了一群才华横溢的人将

其技能和热情投入这个项目中。从代理商、编辑到宣传人员、书店老板和书评家，一本书在到达最重要的人——读者的手中之前，要经过无数人的双手。老实说，《克莱奥》是运气和时机的完美结合。一种侥幸。我只是来自地球另一边的一个涂鸦者，随时有可能撞上南墙，被碰得头破血流。

我的手机在屁股口袋里颤动起来。

很高兴知道你已安全抵达。我给约拿喂过药了。正在去上班的路上。XXX

这信息是如此地精确克制，如此充满信任和坦诚率直，使我生出了片刻的内疚之情。不过，假如我此刻在家里的话，我应当正弯着身子站在洗衣机前，把白衣服从有颜色的衣服中挑出来。

尽管我频频举杯，却并不需要酒精作用。纽约已经让我醺然沉醉。一个身材苗条的长发女子带着老虎般的优雅朝我们走来。她明媚的笑容和黑色的眼睛让我觉得似曾相识。

“为了你收养的猫咪！”维达说，一面用她的酒杯碰了碰我的。

噢，猫。我一直寄希望于她们放弃那个不切实际的计划。可是不，维达说，她一直在与收容所接触，对方期望周一能与我们见面。我解释说，到那时，我们几乎还来不及在公寓安置下来，这时，维达和米凯拉显得有些垂头丧气，仿佛一只无家可归的猫咪会因为我的拖延战术而要多忍受几个小时的痛苦似的。

我吞了一大口葡萄酒，然后说周一我可以。米凯拉的脸像时代广场一样亮了起来。她说，一旦猫咪安顿下来，她就会前来拜访。

两个小时后，我们回到旅馆，我已精疲力竭，竟致用洗面奶刷了牙。

当我终于睡倒在床上时，我想到了为我们未来将要收养的猫举杯庆祝的维达。我能够在这个疯狂的计划中活下去的唯一方法是领养一只易于养护的动物。

格雷格一直在滔滔不绝地向我讲述可视化方法的力量。我闭上眼睛，构想出一个异常巨大的玳瑁猫的形象。我收养的这只猫名叫马维斯，是只性格沉静的雌猫，之前同她寡居的图书管理员主人一起生活了十八年，最近才变成了孤儿。马维斯对与人类接触的兴趣仅限于看着我把鱼片舀到碟子上。当莉迪亚和我在萨克斯第五大道购物时，她会在窗台上打瞌睡，以此度过她的一天又一天。与约拿不同的是，由于耳聋，马维斯几乎不会注意到我们是什么时候回家的。她会用漫不经心地甩尾巴的方式来表示知晓我们的存在。马维斯不会是不友善的或具有破坏性的，怎么看都是健康、安详、干净、理智的。我滑进了马维斯梦想中的牛奶碗中。

性、毒品和垃圾食品

无论是宫殿还是下水道——猫可以生活在任何地方。

一阵工业级钻孔机的轰鸣声将我惊醒。我跳下床，拉开窗帘。莉迪亚立刻来到我身边。外面很黑，但在街对面，一支患失眠症的拆迁队已经在工作了。我们的墙和窗户都在震动，在这种情况下想要睡个回笼觉简直是痴心妄想。再说了，我还想带着莉迪亚去吃她的第一餐呢。

“你们想要什么？”一脸厌世神情的女招待吼叫道。

“请来两杯拿铁咖啡。”

她把铅笔塞进口袋，没精打采地走回厨房。一个面无表情的侍者拖着沉重的脚步走向我们，要求我们重复想点的东西。

“我们不做拿铁。”他说。

“那就来两杯卡布其诺？”

他恼火地举起了双手。

“这里可没有花哨的浓缩咖啡机，女士！”

那位女招待走了回来，往我们的杯子里注入有可能是从附近的下水道中汲来的液体。

“别担心。”我对莉迪亚说，“等我们在这儿待上几天后，这东西喝上去就如同玉液琼浆了。”

莉迪亚微笑着俯视着她的薄煎饼，它们像一对热带岛屿似的分布在她的盘子上。她在上面滴了一圈枫糖浆。当我的堆得像山一样的炒鸡蛋和烤土豆端上来时，我一时有些尴尬，它们上面还覆有亮粉色的培根。我快速地瞥了一眼其他的桌子，这让我确信，女招待并没有因为我这个女巨人的到来而让厨房处于戒备状态。我们旁边的那个男人正在奋力吃着三大块丁骨牛排和一份堆得像喜马拉雅山那么高的炸薯条。

我们灌下加了冰水的氖气橘子汁。不管天气如何天寒地冻，每位有自尊的用餐者都会饮下冰块在其中叮当作响的冰水。

女服务员在桌子上拍下两盘抹了黄油的吐司，以防我们还觉得饿。我看得出莉迪亚开始喜欢纽约了。

“平时都是这样吗？”她隔着桌子低语道。

“绝对的。”

“我怎么会看到那么多苗条的人？”

“这座城市里为各种怪异之举提供了空间。”我说，“如果我们致力于收集冰岛驼鹿的粪便，那么在曼哈顿至少还有二十个人有同样的嗜好。”

“你是说有个驼鹿粪便社交圈？”

“很有可能。很多人会去市中心的餐馆吃饭，但在上东区，成千上万的人只能靠空气和藜麦生存。”

莉迪亚碰都未碰她的第二块煎饼。我也无法直视我的土豆。我们将盘子推到一边，走出餐馆，来到街道上。

我天衣无缝地模仿着《欲望都市》[1]中的样子，抬起一只胳膊，但出租车像有任务在身的大黄蜂似的从我身边轰鸣着驶过。老女人的隐形斗篷又在发挥作用了。大约二十分钟后，莉迪亚拦住了一辆亮着灯的出租。她举起手臂，向前一个冲刺，使得司机要么选择撞倒她，在法院过上数月，要么选择踩刹车，让我们爬进车里。

我坐在出租车的后座上，钥匙安全地塞在我的口袋里，当我们从中央公园转向我们的新家时，我紧紧地握住了莉迪亚的手。她证明自己是一个天生的纽约人。当地人会轻描淡写地谈及他们住在一个巨大都市的事实。他们说，它只是一些个被称作“街坊”的村庄。每个人都对自己的街坊赞不绝口。我迫不及待地想看看我们的。由于它离联合国如此之近，在我的想象中，它里面到处都是手拿毒箭伞的长得像丹尼尔·克雷格[2]的人。

---

① 《欲望都市》（*Sex and the City*）是一部美国浪漫喜剧电视剧，由丹伦·斯达（Darren Star）创作，HBO 制作。从 1998 年到 2004 年，该剧共播出了 94 集。

② 丹尼尔·克雷格（Daniel Craig，1968— ）：英国演员，曾在 007 系列电影《黄金眼》中扮演詹姆斯·邦德的角色。

当出租车停在东 44 街拐角附近的一家摇摇欲坠的比萨店外时，我吃了一惊。这条始于东河的单行线刻下的是条很短的、颇具商业气息的路线，但并不完全如我想象的那样，是一条铺满鲜花的康庄大道。

我们把行李卸在人行道上。一名穿着长及脚踝的阿拉伯长袍、戴传统帽子的北非男子正在街角的一个摊位上卖手袋。当我们走过去问路时，他指了指一幢夹在两幢高大的灰色楼宇间的不起眼的红砖建筑。它大约有六层楼高，拥有近一个世纪的历史，透过没有装饰的窗户凝视着街道，就像一位不记得自己是如何最终来到如此狂乱的环境中的老妇人。

一段破旧、狭窄的台阶通向一扇漆成刺目的猩红色的前门。我爬上台阶，在手提包里摸索着钥匙，同时向爱彼迎之神发出无声的祈祷。（*即使泰德这个人根本不存在，即使这整件事都是场骗局，也请让我们进去，让我们今晚有个栖身之所*。）

虽然铜锁上伤痕累累，但它的形状是颗心的模样。这是这座大楼向我们发声的方式，它告诉我们，不管从外面看它有多破旧，可它仍然有灵魂。当钥匙顺利地转动、门平滑地打开时，我感激得浑身乏力。

前门嘎吱一声打开，露出一条小小的走廊，它通向一段陡峭的、溅有油漆的楼梯。尘埃颗粒在如水的光束中起伏飘动。一股隐隐约约的气味暗示着，在这些墙壁之间，有什么东西已经存在和消亡了很长一段时间。

我们的公寓在四楼，这意味着我们“只需”爬三段楼梯，我断定，这要么会毁掉要么会治好我的膝盖。第一个挑战是把我的棺材大小的行李箱弄进我们的鹰巢。莉迪亚主动提出帮我把行李搬上来，但我不希望她认为，我邀请她是让她来当老年护理的。手提箱重得惊人。爬了两段楼梯后，我的肺疼了起来。我停下来好喘口气，假装是在欣赏楼梯井周围那些依照马蹄铁形状排列的房门。它们都有着深棕色的色调，紧紧关闭着，仿佛住在它们后面的人完全不打算让世界进入其中。与此同时，周围的气味也变得浓烈起来，散发出混合着腐烂蔬菜加蓝奶酪加没洗过的臭脚的气味。

我向莉迪亚挥挥手，让她先走，待我判定心脏病的危险已经解除后，便马上把箱子搬上最后一段楼梯。

“我想就是这儿了。”她说，脸上带着迷茫的神情。

现在正变得势不可当的熏天臭气从她面前的那扇半开着的门里散发出来。一阵刺耳的乒乒乓乓和咔咔嚓嚓声从里面传来。公寓——我们的公寓——被一个不能自制的吵闹鬼占据了。

“哈啰——？”我用我姑母不请自来地拜访毫无戒心的亲戚时的那种试探性的语气叫道。

接着是一阵短暂的沉默，然后传来了蹒跚的脚步声和一声闷闷不乐的叹息。我的本能是把莉迪亚推向前去看看发生了什么。即使是古代的军阀也知道，当对峙是由一位年轻貌美的见习骑士发起时，它往往会以不那么紧张的方式展开。

但轻松的寒暄需要时间。我一心只想把靴子脱下来，躺倒在什么地方——不管有多臭。而且，无论是谁在里面，他都必须知道，我们已预付了一个月的房租。

我试探性地跨过门槛，眼前出现的是一个后世界末日的场景。地板上散落着丢弃的食品包装纸、聚苯乙烯纸盒、塑料袋和空水瓶。在壁炉旁边，一只垃圾桶倒了下来，吐出一团吃了一半的面条。在窗户下，一张未经整理的床把床单和毯子喷到了地板上。

这套公寓与我们在网上看到的新潮照片完全不同。只有紫色的窗帘和玻璃板咖啡桌看起来有些眼熟。一张黑色的乙烯基长凳（“舒适的沙发床”）被埋在一堆破烂的旧内衣下面。

在房间的另一头，离窗户很远的地方，一个非裔美国女人正俯在厨房的水槽上方，她是我见过的最疲惫、最怏怏不乐的人。当我走近她，问她这是怎么回事时，她翻着白眼说：“有些人就是地地道道的畜生。”

嗯，这是一套接受宠物的公寓——实际上，从空间上看，它更像是一个房间。我们在网上看到的那些照片的拍摄者一定使用了自电影《白鲸》以来的最大的鱼眼镜头。我搜索猫和狗的证据，但这是一个野人才能制造出来的混乱。我不是个大惊小怪的人，一生中我也见过一些狂放不羁的学生公寓，但这就是个粪坑，堪比中世纪的村庄。我用力打开窗户，一面试图想象我们的上一任房客是如何在这里坚持度过了一个月的——性，毒品，垃圾食品，循环往复。

那个清洁女工说她从早上六点就开始工作了，她急切地想回家去，给家人做一顿复活节周日大餐。我的烦恼化为了同情。我开始觉得要为此前的房客们承担责任，他们留下了一个垃圾堆，认定一个别无选择的人会在他们之后来清理它。

莉迪亚和我把行李推到墙边，解开外套。我抓起一把扫帚在各处扫个不停。莉迪亚捡起两个鼓鼓的垃圾袋，把它们扔到楼下的垃圾箱里。

“他们在这儿干什么了？”我说，一面靠近那臭气熏天的床铺。至少，那些被单必须被剥掉，送去洗衣房洗涤。

“别碰那东西！”清洁工在房子那头叫道。

“你说真的吗？”我说，一面撩起了被子的一角。

“不要啊！”她说，“你不会想朝那儿看的。相信我。”

尽管清洁工似乎很感激我们的帮助，但她说她自己会更快地完成工作。她让我们去散上两个小时的步。无论如何，我们需要给莉迪亚买浴巾和毛毯。沙发床上只有被单。我很想为我俩挑一条新的亚麻床单，但那个女人说别麻烦了。她会用干净的床单给我们铺床。

我越过她的水桶，透过浴室的门朝里窥视。它很小，配件大约是 20 世纪 70 年代的，但是可以使用。浴帘的下缘覆满了绿色的霉渍。

我觉得自己毫无用处，但同时又因为不被需要而甚感释怀，于是穿上外衣，戴上帽子，给了清洁工一笔我希望还算慷慨的小费，然后和莉迪亚匆匆忙忙地走下楼去。

“这地方的大小可真是没得说——对于一只猫来说。”我说，把帽子拉到耳朵上，步履艰难地朝着在我的想象中是通往布卢明代尔百货公司[①]的方向走去。

我等着莉迪亚告诉我说，她已转变了立场，觉得收养猫咪的想法愚不可及。她会建议我早上打电话给米凯拉和维达解释情况。她们会表示理解，取消我们与动物收容所的预约。但她只是顺着街道飞快地走着。

“快点儿！”她转头叫道，“那里在庆祝胡里节[②]呢！”

“什么？”

“它是印度教徒的节日，”她喊道，“他们在庆祝善良战胜了邪恶。”

在大多数关系中，都有成年人和孩子的存在。在莉迪亚和我这里，时序角色颠倒了。她会三思而后行，而我则会不假思索地脱口说出自己的观点，然后在闲下来后又追悔莫及。我们在一起的时候，我要依靠她来控制我较为古怪的行为。如果她的眼睛变得呆滞，变得比平时安静，就说明我太过分了。部分是因为这种互动方式，我从她三岁左右起就没见过她放纵自己。

我加快了速度，开始笨拙地慢跑起来，但很快就停了下

---

① 布卢明代尔百货公司（Bloomingdale's）：一家美国百货连锁店，由约瑟夫 B. 和莱曼 G. 布卢明代尔于 1861 年建立，其总部和旗舰店位于纽约市曼哈顿区第 59 街和列克星敦大道。

② 胡里节（Holi Festival）：印度的春季节日，起源于印度，后来传到了尼泊尔和许多西方国家，也被称为“色彩节”或“爱的节日”。

来。我简直不敢相信眼前的景象。仅仅在两个街区之外，那直插云霄的是全世界最精美的建筑。克莱斯勒大厦闪亮的冠状顶饰象征着我对纽约的全部崇拜。我大声叫喊着，向莉迪亚讲述这座从42街和列克星敦大道的交叉路口拔地而起的针状精美建筑所带来的喜悦之情。它曾是世界上最高的建筑，为时达11个月，直到1931年，帝国大厦使它黯然失色。但我的声音消失在了车流的喧嚣中。

等我赶上莉迪亚时，她正站在一个小公园的入口处。鼓声随着印度音乐的节拍而被击响，人们旋转着身体，挥动着手臂，脸上洋溢着快乐之情——每个人，从婴儿到祖父母，身上都被喷洒上了霓虹粉涂料。

我抓住莉迪亚的胳膊肘，建议我们别去管他们，但她被迷住了。她不理睬我，从我的手里溜了出去，钻进了人群。惊慌失措的我找不到她了。几分钟后，我瞥见了她，她的头向后仰着，欢笑着，她的右脸颊闪动着蓝色。我跳进人群去救她——结果只是我的帽子被炸成了亮黄色。第一次袭击感觉像是一次进攻；第二次，我额头上的绿色斑点，更像是一个吻。

当音乐把我们拉进一个有催眠作用的旋涡时，我们很快就让自己置身于红色、紫色和橘红色的火线中——恳求被击中。

在纽约市中心与疯狂的、投掷染料炸弹的印度人转圈跳舞，就好像在一滴伏特加都没碰的情况下喝醉了酒。作为这个巨大城市里的外来者，我们被另一群外来者所接纳和涂抹，他们以某种方式拥抱了我，使我充满了喜悦的归属感。在一阵橙色雨下大笑的我忘记了在接下来的一两个月里要住在一个老鼠洞中的前景。疲倦消失了，我的脚令人愉快地没有疼痛。

奇迹般地，我的膝盖也没有受伤。西医还有很长的路要走，我一面想，一面按照宝莱坞的方式扭动着我的臀部。我的半月板没有撕裂，只是缺乏一支印度舞蹈。当我在空中挥舞双手的时候，我一眼看不到头的焦虑清单开始消失。钱包和护照被偷了——那又怎样？被抢劫后进了收容所——嗯，我过得很好。

莉迪亚向空中张开双臂，大笑了起来。我从未见过她如此无拘无束。也许我们比我想象的更相似。这座城市对我们两个人都产生了奇怪的影响。我的视线中出现了我丈夫的脸，上面布满了斑点，就像杰克逊·波洛克①的绘画。那些东西似乎也是擦不掉的。如果我竟能说服他搬到这里来，当然得有妥协。我们得找个不乱扔涂料的地方。

“我们最好在商店关门前到达那里。”莉迪亚出现在我身边说。她回归了她理智的自我——除了她闪着蓝光和绿光的事实。

两个街区外，气氛发生了根本性的变化。几乎每张脸都

① 杰克逊·波洛克（Jackson Pollock，1912—1956）：美国画家，抽象表现主义运动的重要人物。他以独特的滴画风格而闻名。

是白色的，而且衣着保守。号角停止鸣响，不再有可向之招手的生动地布满斑点的灵魂伴侣。我们似乎已经从投掷颜料的街区搬到了城里的另一个地方，那里的人们甚至从未听说过胡里节。我和我的红色绒线帽现在基本上都变成了黄色的。我从商店橱窗里看到了自己身影，如同看到一只会引起幻觉的大鸟。

我们偶然发现了一家家居用品店，那里的年轻员工看上去太累了，所以无法草率地下结论。当我们为我们的毛巾（蓝色）、莉迪亚的毯子（假毛皮）和浴帘（红黄相间的条纹）付钱时，收银员似乎没有注意到，他的顾客就像一对色彩鲜艳的鹦鹉。即使他注意到了，他也什么都没说。毕竟这是纽约。

一座有心脏的城市

一只猫绝不只是一只猫。

当我从无梦的沉睡中醒来时，一幅紫色的窗帘成了我头上方的焦点。莉迪亚在几英尺外的假毛皮毯子下面轻声打着鼾。可怜的孩子。所谓的“沙发床”只是一块罩着乙烯基塑料的木板，但她坚持说它很舒服。房间煞是寒冷。谢天谢地，我们给她买了毯子。我把被子拉到下巴处，试着把注意力放在刚洗过的床单上，而不是床上那挥之不去的气味上。

随着先前房客的大部分踪迹的消失，我们的新家展现出了它所有的荣光。唯一的自然光源来自我床后的窗户。前门和位于房间另一头的小厨房都退隐在昏暗的阴影里。

清洁工留下了一张便条，说她修改了门锁的密码。她用加粗的铅笔潦草地写下了新的数字。虽然这让我感到安心，但我还是很感激门背后的那一排额外的门闩。

莉迪亚习惯了在密闭的空间里睡觉，这真是一件好事。

如果她在晚上翻身，就会落在玻璃咖啡桌上。一台小电视的空洞的眼睛从房间对面几英尺的地方凝视着她。

我床边的角落里放着一张尺寸只容得下一把椅子和一台笔记本电脑的桌子。虽然我知道信号微弱的 Wi-Fi 连接是世界头号难题，但我还是要依赖 Skype 来维持我们的异地婚姻。

清除了垃圾和最难闻的气味后，我们的单室套呈现出一种放荡不羁的魅力。从外观上看，靠近电视机的壁炉已经很多年没有使用了。某个有创业精神的人曾用白漆把它弄得焕然一新，将它变成了房地产经纪人所说的“时代特征”。除此之外，我们头天晚上买来作为乔迁礼物的水仙花，从一个高高的花瓶里发出了耀眼的光芒。

即使是最小的公寓也会有其古怪之处。在浴室旁边，我们发现了一个很大的、空气不流通的房间。这个空间太像个洞穴了，所以不能称为壁橱，但它左手边的一条管道上又悬挂着几只金属衣架。在把行李箱推到那里面之后，我们将它命名为“掩体”。

我翻身下床，拉开窗帘，让一道光线照射进来。

“怎么啦？”睡得迷迷糊糊的莉迪亚问道。

“在《西区故事》[①]里有一条防火通道！”我说，“难道你看不到托尼爬上了那些台阶，在吟唱《今夜》这首歌吗？”

① 《西区故事》(*West Side Story*)：一部美国音乐剧，讲述了发生在 20 世纪 50 年代中期纽约市上西区的一个蓝领社区的故事，因其黑暗的主题、复杂的音乐、延伸的舞蹈场景以及对社会问题的关注而成为美国音乐剧的一个转折点。

我的女儿呻吟着，将脸转向墙壁。强行抑制住自己不唱歌的行为使我的鼻窦悸动不已。

透过混凝土建筑的通风井，我辨别出对面上班族的轮廓，他们弯腰趴在桌子上，开始了新的一天。

虽然他们在另一栋楼里，但我们在同一层，而且他们离我们只有几码远。如果他们中有人抬起头来，就会看到一个穿着睡衣的野女人正在注视着他们。

我可以看见一个高个子男人和一个颇具肉体美的女人站在窗户旁边。他们全神贯注地交谈着，彼此之间的张力足够亲密，使我怀疑他们是否有婚外情。但是，再看一眼后，我发现他的注意力集中在她的写字板上，而不是她的乳沟上。

在墨尔本的家中，菲利普应当在漫长的一天工作过后套上了他的睡衣。约拿会等着突袭我们的床。我想知道我们的猫是如何适应只有一双腿可以依偎的生活的。我又尝试了下Skype。在一连串水流似的汩汩声之后，线断了。我告诉自己，我一点也不想念他们，只是想知道他们过得怎么样。

我一面把床单铺平、把枕头弄蓬松，一面哼起了“美国”（是屏住呼吸唱的，以免同我的旅伴发生不愉快的口角）。我们的公寓又小又脏，但它是我们的。我已经爱上它了。

唯一让人清醒的想法是，再过几个小时，除非我能想出一个无懈可击的借口，否则我们就将与马维斯共享这间公寓了。

我笨手笨脚地经过莉迪亚的身边，走向浴室。它几乎没有足够的空间放下一只人类的马桶，更不用说一只盛猫沙的盘子了。在洗去手臂上残留的昨天的涂料时，我对妊娠后期的婴儿充满了同情。我弯腰去捡肥皂时，臀部撞到了墙上。我们的新浴帘吸附在我的大腿上，而水在地板上积成了水洼。成为一个纽约人就意味着在活动方面要力行节约。

我穿好衣服后，在脸上抹上一些腮红以掩盖残留的涂料斑点，然后晃进小厨房。莉迪亚问动物收容所现在会不会开门。

“刚刚吧。”我说，一面用勺子将陈年的谷物舀入碗中。

“九点多了。”

“没错，但我们不能就那样去领回一只猫来，”我说，试着不咬碎牙齿。

“为什么不呢？”

我解释说，我们至少需要先弄个猫沙盘，然后才能考虑让一只猫搬进来，在我说话的时候，莉迪亚像法官朱迪[①]一样倾听着。

“没问题。”她说，一面穿上她的长裤，“街对面就有家宠物商店。”

我让她慢慢来。她得洗个澡，然后吃早餐。然后也许我

---

① 法官朱迪（Judge Judy）：美国一档以仲裁为基础的真人秀节目《法官朱迪》的主持人朱迪·谢德林（Judy Sheindlin），她在退休前曾是曼哈顿家庭法院法官。

们可以挤出时间去参观 MoMA[①]，甚至还有可能去参观弗里克美术收藏馆[②]。

她狼吞虎咽地吃完陈年的谷物后，我跟着她下楼，迈入明媚、清爽的一天。卖手袋的人们正在街角处摆摊。一排排色彩鲜艳的货品在微风中竞相亮相，争夺着我们的注意力。

“哇！它们难道不可爱吗？你不是一直想要只亮黄色的托特包吗？”

莉迪亚往后退着，策略性地无视我的问题。

“或者一只带红色圆点花纹的手提包！”

“它能与你的哪一件衣服相配呀？”

没错，我家里的衣柜里满是过时的休闲上衣和结实的鞋子，鞋跟低得不能再低了。我曾经拥有的每一只手提包都是黑色的。无论是谁都会认为我属于某个教派。所有那一切都将改变。

“这只漂亮的蓝色包包怎么样？”我说，伸手把它从钩子上拿下来，以便查看它的里衬。

卖包的人冷冷地瞥了我一眼。我低下头，抓住莉迪亚的胳膊，拉着她快步拐过街角。

---

① MoMA：现代艺术博物馆。这是一家位于纽约曼哈顿中城的艺术博物馆，位于第五大道和第六大道之间的第 53 街。其收藏包括建筑、设计、绘画、雕塑、摄影、印刷品、插图书籍和艺术家书籍、电影和电子媒体等方面的作品，是世界上最大、最具影响力的现代艺术博物馆之一。

② 弗里克美术收藏馆（The Frick Collection）：一家艺术博物馆，位于纽约市曼哈顿上东区亨利·克莱·弗里克之家（Henry Clay Frick House）。

“怎么啦？”她问。

“他以为我会偷它！”

一个无家可归的人弓腰坐在一座不锈钢雕塑下方的长凳上。他向两个穿深色长外套的貌似高管的人伸出手掌。那两人专心致志地交谈着，大步流星地从他身边走过，朝联合国走去。这就是格雷格和奥莉维亚警告过我的那个冷酷无情的城市。也许我是很愚蠢，竟然会想象我可以在与他们生活和工作于其中的混凝土建筑一样冷酷的人中间生活上一个月。

我把围巾打了个结，然后抓着莉迪亚的手过马路。如果我们是游客的话，我们就会径直走过那间夹在洗衣店和五金店之间的小家庭用品商店。一只老橘猫坐在窗户里，眨着眼睛看着我们。我们推门而入，铃声叮咚响起，我们就这样走进堆满了宠物食品和玩具的阿拉丁洞穴。虽然有些牌子我们并不熟悉，但肉和锯末相混合的味道则非如此。当我们顺着过道逡巡溜达时，那只橘猫漫不经心地跟在我们后面。

在一个棱角分明的城市里，看到某种如此柔软的、与自然相连的东西，那种如释重负的感觉真是无以言表。我想把它抱在怀里，搂紧它。

“它的前世一定是只老虎。”莉迪亚说。

“啊，你好啊先生。”我说，转过身去蹲在地板上，“你是个帅小伙子。你叫什么名字？”

那猫抖了抖胡须，估算着我是否值得让它花些时间。

“蓝铃。”一个沙哑的声音说，“它的名字叫蓝铃。它是个女孩。”

一个女人透过巨大的圆形紫色眼镜俯视着我。她那赤褐色的头发卷成十分夸张的卷儿堆在头上。她的口音里有种女王的鼻音。

“橘猫很少有雌性的吧？”我问，此时，蓝铃正趋步上前，用它湿漉漉的鼻子轻触我的手指。

“并不少见。”她说，“很常见。需要帮忙吗？”

她的语气有些凌厉，但位于巨大的镜片背后的眼睛却有种带着泪意的悲哀。我有点想知道，她是否是那些其生活经验使得他们宁愿与猫相处也不愿与人打交道的人之一。

“哦，是的，我需要你的帮助。”我说，“我们是从澳大利亚来的。”

“我猜到了。”

“我们要在住在这儿的期间养一只猫。”

她的脸露出了一丝笑意，露出了两只大门牙，门牙间有道讨人喜欢的缝隙。

“那样做真是太棒了！你们要收养什么种类的猫？”

我发现，两个来自地球两端的从未谋面的女人可以围绕着一只猫而发生关联，真是件令人温暖的事。

“我们还不知道呢，但有可能是只像你的蓝铃这样安静的老猫。”

“蓝铃可不老。”那女人的语气里有点辩护的意味，“它只有十四岁。”

这位店主需要蓝铃在身边逗留很长一段时间。

“你说得对。”我在表示敬意的沉默之后说。蓝铃实际上还是个少女呢。我们有只猫活到了二十四岁。

“我的水仙活到了三十三岁。”她说。

跟人比你的猫的寿命绝非是个好主意。

“真的吗？”我说，“她真是太神奇了！”

“水仙是只公猫，不是母猫。”

“噢，对不起。我以为……”

“郁金香，那是水仙的妹妹，是只母猫。玫瑰也是只母猫，是它们的妈妈。但水仙和木兰都是男孩子。”

“它们都是橘猫吗？”我问，从一堆物品的顶部拿下一只灰色的塑料便盆。

“大部分是虎斑猫。”她说，跟着我走向猫食区域，“它们都很长寿。”

拥有一只猫或一条狗所带来的固有的悲伤，是你知道它们很快就会离开。当它们离开时，长寿的人类就会被真正的悲伤所折磨。我们可以通过不要爱它们太多来保护自己，但最终，那是不可能的。对许多人来说，失去一只动物之后的悲伤等同于为人类朋友或家人哀悼的痛苦。也许，领养只乌龟或鹦鹉才说得通，因为它们有可能活得比我们还要长。

猫粮的种类多得令人目不暇接。此外，我也不知道我们收养的动物有何种喜好。

“我们先买这个吧。”我把塑料便盆放在柜台上说。

“我有个请求。”那位妇人将一袋猫沙放在便盆上面说，“我想让你拿上这个，这是份礼物。”

“真的吗？”

几分钟之前，这个妇人还是那么冷若冰霜，可现在变得比皮毛还要柔软。

“你在为纽约做一件很棒的事。”她说，“这只是在向你表示小小的谢意。你们领养了猫以后就来看我吧。如果我不在这儿，就问多丽丝在哪儿。我不会走得太远的。”

吃惊得有些发呆的我谢过多丽丝，最后拍了拍蓝铃，这才离开。

五金店中有一系列令人眼花缭乱的厨房用具和小摆设。我们走到商店后部，在那里，一堆堆的盘子和搅拌碗高耸在我们的头顶上方。

“你们在找什么东西吗？”

一个年轻女子走上前来。在一头青柠色的头发的映衬下，她的皮肤显得更加苍白了。

“你们有喂食的碗吗？”莉迪亚问。

“是给人用还是给狗用？”

纽约人的幽默感也可以怡人地直白。

“实际上，是给猫用的。”

那姑娘的面容变得柔和起来。

“我喜欢猫。”她说，“你们是从英国来的，对不对？”

“我们生活在澳大利亚，但我俩都出生在新西兰。”莉迪亚说。

“那儿离荷兰很近，对吗？”姑娘问。

“其实不近。”我说，“我们那里是《指环王》的故乡。”

“那么，让我来把这个搞清楚，”她说。“你俩是霍比特人？”

我们大笑起来，连连说是，我们长满汗毛的双脚的趾甲可以证明。

“那么你们要在纽约住多长时间？”

她推测我们会住下来是件很自然的事。否则我们怎么会有猫？当莉迪亚解释说，我们正打算收养一只时，那姑娘的脸上露出了笑容。

“苏菲！”她叫道，“快来啊！你得听听这个。”

一个戴着橙色大围巾的高个子女孩走了过来。

“这两位女士来自《指环王》，她们要收养一只纽约猫。”青柠色头发的姑娘解释说，“她们需要一只食碗。”

“那太妙了！”她的朋友说。

我几乎难以相信，打算收养一只猫会让人们对我们的态度产生如此大的转变。

“我们没有专门喂猫吃饭的碗。”高个子女孩说，“但等一下，我有个主意。”

她一头扎进一堆硬纸箱中，找出一只红色的小碟子，它的表面蚀刻着银色的小鱼。

“它真漂亮！”我说，“正好可以给猫用。多少钱？”

两个年轻女孩交换了一下眼神。

“我们想让你们拿着它。”高个儿说。

她们是甜美的女孩，但我认为，她们需要加强其交流技能。

“是的，我知道你们想让我们拿着它。但我要付你们多少钱？”

“不要钱。”较年轻的那个说，“只要你们跟猫相处愉快就好。”

满载着礼物的莉迪亚和我晕晕乎乎地回到公寓。

“纽约人一定是真在乎他们的宠物。”莉迪亚说。

“也许这是因为有超过一半的人口独自生活。”我说，“对于许多人而言，动物可以取代具有重要意义的其他人。”

无论如何，我们对刚刚经历的慷慨馈赠全无心理准备。我希望格雷格和奥莉维亚可以看到一这切。

如果我们只是以游客的身份游览纽约，就决不会遇到这些热心肠的女子，看到她们裹着硬壳的外表是多么快地融解的。

我们的救援猫马维斯正在施展它的魔法。

一个穿着毛皮的摇滚明星

照料一只猫是迈向自我治愈的第一步。

莉迪亚像一辆法拉利似的加速运转起来。我们朝位于东38街的比德伟的方向走去时，她跳跃着直往前走。我大声叫她，好让我们能驻足欣赏联合国大楼。外形像只香烟盒的它雍容不迫地立于波光粼粼的东河边，令人联想起《广告狂人》[①]中的唐·德雷珀[②]，只不过它是座建筑。虽然它有着20世纪60年代的面貌，但它实际上是在1952年完成的，证明了它本身就是另一个超前于时代的纽约客。

尽管去一家大城市的动物收容所会令我充满了好奇，但我对这样的地方也很警惕。我小的时候，动物收容所是市郊

① 《广告狂人》(*Mad Men*)：由马修·韦纳（Matthew Weiner）创作、狮门影业（Lionsgate）制作的美国历史剧（2007—2015）。

② 唐·德雷珀（Don Draper）：电视剧《广告狂人》中的虚构人物和主角，由乔恩·哈姆（Jon Hamm）饰演。

的一间破败的小棚屋。那是个临时的畜栏，被遗弃的动物在被“人道地”毁灭之前，会在那里度过凄惨的几天。它散发着死亡的气息。

除此之外，那只猫也让我感到不安。即使是像马维斯那样平静温和的猫，可能也会感觉到我的不情不愿，并且怀恨在心，伺机惩罚。

“是这儿吗？”莉迪亚问，停在河对岸一座看上去很友善的现代化多层建筑外。那闪闪发光的外表与我想象中的动物收容所简直有天壤之别。一只欣喜若狂的小狗从门里冲了出来。它耳朵高竖，粉红色的舌头甩个不停，欢快地从我们身边掠过，仿佛一种奇妙的新生活刚刚开始。当抓着它的牵引绳的男人与我的目光相遇时，他的笑容变得更开怀了。

“它是猎狐与梗犬的杂交种。”他回过头来叫着说，此时，狗正拖着他沿着人行道前行，“我们叫它格雷西。”

在建筑内部，温暖宽敞的大厅里充满了良性的活力。一名保安小心谨慎地站在门边。这地方一点动物气息都没有。在闪亮的地板的另一头，一对年轻夫妇手牵着手坐在那里。他们焦灼的表情让我想起了等待第一个孩子出生的父母。当一个女人抱着猫笼出现时，他们满怀希望地抬起头来。当那女人径直从他们身边走过，走进另一个房间时，他们的笑容因失望而消失了。

我可以花一个上午去观察那些第一次见到他们的宠物的人，但是莉迪亚把我带到了接待处。一个三十五六岁的女人微笑着跟我们打招呼，介绍自己是苏西。她梳着长长的马尾辫，眼睛清澈明净，笑容可掬，有着近乎天使的韵质。

“我们一直在等你们。”她说，“你们是来接波诺的，对吗？”

我知道的唯一一个波诺是个戴着黄色眼镜的摇滚明星[①]，如果他在附近，可能得有更多的保安。我张口想向她解释，无论波诺是什么，我们都不打算领养。

“乔恩也很兴奋。”她继续说，“他是我们的猫咪评估经理。”

她连忙把我们带进一间小办公室，办公室里，一个男人正俯身坐在书桌前。他那椭圆形的脸周围是一圈长长的黑发，眼睛里温柔中夹杂着哀伤，或者，里面反映了对生活会带来什么的太多了解。他的前臂布满墨迹。文身的人通常喜欢谈论他们身上的饰纹，我经常用它作为谈话的开场白。但有什么东西阻止了我，使我无法用有关他的文身图案的意义的低级问题来轰炸他。

与动物打交道的人通常都非同寻常，但我感觉到，这个男人有很多个面。高度敏感而又通达的他是个稀有品种，一个猫语者。

“这是波诺一生中遇到的最好的事情了。”乔恩·德里罗

① 保罗·大卫·休森（Paul David Hewson，1960— ）：艺名波诺（Bono），爱尔兰创作型歌手、音乐家、风险投资家、商人和慈善家。他以摇滚乐队 U2 的主唱和主要作词人而闻名。

说，脸上露出大大的笑容。

比德伟的人非常可爱，但显然是被误导了。我清了清嗓子，重复了一遍我们的情况：我们从澳大利亚来，想收养一只年老的玳瑁猫。

乔恩示意我们跟着他穿过门厅，经过两扇门，进入一个室内的猫咪丛林。一棵三层的猫抓树整个都被猫占据了——一只虎斑猫，一只橘猫，一只眼睛有着不一样的紫铜色调的纯白的猫。我跨过一只在房屋正中的垫子上打瞌睡的灰白相间的大个子绅士猫，与蜷缩在一条地毯隧道内的绿眼睛的杂色猫打招呼。

然后我看到了它。马维斯——我们的马维斯正摇摇摆摆地走向一只食碗。这只胖得几乎动弹不得的寄养猫即将进入我的生活。

“它太棒了！”我说，但似乎没有人在听我说话。我猜，这里的工作人员已经习惯了人们对他们的被监护者表示出过分的热情，所以对奉承的声音已充耳不闻。

我眼睛的余光还瞥见了其他几只猫。一对很像马维斯的笨重大猫在铺着毯子的柱子上打盹儿。另有几只从隐蔽处瞪眼朝外看。两只少年虎斑猫以太极符号的形状蜷缩在一起。

一个年轻女子坐在角落里，怀里抱着一只消瘦的礼服猫。她介绍自己是萨迪，是比德伟的志愿者大军中的一员。无论动物的年龄、大小、颜色如何，它们似乎都心满意足。比德伟显然是猫咪收容所中的天堂。

虽然我喜欢马维斯，但我愿意灵活变通。真的，这些不爱与人互动的动物中的任何一只都适合我们收养。当一颗黑色炮弹在房间里呼啸而过时，我的白日梦被打断了。它从那只灰白相间的猫的肚子上爬下来，努力爬上一根猫爬架，想诱捕一只同为房客的猫的尾巴。

“你会爱上波诺的。”乔恩说。

“那就是波诺？”我盯着那只动物在它身后留下的一片狼藉问。当它蹦跳着从其他猫的身边经过时，那些猫都眯起眼睛，发出不满的声音，并切换着尾巴的方向。

我不确定这只动物是否有资格成为家猫。它看起来更像一只微型的狮子。除了它那超大号的头、毛发蓬乱的脚和长得可笑的尾巴的鸡毛掸子尖外，它整个身子的毛都被刮光了。

我暗想，要记得提醒格雷格忘记视觉化。这只天性原始的能量集结物与马维斯完全不同。看着波诺在地板上蹦蹦跳跳，我竟无法判断它是丑还是美得令人难以置信。它的脸扁平且有凹陷，看上去几乎没有鼻子。

“我们都超爱它。”乔恩说，“你也会一样。”

随便乔恩怎么说，但我不会痴迷于让我在纽约的自由被一只亢奋的迷你小狮子毁掉的想法。我脑海里已经形成了一连串的借口。我可以告诉他我对以摇滚明星命名的猫过敏。或者我那老朽的关节会因为试图跟上一个极度活跃的疯子而粉碎。或者，我只会考虑接受一个被认定为变性猫的纯素食动物。

“它好可爱啊！”莉迪亚叫道，蹲在地板上，用手指戳了戳它，“看那两只眼睛！”

从我站着的地方，我只能看到它毛茸茸的鬣毛的后部。它把头侧向一边，试探地向莉迪亚走去。她轻声细语地对它说话，并伸出手去摸它的额头。在接触的一瞬间，它反身蹦至房间的另一端，好像她给它来了次电击似的。

“我们给它剃了毛，因为它的毛都缠结在了一起。”乔恩解释说，一脸宠溺地俯视着它。

我问，他们是怎么设法让如此充满活力的动物静止上足够长的时间以便给它剃毛的，这时，乔恩承认，这次美容是在全身麻醉下进行的。

“作为这里最小的猫，它的生活充满了压力。”乔恩继续说，“它每天要在笼子里待上约十五个小时。剩下的时间里，它必须不断战斗，以便能跟得上其他的猫的节奏。”

我们注视着那只迷你小狮子在从较大的猫的笼子边跳跃而过时，躲避着时不时地拍向它的猫爪。就像带着烦人的小弟弟的大孩子一样，他们毫不犹豫地想让它知道，他们已经受够了它的闹腾。我耸了耸肩，开始解释这不是我想要的那种猫。但是乔恩对我的抗议充耳不闻，他开始讲述一个令人痛心的背景故事。

像其他成千上万的动物一样，波诺在2012年10月袭击了纽约的桑迪飓风中失去了家园。它被冲上长岛的海滩，全身泥污，在被人找到后，被带到了一家市政收容所。虽然乔恩没有详细说明，但他给我留下的印象是，这只猫在那个地方的前途是有限的。当我催促他提供更多信息时，他说他只知道波诺被遗弃或放弃了。这两个词都让我感到难以置信的悲伤。

由于波诺的友好性格，又兼具波斯猫和缅因浣熊猫的迷人特性，它获得了第二次机会。它被转移到曼哈顿的比德伟，在这里，它更有可能找到一个永久的家。乔恩提醒我，波诺已经同他们一起待了整整六个月，大部分时间都待在笼子里，这对任何生物来说都是很长的一段时间。

“可是你说人人都爱它。”我说，“肯定有人会收养它吧？”

乔恩摇了摇头。

“人们总是会被它所吸引，但当他们发现它患有慢性肾病时，就都退缩了。”

一块河流巨石堵在了我的胸口。

“这不是老猫才会得的病吗？”我问道，看着波诺在房间里四处滑行。由于它的雪地靴几乎触不到地面，它就像个芭蕾舞演员般漂移着。那只猫不会死的。它实际上充满了生命力。

“不一定。”乔恩说，他的嘴抿得紧紧的，“我们认为它大约四岁。这通常是被收养的好时机，但我们理解为什么人们不愿意收养它。治疗费用昂贵，而且会以心痛告终。只有圣人才会给它一个家。”

波诺跳上莉迪亚旁边的一根猫爬架。它摆了个经典的姿势，保持了几秒钟，这让我想起了一座俯瞰欧洲广场的雕塑。我松了一口气：它居然可以坐着不动。它低下头，邀请莉迪亚去搔它的额头。与其说我在看着它，不如说在看着它对我女儿带来的影响。当她对着它又是咯咯又是咕咕地叫着时，它激发了她的母性，这是我以前从未在她身上见过的东西。

萨迪俯身把那只礼服猫放在地上，在莉迪亚身边蹲下来。两个年轻女子举起手，想要试探性地拍它一下。一时间，波诺似乎打算用舔的方式来回报她们的曲意奉承。可它却又猛地跳起身，扬长而去。

“我每天都来这里，只为了能看看波诺。”萨迪说，眼神伤感地追踪着它，“它的个性很好。我很想收养它，但是医疗费用远远超出了我的能力。”

我问，波诺以前是否有过一个家，乔恩说，这只猫太社会化了，所以以前不可能未与人类一起生活过。

“但很长一段时间里，它都没有与人一对一地交流过了。”他补充说，“一开始，它会让你抓狂的。头几天，先把它关在一个小地方，比如浴室。慢慢来。不要强行推进你们的关系。它可能会发出不满的叫声。”

看样子我们与波诺的关系将会很复杂。好像这还不够我应付似的，乔恩又补充说，这只几乎可以肯定将难以驾驭的猫每天需要吃两次药。他把波诺从地板上抱起来，把它放在菲利普通常抱约拿的相同位置上。不过乔恩抓得要更紧些，使得猫爪子紧紧地收了起来。他让猫的头向后倾斜，撬开它的下腭，把药片放进去，行云流水般的动作看似轻而易举。他说，如果我们在这一技术上有什么问题，我们所要做的就是把药藏在一片新鲜的鸡肉里，波诺就会狼吞虎咽地吞下它。

“它可以胖上一两磅。”乔恩补充道，与此同时，波诺挣脱了他的手，飞奔而去，“它是挑食的猫。”

波诺无疑是只骨瘦如柴的猫。在它剃光毛的皮肤下，肋骨清晰可见。它的毛皮有着钢丝球般黯淡的、毫无生气的质地。虽然它的眼睛很漂亮，但里面有一层油膜，看起来不大健康。乔恩说，由于这只猫个头太小，处于收容所食物链的底部，所以它消耗了大量的神经能量。

“它永远不会离开这个地方。”他继续说，“你能为它做的最好的事就是给它放个假，即使只到周末。”

我问波诺还能活多久。当乔恩说大约三年的时候，我胸腔里的巨石晃动起来，变成了黄油。对这样一个精力充沛的动物来说，这是个残酷的预后诊断。我通过谈判来避免抚养它的全部概率消失殆尽，比一只汤姆猫消失在黑暗的巷子里的速度还要快。此外，莉迪亚已被迷住了。

“如果你们应付不了，可以在一两天后再把它送回来。”乔恩说。

“噢，真的吗？”我问，试图隐藏起这一提议带给我的激动之情，“它看上去确实有些难以驾驭。”

“不，它不是那样的！”莉迪亚说，不赞成地瞥了我一眼。“它只是有点兴奋，对吗，小家伙？我们很乐意收养它。”

乔恩让我们离开房间，而他则艰难地设法将波诺放入一只猫笼之中。这是个令人担忧的迹象。我想知道是否需要套索。

回到接待处，我们看到萨迪把波诺的食物装进一个袋子里。她解释说，虽然它喜欢酥脆的干东西，但吃鱼罐头对它来说很重要，因为它含有对肾脏有益的药物。她又加了一瓶药，递给我一张形状像圆顶冰屋的柔软、高壁的猫床。我猜它是为一个想要躲避世界的生物而精心挑选出来的。乔恩带着得意的笑容从猫屋里走了出来。

"随时打电话给我，"他一面说一面把那只载有乘客的猫笼递给莉迪亚，"让它来经营你们的关系吧。你能给它的任何东西都会比它所习惯的多。跟它说话。人类的声音会创造奇迹。当我们得到野生小猫的时候，经常会读书给它们听。"

我不是第一次因动物福利工作者的奉献精神而自卑。真的给小猫读书。

乔恩似乎很不情愿让我们带着他所热爱的动物离开大楼。我很想知道，假如我提议不把波诺带走，是不是对我俩都是件好事。但莉迪亚已经拎着猫笼朝门口走出一半的距离了。

"还有，请记住。"乔恩在我们身后叫道，"它会有些暴躁。把它放在封闭的空间，至少二十四个小时。"

正如林肯夫人在去剧院的路上对亚伯拉罕所说的，情况将十分有趣。

有你，或者没有

柔软的爪子既脆弱又结实。

我们选择从比德伟走六个街区回我们的公寓。莉迪亚拎着波诺的猫笼经过联合国大楼时，她咯咯地笑着，显得很是大惊小怪。两只金色的眼睛透过网眼向外凝视着。它安静得令人不安。我让她停下来好几次，以便查看它是否还活着。那两只眼球警惕地回望着我们。也许它在策划逃跑。那将是一场灾难。尽管波诺没有家，但毫无疑问，比德伟的人对它关怀至深。

在它带着肾脏感染来到比德伟后，收容所为它的兽医护理花了一大笔钱。它的五星级治疗包括抗生素和液体。比德伟对这只长相奇特的猫的责任心如此坚定不移，这真令我印象深刻。但该组织在超越常规地帮助有需要的动物方面有着悠久的历史。

虽然农场里的动物和马沿着第五大道缓慢前行的画面需

要一点想象力，但这在 20 世纪初期是种司空见惯的景象。为了使动物们的工作日轻松一些，比德伟在全市各处都安装了水槽并加以维护。1907 年的一张照片中，一匹疲倦的拉车的马正从一只比德伟的桶里大口大口地喝着水，这张照片如今让人感到的温暖就像它被拍摄时一样。

当我们护送着波诺走进我们的生活时，想想就会觉得奇怪：如果不是因为出类拔萃、游历广泛的弗洛拉·德奥比·詹金斯·齐贝贝（Flora D'Auby Jenkins Kibbe）夫人的话，这一切都不会发生。一百多年前，在一次法国之旅中，她受到了一个激进的犬类收容所巴罗纳·德赫彭斯（Barrone d'Herpents）的启发。这家收容所没有像通常的做法那样杀死流浪狗，而是把它们从巴黎各处收集起来，照顾它们，直到它们可以得到个新家。

齐贝贝夫人把这个想法带回了纽约，在 1903 年底，她在自己位于曼哈顿的家附近的一栋普通建筑里照顾被遗弃的动物。她称它为比德伟 [在苏格兰语中意为“停留一会儿”（Bide-A-Wee）]。

当她收养的狗超过两百只时，她的邻居开始抱怨狗的叫声，于是她被迫将动物们转移到一系列的临时避难所。就在齐贝贝夫人的愿景似乎要惨淡收场、化为历史时，纽约人经过深入挖掘，给了比德伟至今仍在东 38 街 410 号的这个永久家园。

自那时以来，该组织日渐扩大，其中就包括了在长岛的两个中心，以及使成千上万只受到珍爱的宠物得以安葬的纪念场所。

通过比德伟的出色工作，齐贝贝夫人的灵魂得以继续笑对纽约的那些迷失和贫困的生物。她的政策是永远不让一只动物安乐死，除非它处于绝症或痛苦的最后阶段，这个政策的最近的一个受益者正蹲在莉迪亚手上的猫笼里。

食物和药袋很轻，我可以拿得动，但是猫床就很笨重了。当莉迪亚把波诺的猫笼放在人行道上，好把头发从脸上往后撩时，这让我松了一口气。

我以为她脸颊上闪烁的泪珠是从东河吹来的寒风的结果，于是等着她把它们擦去。但接下来我意识到她其实是在哭。多年来，我从未见过我那独来独往的女儿哭过。尽管她是一个比我受过好得多的教育的成年人，但我仍然还是那个鸭妈妈，希望把她包裹在我的羽翼之下，治愈她的一切伤痛。

“怎么啦？”我问，一面把猫床和宠物食品袋放在人行道上，把她拥进我的怀中。

“三年。”她啜泣着说，“这不公平。它是只漂亮的猫。生命是如此……脆弱。”

像波诺这样的动物太过经常地成为自然灾害的无形受害者。不太久以前，在我的家乡新西兰，基督城是这个国家最壮丽、最安详的城市。一座以英国传统建筑为蓝本的漂亮的石头大教堂凌驾于位于市中心的一处迷人的广场之上。在城中雅芳河蜿蜒地流过优雅的建筑和公园，整个城市看上去就像筑成大教堂本身的石头一样坚固。

2011 年 2 月 22 日的午餐期间，一切都改变了。一场大地震掀翻了大教堂的尖塔，摧毁了建筑物，夺去了 185 人的生命。数年后，这座城市在经历了物质和精神上的破坏后，仍然处于自我修复中。

被压在废墟下的动物的数量从来没有被统计过，而地震对那些幸存者的影响巨大。猫会连续消失好几天；狗仓皇出逃。就连较小的动物也受到了创伤。笼子里的鸟儿用翅膀拍打笼子，啄自己的羽毛。

一些人冒着生命危险，穿过被封锁的区域，从倒塌的建筑物中救出宠物。另一些人则充满忧虑，专注于拼凑自己的生活，无暇顾及他们四条腿的朋友。

在地震后的几天里，随着尘埃落定，数百只不知所措的猫和狗被从街上带走，被安置在收容所里。遗憾的是，并不是所有的宠物都能与主人团聚。有些人，他们的生活和房子都变得支离破碎，觉得没有能力把自己的动物带回去。许多宠物被实施了安乐死。

像他在基督城的表亲们一样，波诺是一场超出人类控制维度的灾难性事件的受害者。

它是只神秘的猫。在比德伟，似乎没有人知道它被救出的确切地方，也没有人知道它是如何得到波诺这个名字的，但看看它像穗状花序般恣意飘扬的长毛，这个名字对它来说很合适。

2012年10月22日，它的人类主人想必不曾意识到那个低压槽，它正从离遥远的尼加拉瓜的海岸不远的加勒比海中吸入湿气。

然而，波诺和东海岸的其他1400万只猫科动物有可能感觉到了气压的微妙变化。许多世纪以来，猫与气候之间的联系就一直被人们所认知。天花疫苗接种之父爱德华·詹纳（Edward Jenner）博士在他的诗歌《雨的征兆》（*Signs of Rain*）中便向猫科气象预报员表达了敬意："坐在壁炉边的猫咪，用天鹅绒的爪子/反复揩抹着其长着胡须的下巴。"

在詹纳写下这几行诗的很久之前，水手们就凭借密切关注船上的猫来预测天气。对他们来说，出海远行的猫不仅仅是捕鼠高手和令人想起家中温暖的壁炉的提示者。当他们看到住在船上的猫用爪子撸脸时，他们便知道恶劣的天气即将到来。有很多关于猫在暴风雨前摩擦脸和耳朵的报道；人们认为电磁变化和低气压会导致一种偏头痛，如果这是真的，那么摩擦脸和耳朵似乎就是合乎逻辑的。

其他航海迷信较不可信。如果一只猫试图弃船或把小猫带到岸上，水手们就会惊慌失措，因为这意味着前方会有麻烦。打喷嚏的猫意味着要下雨，闹腾的猫是将要起风的前兆，如果猫靠在谷物上舔它的毛，一场冰雹就正在酝酿之中。一些水手甚至相信，猫可以用贮存在其尾巴上的魔力制造风暴。毫无疑问，一代又一代的猫并没有有所作为，让水手们改换信仰。

虽然许多欧洲人认为黑猫不吉利，但英国水手却把黑猫视为好兆头。由于波诺的潇洒气质，它将会被当成一个优秀的船只吉祥物。

2012 年的大西洋飓风季节尤其动荡。许多科学家把矛头指向全球变暖。飓风因温暖的环境而加剧，在美国东海岸，海洋表面的温度比平时高得多。

当风暴以每小时八十英里的速度冲向牙买加时，它被命名为“桑迪”——这个亲切的名字让人联想到浴巾和防晒霜。两天之后，飓风席卷了海地，造成的洪水和泥石流夺走了五十余人的性命。它又旋转着去往古巴，在最终离开加勒比海时，造成的死亡人数达到了七十人。

在舒适的客厅里看着电视屏幕上的灾难，大多数纽约人都会认为，这场风暴将遵循寻常的模式，向大海进发，然后缩减为一缕轻烟，在强硬如钢的大西洋上空盘旋。但是，当桑迪沿着乔治亚州和卡罗来纳州的海岸向北移动时，气象学家们注意到一种非同寻常的大气条件组合。飓风急转直下，演变成超级风暴，一路长驱直入，纵横一千英里，席卷了沿途的巴尔的摩、华盛顿、费城和纽约。更危险的情况是，桑迪的抵达与满月和异常高的潮汐不期而遇。

风暴前夜，波诺的猫科动物传感器想必一直在超速运转。本能会促使它逃跑并躲藏起来。10 月 29 日，当桑迪袭击长岛时，狂风和暴雨的轰鸣声震耳欲聋。对于像波诺这样敏感的猫来说，这将极度痛苦。它的世界会被引爆，变为一场超现实的噩梦。

在曼哈顿下城的海面上，十四英尺高的海浪在巴特利的海堤上汹涌澎湃。连接曼哈顿和布鲁克林的休·L. 凯里隧道（Hugh L. Carey Tunnel）被洪水淹没，城市的部分地铁系统也遭了殃。风暴又向前挺进了四英里，抵达位于切尔西的岛屿，将米凯拉的公寓围困，使之停电停水。成群结队的人逃离了她的社区，与城里受影响较小地区的朋友们待在一起。但是米凯拉拒绝离开她的猫。

有时，她的公寓一定感觉就像个被无法饮用的水包围的荒岛。然而，在街道上，数量有限的饮用水尚可获得。有好几天，米凯拉和吉恩都会拖着水桶爬 18 层楼梯，来到城里最娇生惯养的三只猫的跟前。

在长岛，波诺就没那么幸运了。在观看风暴影响那里的视频时，我试图想象它经历了什么。如果它一直住在海边的房子里，那么它的主人很可能已经撤离。也许他们想把它带走，却怎么也找不到那个受惊的家伙。如果他们在为了自身安全而逃命之时被迫留下了它，那必定是多么令人心碎的场面啊。

它在黑暗中独自蜷缩成一团，在墙壁摇晃、窗户破碎时，被吓得动弹不得。也许有一股强风把后门从铰链上扯了下来。当空气被吸出房子时，一波两英尺高的海浪可能会从码头区汹涌而上，将前门猛地冲倒在地。当海水灌进房子，将桌椅像玩具一样抛来掷去时，波诺不得不调动起它全部的动物智慧。

暴风雨过后，我想象着救援人员在一个颠倒的世界里跋涉，在那里可以看到露在海面上的汽车顶部，而船只则侧躺在大街之上。也许一个志愿者注意到有只浑身泥污的小动物挂在树枝上。那只动物是如此安静，它黑色的皮毛板结而凌乱，她以为它已经死了。但当她伸手去够那脆弱的身体时，它的眼睛睁开了，用琥珀色的目光注视着她。

也许，当她把它塞进猫笼里时，救援卡车上的收音机正在播放着“有你，或者没有”[①]这首歌曲。这将解决任何关于如何称呼这只最近的风暴受害者的争论。不管它在暴风雨前叫什么名字，这只猫被取名为波诺。

这一年被证明是更名换姓的大年。这场飓风夺去了纽约周围五十三人的性命，摧毁了数千座房屋，它的破坏性是如此之大，以至于“桑迪”这个名字被从未来飓风的潜在名单中剔除。

多亏了动物组织的杰出工作和脸书的宣传活动，数百只宠物得以与家人团聚。遗憾的是，波诺不在其列。

•

① “有你，或者没有”（With or Without You）：爱尔兰摇滚乐队 U2 的一首歌，歌词的灵感来自乐队歌手波诺对自己作为音乐家和居家男人生活的矛盾感受。2010 年，《滚石》杂志将这首歌列入“史上最伟大的 500 首歌曲”排行榜，排名第 132 位。

圣烟

猫可以是天使，也可以是魔鬼——或者两者兼具。

当我们爬上台阶，走向那扇红门时，莉迪亚恢复了镇静。在把钥匙插进那把心形的锁里时，我还在想，一只无家可归的猫怎么就能把她弄哭了呢？在她位于家乡的工作生涯中，作为一名实习心理学家，她每天都要应对令人痛心的人类故事。

“波诺不知道它只有三年可活。”我说，这时，她正把她的珍贵货物拎上第一段楼梯。

我的思绪一下子闪回到医生的手术。当医生告诉我，我右乳的肿瘤生长得很大时，死亡的前景让整个房间都笼罩在铅一样沉重的氛围中。我没有勇气问那句每个人都害怕说的话——“我还能活多久？”但她能从我脸上读出那种疑问。她给我开了安眠药的处方，好让我熬过接下来的几天，并说他们需要做更多的检查。那天我将自己一个人关在屋内，一心只想活下去。虽然我的身体自那以后已经恢复，但我仍然处于一个情绪化的陷阱中。

动物们有本事轻来轻去，敞开心扉接受每一个瞬间。它们不认为自己的生活是一条有起点、中间点和终点的线。晚年生活的运转不灵和难受呻吟不过是种短暂的不便。不管波诺现在病得多厉害，它都在尽情享受这次冒险，毫不自怜，直到它生命的尽头。我有很多东西要向它学习。“三年对猫来说是很长的时间。”我补充道，“再说，什么事都可能发生……”

我让她想想我们的理疗师朋友斯蒂芬和他的有一半卡尔比血统的宠物狗米莉。当兽医告诉斯蒂芬，米莉还有两个月的生命时，斯蒂芬崩溃了。兽医忽略了斯蒂芬对人类和动物的衰退中的身体都有种特殊的亲和力的事实。只吃有机肉类，再加上不折不扣的虔诚，米莉在五年后仍然活力十足。

“如果它能找到个好人家，”我说，喘着粗气上到第二段楼梯，“它就可以活得很久很久。”

哦，没错，我内心中的那个愤世嫉俗者开始发声。**这个城市充斥着乞求领养一只猫的圣人，这只猫会让他们花去卡戴珊的赎金来支付兽医的费用，会在公寓的各处撒尿，然后死掉。**

四十多年前，当我在新闻学院读书时，我的这位住家批评人向我引荐了自己（它总是个男性的声音）。他有几次都派上了用场，尤其是当我在充满性别歧视的新闻编辑室工作的时候。那诙谐的旁白和讥诮的否定感觉就像个保护罩，使我免于受到人类行为中更令人震惊的方面的伤害。不过，就像大多数自作聪明的人一样，这位内心的愤世嫉俗者在艰难时刻消失得无影无踪。在我的一个孩子死亡、患上癌症或失去朋友（他们开始以令人警醒的规律逐渐消失）时，他都没有提供任何安慰。虽然在诉诸灵性的20世纪90年代，我设法在一段时间内压制住了那个声音，但我始终没能完全摆脱他。

我在一处幽暗的楼梯平台上停下来，以便喘口气，并细细地打量一张“请勿摔门”的告示，它用怒冲冲的红色大写字母潦草写就，用胶带粘在一扇看上去伤痕累累的门上。不管住在那里的人是谁，他们就位于我们的单室套的正下方。在之前的房客的君临之下，他们一定饱受折磨。

我深吸了一口气，把猫床和食品袋抱在怀里，吃力地走上最后一段楼梯，使劲地摁下我们门锁上的密码。当莉迪亚把猫笼放在地板上时，波诺透过猫笼的缝隙朝外好奇地打量着。它似乎很平静。莉迪亚和我交换了一下眼神。我们都特别想让它出来，看看它临时的家。但是乔恩的指示很明确。

“我猜它得在掩体里待上一两天了。”我说。

“但这个地方很小啊。”莉迪亚说，一边挥动着手臂，指尖几乎碰到了房间两边的墙壁，“再说它是如此的消沉。我们就不能让它出来几分钟吗？”

的确，按照澳大利亚的标准，这个单室套并不比鸟笼大多少。毫无疑问，乔恩给每个带猫回家的人都提出了同样的建议。与我们在比德伟见过的那只狂野、跳跃的波诺不同，它似乎已经变成了另一只动物。它很平静，安静得几乎令人感到忐忑。当我朝猫笼里面窥看时，一个小天使正在回望着我。

怎么可能会出岔子呢？我点了点头。

莉迪亚使劲去拉猫笼的插销。它以惊人的速度突然打开，一团黑色的毛球猛地冲了出来，在房间各处奔跑回旋不已。那只猫的耳朵贴在头皮上，眼睛闪闪发光，一阵风似的围着我们打着旋儿。

当它朝着莉迪亚冲过来时，她准备扑向它，但它灵巧地在咖啡桌边兜了个圈子，绕回到了房间的中心，像飓风一样加快了速度。

“停下！”我没头没脑地冲着那大自然的螺旋力喊道，它和我们从比德伟领回来的那个顽皮的小狮子一点也不像，“你原本是只病猫啊！”

它越转越快，越过咖啡桌、沙发、壁炉、咖啡桌、沙发……

当它疾驰着跑过我的膝盖时，我伸手去抓它。这是我第一次摸它。它躯干上的毛又粗糙又温暖，就像羊毛一样。它的肋骨又硬又尖。它从我手中滑了出去。

我认识几个极度活跃的孩子，由此我了解到，如果你保持冷静，不被他们的狂躁状态所吸引，小动物们最终会耗尽能量，平静下来。

咖啡桌、沙发、壁炉、咖啡桌……

现在，波诺随时都会筋疲力尽地瘫倒在地，成为一只温良恭顺的毛球。

咖啡桌、沙发、壁炉、咖啡桌……

猫加快了速度，将盛着水仙花的花瓶撞倒，使花儿全都摔在了地板上。然后，令我们恐惧和难以置信的是，它竟顺着壁炉烟囱往上蹿去。

莉迪亚和我都惊讶地看着它。当碎石和灰尘的云团像雪崩似的从虚空倾泻到房间里时，我们异口同声地发出一声喊叫。波诺的唯一证据是一条黑色的狮尾，它透过烟囱里的灰尘帘幕，像门铃声一样悬吊在那里。

房间里一片死寂。煤灰和灰浆颗粒飘浮在苍白的阳光中。莉迪亚和我盯着那尾巴。

“你觉得我该拽拽它吗？”我问。

莉迪亚没有回答，只是脸红了。猫的尾巴是神经末梢的温床。它包含多达二十三块骨头，令人印象深刻，因为长颈鹿的脖子上只有七块骨头。拉它的尾巴，哪怕是为了救尾巴的主人，也几乎可以肯定地说这等同于虐待动物。另外，这可能会挽救它的生命。

我们听到烟囱里传来了一种变化的声音。紧接着又有一缕灰泥从壁炉里喷了出来。我升出了希望。也许波诺已经恢复了理智，正试图转身回来。

令我沮丧的是，那尾巴变短了。我们束手无策地站在那儿，而那只猫还在继续往烟囱上方爬，直到我们只能看到它尾巴末端的那个脏兮兮的球。

难以置信的是，它竟然挤进了那么窄的垂直隧道。但是，让无数老鼠感到遗憾的是，猫以其“流体肩膀”而闻名，这使得它们能够挤进任何宽度足以容得下其胡须的空间。

寂静。似乎波诺在烟囱里遇到了障碍，上不去也下不来了。它被卡住了。我几乎能听到它的大脑在那里旋转的声音。莉迪亚又快哭出来了。

“它会没事的。”我向她保证，“它是只敏捷的流浪猫。”

对于一只有着神秘过去的猫科动物来说，一件好事就是你可以为它编造任何一种身世。

我蹲在烟囱口，因惊慌失措而毛发直竖。这些滑稽动作会把整座楼都搞垮。如果不是这样，波诺则很可能会在那里忍受一种可怕的结局，在砖头间拼命挣扎，并挨饿致死。我们将会在夜里躺在床上，听它可怜的喵喵声……直到它们停下来。

一种挣扎声传来。又有一串新的碎片落在我的靴子上。我连忙后退。石头越来越大。当一块破碎的砖块砸在地板上时，波诺的尾巴尖开始侧向移动，然后消失了。

一毫微秒后，在一片冰雹般坠落的瓦砾中，一只小动物跌进了房间。身上的灰尘让它变成了白色，眼睛突出，牙齿外露，使它看起来像一个来自印度尼西亚雕刻的神秘生物。当它像鱼雷似的穿越我的双腿时，我一把抓住了它。我使劲地抓着它，把它带到掩体里关了起来。

莉迪亚把碎石扫干净，并用塑料袋塞住了烟囱，我则打开了一罐猫粮。我们没有机会将那只疯狂动物的药片按照乔恩的示范喂给它吃。我把一粒白药片藏在糊状的猫粮中，蹑手蹑脚地走到掩体的门边。里面听不到一点声音。我以迅雷不及掩耳之势将门打开一条缝，把碗推进黑暗中，然后关上了门。

我们三个都需要一次暂停。

与母亲一起逛街

萌猫其外，猛虎其内。

乔恩曾警告说，波诺的“过渡阶段”可能具有挑战性，这一警告可说是本年度最保守的说辞了。那只猫差点把我们的大楼给毁了。当我们来到外面的大街上时，我的手还在颤抖。我静静地数着时间，等待着周末的到来，那是乔恩认为波诺与我们共度的“假期”可能会结束的最早时间。到那时，我想必会需要一次健康隐修。

经过几个月的冬眠，这座城市正抖擞精神，在春天中醒来。我们停下脚步，欣赏着一盒盒的郁金香，它们向着天空嘟起了粉色和黄色的香唇。

女人们解开外衣的纽扣，炫耀着色彩鲜艳的衬衫。就连在我们街角那些卖手袋的人也露出了微笑。

虽然我们几乎没有时间去探索我们的街坊，但我们很快便意识到，它是个麻雀虽小，五脏俱全的地方。

“噢，看啊！”我叫道，“一家文具店。”

在卖手袋的人对面的街角，我可以分辨出橱窗里展示的花样繁多的贺卡，但凡你想象得到的生活事件，都可从中找到与之相应的卡片。

“如今大家都是发邮件。”莉迪亚说，在我匆忙奔进商店时尾随着我。

“我知道，可我依旧认为，什么也比不了经过精心挑选的、上面写有手写祝福的贺卡。”

哦，亲爱的。我在讲大道理。我们在“同情”部分停下来，查看一系列给失去宠物者的卡片，它们着实令人印象深刻。不久前，一只猫还只是一只猫。当它死的时候，你预计在二十分钟后就会把它忘掉。现在，甚至贺曼公司①也认识到了宠物在人们生活中的重要性。

在商店的后部，整个角落都奉献给了《冰雪奇缘》②。我一头扎进了电影主人公艾尔莎和安娜的小饰品堆中，这时，莉迪亚不以为然地翻了个白眼。

“姑娘们会喜欢这些的。”我说，挑选出一大把钥匙圈和铅笔。

“你能肯定，《冰雪奇缘》中的人物是些好榜样吗？”她

---

① 贺曼公司（Hallmark）：美国规模最大的文具用品公司之一，创建于1910年，现在的业务包括贺卡、文具、服装、寝具、化妆品、电子贺卡、电脑软件、数码娱乐、电视频道等。

② 《冰雪奇缘》（*Frozen*）是2013年的一部由迪士尼动画工作室制作、迪士尼影业发行的美国3D动画音乐奇幻电影。

问。

我没想过。我能想到的只有这样的画面：安妮和斯特拉回到家，大声唱着《随它去吧》[①]，直到有人求她们饶了大家，别再唱了。

在买足了《冰雪奇缘》的周边产品后，我们没入了44街的人潮中。我们都饿了，于是走进一家兼作全天候咖啡馆的大型熟食店。在往盘子里盛入沙拉之后，一位满脸倦意的带有西班牙口音的收银台服务员坚持要给它们称重，这让我们吃了一惊。在澳大利亚，没有人会称食物的重量，至少在食物变成他们臀部的一圈圈肥肉之前不会。

一个肚子大得相当于怀孕八个月的警察弯着腰坐在那里，面前是杯咖啡，眼睛盯着街道，一副处变不惊的样子。在隔壁的桌子上，一对夫妇面对面地坐着，对着各自的手机大喊大叫。我喜欢熟食店日常的坚韧属性和去那里的人。

吃完饭后，我们走过隔壁的水果店。前一晚为我们服务的印度人从一排鲜花后面向我们招手。远不同于人们印象中的可怕、暴力的纽约，这个地方分明非常友好。

“我们去跟多丽丝打个招呼吧。”当我们走近宠物用品商店时，莉迪亚说。

蓝铃正在橱窗中打盹，尾巴一丝不乱地蜷曲在前肢周围。

① 《随它去吧》（*Let It Go!*）：迪士尼2013年动画片《冰雪奇缘》的主题曲，曾进入公告牌百强单曲榜前五名，并获得了2014年奥斯卡最佳原创歌曲奖和2015年格莱美最佳视觉媒体歌曲奖。

“暂时不要。”我说。

如果听说了波诺大闹烟囱的举动，多丽丝准会吓一大跳。她会给我们贴上全世界最无能的爱猫者的标签。

我们大步走过五金店。我也无法面对里面的女孩。我带着莉迪亚转过街角，沿着一个缓坡走下去，经过咖啡馆和小饭店，走向中央车站。

我开始意识到那么多纽约人看起来好像刚从美发沙龙中走出来的原因，很可能他们确实如此。我数不清那里有多少袖珍美容院、修甲店和干洗店。街对面，一家超市夺走了一家电脑专卖店的风头，我指望着改天能在这家专卖店里找到个 12 岁的孩子，好帮我解决 Wi-Fi 荒的问题。

更诱人的是一个看上去很靠谱的提供针灸和中医治疗的诊所。如果运气好的话，几下巧妙的施针和一次按摩就会使我的膝盖恢复原有的活力。

“哇，瞧啊！”莉迪亚在一家面包店的橱窗外停下脚步说，橱窗里摆满了丰盛的糕点。

“这些覆盆子馅饼真诱人！”我说。

但她几乎没有注意到它们。

“他们有免费的 Wi-Fi 服务！”她指着一个考虑周全的标志说。

“你不想来只覆盆子馅饼吗？”我问。

“好吧，我想我们总得买些东西，这样才能使用 Wi-Fi。”她说。我们想也未想地走了进去，坐在一张擦得干干净净的木桌旁，兴奋地查看着电子邮件。我心痒难耐地想给菲利普打电话。他将很难相信我们在过去的四十八小时里所经历的事情。但这没有意义。他应当已沉沉睡去，而约拿则像只羊角面包似的蜷曲着身子，紧挨在他的膝边。

我的覆盆子馅饼的唯一缺点就是柜台上的牌子上写着，它含有 510 卡路里的热量。在澳大利亚的家中，蛋糕几乎从不承认它们会让你变胖。馅饼带着一种可诱发罪恶感的闷响摆在了我的面前。

“真诱人！”我说着，一边将叉子插进馅饼，“想来上半块吗？”

像大多数天生苗条的人一样，莉迪亚对糕点持可吃可不吃的态度。

“求你了。”我说，“你就当帮我一个忙。”

“哦，那好吧，”她优雅地举起勺子说。

卡布奇诺很不错，但我真渴望来一杯由梳着男式丸子头的咖啡师端来的劲道十足的澳大利亚拿铁。

我打算带莉迪亚在中央车站内部走走，带她去参观那座巨大的教堂式大厅，大厅的天花板是蛋壳色的，上面装饰着用精美的金箔制成的星座。可莉迪亚消失在了入口处的一家女装店中。当她沉迷于试穿裙子、上衣和鞋子时，我在她身边闲逛着，喜悦之情难以言表。她有很多年没有购物了。

“你觉得怎么样？”她从一个试衣间里走出来问，身上穿着一件荷叶领的奶油色衬衫。

当我看到那衣服的领口低至她的胸脯时，我屏住了呼吸。我绝对想不到她会选择它。

“看起来很不错！”我说，“你拿什么跟它配呢？”

“哦，这条裤子就可以。”她说着，低头看了看自己的牛仔裤。

我在一堆短裙中翻找着，然后举起了一条。

“这个怎么样？”

莉迪亚咬了咬嘴唇。它的长度只到膝盖，可能对她的口味来说太短了，但我觉得扩展扩展她的视野没什么坏处。

“我更想要这个。”她说着，拿起一条棕色的手帕裙。

我在试衣间外等着，担心她会在那里遭遇身份认同危机。当她把帘子拉到一边时，一个美丽的、农牧神般的生物向我走来。奶油色的衬衫在她的皮肤上闪闪发光，而迷你裙使她的腿部曲线毕露。

“你看起来漂亮极了！”我说，“现在就只差鞋子了。”

莉迪亚表示反对，说她已经花钱花得够多的了。

“我请客。”我指着通向鞋类区域的楼梯对她说。

对于一个在寺庙进出多年的人来说，我女儿有种极其敏锐的时尚感。她选了双优雅的棕褐色短靴，每只鞋跟周围都有条精致的金链。

我们离开商店时，她向我道了好几次谢，因为我给了她一样稀罕而美妙的东西——购物快感。

“你认识我的朋友麦琪吧。”当我们汇入人行道上的人群时，莉迪亚说。

赶上我的子女的朋友们的脚步始终是个挑战。

“她有个计步器。”莉迪亚接着说，“麦琪发现，当她和她妈妈一起购物时，她走的步数要比她刻意锻炼时还要多。”

“真的吗？”我说，“看样子，我们最好继续逛下去。”只要能拖着不去了解波诺的现状，任何借口会都让我感激涕零。

我们前往位于先驱广场[①]的梅西百货[②]，我预计她会被这世界上最大的百货公司之一的规模弄得晕头转向。

梅西百货与其说是百货商店，不如说是一种宗教，它有本节日历，其中最著名的是感恩节游行，从《生命的旋律》[③]到《老友记》[④]，它在无数的电影和电视节目中都出现过。超过8000名参与者在曼哈顿的街道上游走、跳跃或飘然而行。圣诞节同样令人兴奋，橱窗展示令人眼花缭乱，成千上万的顾客乘坐电梯前往位于第八层的圣诞老人乐园。

---

① 先驱广场（Herald Square）：由纽约市百老汇、第六大道和曼哈顿区第34街的交汇处组成。以现已停刊的《纽约先驱报》（*New York Herald*）的名字命名。

② 梅西百货（Macy's）：由罗兰·赫西·梅西（Rowland Hussey Macy）于1858年创立的美国百货连锁店。截至2015年，梅西百货是美国零售销售额最大的百货公司。截至2017年，梅西百货在全美、波多黎各和关岛共有669家直营店在运营。其旗舰店位于纽约曼哈顿区先驱广场。

③ 《生命的旋律》（*Sweet Charity*）：一部根据意大利电影《卡布里亚之夜》的剧本改编的音乐剧，于1966年在百老汇首演，获得了9项托尼奖的提名，并于1969年被搬上银幕。

④ 《老友记》（*Friends*）：一部美国电视情景喜剧，由大卫·克兰和玛尔塔·考夫曼主演，于1994年至2004年在美国全国广播公司播出，共10季。

我们在那里的时候，一场春季花卉展正在如火如荼地进行，展出的是一尊真象大小、装饰着花朵的大象雕塑，只是我们就是找不到它。

当我们迈入梅西百货的大门，走进一个热气腾腾的皮革制品的迷宫时，我真想转身跑出去呼吸新鲜空气。但莉迪亚变得头脑冷静且明察秋毫，就像一个在肥沃的平原上悄悄游走的捕食者。她轻手轻脚地走过一排排色彩鲜艳的手袋，只要是你能想象得到的形状和大小在这里都可以找到。我跟在她后面，直到她停下来看一排印着动物的手袋，我节俭的女儿指出，它们在打七折。

如果是我出去给她买包，我会选某种符合她的经典品味的东西——朴素的，米黄色的。但是纽约对我女儿产生了巨大的影响。她被一只棕黄色镶边、带有长颈鹿花纹图案的肩包迷住了。她从钩子上取下它，拉开拉链，露出了其鲜红的衬里，这时，她的脸亮了起来。穿中性的芭蕾款平底鞋和慈善商店的开襟羊毛衫的保守主义者莉迪亚正在成为时尚猎手。我们买下了它。

“你觉得波诺在干些什么？”她问道。

我尽量不去想它。

“它应当在休息。”我说。

我们乘坐的自动扶梯多得让人摸不着头脑。当我们到达儿童服装部时，我的脚疼了起来，脑袋就像微波炉里的土豆一样旋转着。尽管如此，我还是有足够的耐力为孙女们挑选了几件衣服。

“你不会介意把这些带回去吧？”我问莉迪亚。

“难道你不想自己把它们拿回去送给姑娘们吗？”

此时此刻，我不想告诉她，等我放弃对纽约的希望回家时，我的孙女们可能已经长成十几岁的大姑娘了。

怀着一阵愧疚感，我继续前往男装部。菲利普总是喜欢新衬衫。我仔细地在一堆衬衫中翻找着，挑了件张扬的红色格子衬衫，其品质很适合澳大利亚即将到来的冬天。如果我留在纽约，我就可能无法亲自送给他了。尽管如此，把它包装起来，从中央车站旁边的邮局寄给他，还是很容易的。

“那雷蒙呢？”我叫住正要离开的莉迪亚说。

她显得很茫然。也许他们毕竟不是真正的伴侣。

“你不给他带点东西回去吗？”我指着一件淡紫色的T恤说，“他是什么尺寸的？”

莉迪亚不知道。

“他和我的尺寸一样吗？”一个深沉的桃花心木般的声音问道。

一个英俊得令人惊叹的非裔美国男人从T恤堆的另一边朝我微笑着。他把一件一模一样的紫色T恤平铺在他那健壮的躯干上。

“你是什么尺寸？”我问道，一边抚平贴着他那结实的胸肌的衣物。

“特大号的。”他温和地微笑着说，“但有时大号的也行。”

我很久没有想过性这回事了。奇怪的是，不去想它怎么会变得几乎像想它一样成了习惯。大多数时候，我很乐于不去想性这回事。这是种授权。直到我到了一定的年龄，我才有信心认为，99.99% 的人都不会把我当成一个性感的尤物来对待，于是我可以放心大胆地随意来去，在任何情况下都不会受到骚扰。

对于所有那些害怕有一天在走进房间时没有人转头去看她的漂亮女人，我会说快来加入我的行列吧。我在这中间如鱼得水。现在，每个向我走来的男人都是真的在问路，或者，是在真心实意地帮我选择合适的 T 恤衫尺码。我无法告诉你，知道这些后是多么令人心旷神怡。我五岁时以为爸爸妈妈们是从医院订购婴儿的，从那时起，我便从未觉得如此自由自在过。

我可以实打实地说，既然世界变成了一张巨大的自拍照，就没有什么位置会比旁观者的立场更好的了。不去想性这回事，或者不去想我要给谁留下深刻印象，这让我有了生活的自由。我的脑子里想的是友谊、字谜游戏、无拘无束地讲话以及与鸟儿聊天（如果它们想听的话）。

话虽如此，我还是对这个体贴的年轻人对我的肉体的影响感到不安。我的脸颊热了起来。我把莉迪亚叫过来。我们断定雷蒙可能是大号，于是谢过那个人，买了那件 T 恤。

“他对你来说有点儿太年轻了，不是吗？”莉迪亚在我们离开销售柜台时说。

“别傻了。他把我当成他妈妈看。”

自 1969 年以来，我从未感到过如此心怀叵测的自由。但随后，我在男鞋部看到了菲利普。他站在一面镜子前，审视着一双崭新的牛仔靴。狂野西部的装束可不是他平常的口味。也许他也遭遇了身份认同危机。这并不是说我遇到了危机。如果说我正在经历什么的话，不如说那是一种癌症后的、三分之二生命的重新创造。

在一阵感情冲动之下，我向他奔了过去，几乎要用我的胳膊搂住他，还有他的牛仔靴以及一切。直到我意识到，他看上去一点也不像我爱的那个男人。

我们离开了梅西百货，穿过马路走向“维多利亚的秘密”①。不久前，莉迪亚让我穿上了她通过电视购物买的超舒适的胸罩。它们用米色聚酯纤维制成，肩带的厚度足以托起一只海运集装箱，非常舒适，但难说诱人。它们对我很合适，尤其是在不推荐患有乳腺癌的女性穿着内衣之时。但我担心我的 Y 世代②的女儿也会明白个中的含义。

唯一比想象你的父母正在做爱更困难的事情是想象你的孩子正在做这事。尽管如此，我还是不想让莉迪亚错过那些狂喜的时刻——而且她有更好的机会穿着不是专为老态龙钟的钢琴老师设计的胸罩去获取它们。

---

① “维多利亚的秘密”（Victoria’s Secret）：一家美国女性内衣、女装和美容产品的设计制造商和销售商。该公司成立于 1977 年，如今已成为美国最大的女性内衣零售商。

② Y 世代（Gen Y）：即千禧一代。

一位和蔼可亲的店员领她去看几件镶有荧光粉色花边的豹纹胸罩（那是动物图案之年）。莉迪亚很快地试穿了一下，它们看上去棒极了，我们买了两件，外加配套的内裤。我给自己买的绿松石色的胸罩并没有那么诱人，但它也并不像家里的肉色乳房吊床那么实用。我想知道菲利普是否会注意到其中的差别。

当我女儿的注意力转移到一件我老妈会说它“放荡”的荷叶边睡衣上时，我在用手指抚摩着一件深红色缎子胸罩。它与绿松石的那件有着同样的大小和风格。在现实生活中穿它的可能性很小，但梅西百货男装部的际遇让我感到不安。小说总是描写那些醉心于自由的逃亡妻子。她们的结局通常是投身于火车下或服用过量的鸦片酊。不过，这是21世纪的纽约。如果我想成为一名六十多岁的性感尤物，那也是我的选择。我快速扫视了一下周围，发现没有人注意我，于是把那只红色胸罩塞进购物篮，压在绿松石色胸罩的下面。

下午渐渐过去，我们的手再也拿不下更多的袋子了。我开始对那个漂浮在太平洋上的比得克萨斯州还要大的垃圾岛屿感到内疚。即使我们回收利用这些袋子，它们也很有可能会在某个地方让鱼窒息。

莉迪亚也没力气了。

“我很担心波诺。”她说。我们以克莱斯勒大厦为参照，设法回到了第二大道。惊恐令我心情沉重，我打开心形锁，爬上油漆斑斑的楼梯。

猫芭蕾

幸福是只袜子。

公寓里寂静得可怕。莉迪亚从掩体门口朝里喊话，但是没有回应。我想知道是不是有个偷猫贼溜进来过，在我们外出时拐走了波诺。

“你觉得它睡着了吗？”我问。

“你为什么不看看呢？”

当我伸手去拉门把手时，掩体的门炸开了。

“哦，不！”莉迪亚叫道，此时正有一只黑色的飞镖掠过房间，消失在了我的床下。

“出来！”我说，一边蹲下身子窥视床底下。

一双金色的眼睛在黑暗中闪闪发光，拒绝让步。

莉迪亚趴在地板上，蠕动着向它爬去。

“你好，波诺小乖乖。”她低吟着说，“别害怕。我们会照顾你的。”

她的语气让我想起一个劝说打算跳桥自杀者的警察。

“一切都会好起来的。”她说。

莉迪亚对我们的逃犯的耐心真是无穷无尽的。

看着他们之间的互动而自感多余的我去看了一下掩体里面。看到猫沙盘里有块黑斑，我松了一口气。虽然闻起来有点酸，但这是它肾脏正常运作的标志。当我看到食物碗是空的时，我感到一阵喜悦。我们的俘虏已经感觉到安适得可以吃东西了。但在看到留在碗底的白色小药片时，我不由自主地呻吟了一声。

“怎么了？出了什么事？”莉迪亚叫道。我把药片刮起来，拿去给她看。

“它连舔都没舔这东西。”我说。

“那不行。”莉迪亚说，一边站起来，脱去裤子。

“如果我们不马上给它吃药，它会生病的。”我说，把那被拒绝的药片扔进垃圾箱。

“它还在适应阶段。”莉迪亚说。

“我们得把它带回比德伟。乔恩会笑话我们的。”

“给它点时间。”莉迪亚又开始运用她的心理学技巧了。

“米凯拉和维达会认为我是个白痴！为什么它不能从下面出来，好让我给它吃药？”

“别担心。”莉迪亚说，“我们吃晚饭吧。我去那家中餐馆买些外卖。”

独自待在房间里，我有一种被监视的感觉。也许它就想这样，我想。如果我们继续自己的日常活动，它会习惯我们的声音、我们的日常轨迹，也许便会更有兴趣了解我们。可是，现在，很明显，它想让我们忽略他。我们别无选择，只好由它去了。

我在笔记本电脑上摆弄着 Skype 的连接。电脑商店里的预付费 U 盘似乎发挥了作用。

“你好，陌生人！”我说。

再次见到菲利普的脸真是太好了。

他躺在床上，刚从墨尔本的清晨中醒来。约拿从他身旁的枕头上咆哮着。在背景中的某个地方，一辆电车在离我们家几码远的大街上疾驰而过。

“还穿着那件睡衣啊。”我说。

“我需要它们。还有这个。”他拿起一条马海毛毯子说，“没有你，这里太冷了。你怎么样？”

“我们发现米凯拉原来是个滑冰女神，你不会相信这个地方原来有多乱。老实说，那些人一定是些瘾君子……”约拿的耳朵朝我声音的方向转动着，而我丈夫听我说话的方式就如同一个成年人在听一个气喘吁吁的孩子在说话。

“哦，然后我们去参加胡里节。看到了吗？我的手臂上还有颜料。”

“公寓现在怎么样？”他问。

我端着笔记本电脑在房间里转了一圈，对房间的布局和《西区故事》的消防通道进行了实况报道。

“那只猫在哪里？”当我停下来喘口气时，他问道。

我把电脑放在床边的地板上。

“在那里。”我说，“它有双漂亮的眼睛。你能看到它吗？”

菲利普向他的电脑屏幕倾过身去。

“太黑了。”他说。

我丈夫在如此熟悉的环境下出现在银幕上，这有种超现实的感觉，而我觉得自己就像在快进的《爱丽丝梦游仙境》中。我几乎可以闻到我们家卧室里那静止不动的空气。我已经很久没有在那张床后面吸尘了。他身后的墙至少有十年没有换过颜色。老实说，那地方看上去很陈旧。

“好吧，我最好赶快去冲个澡，然后去上班。”他说，同时轻轻地把约拿放到地板上。

当他关上前门时，屋子里发出了空洞的回声。如果我还在家里，约拿和我就将留在那里，做做家务，试着写写东西，胡乱应付地过上十二个小时。我不着急回去。如果我能在苏豪区的一间小公寓的阳台上喝着香槟，像这样度过余生的话，我就不着急回去。当莉迪亚带着晚饭回来时，我同菲利普互致飞吻，然后道别。

当我和莉迪亚肩并肩坐在沙发上，从聚苯乙烯容器里叉出蒸白菜时，我们竭力地顾左右而言他，但我们的思绪都集中在我床底下那个不情愿的客人身上。

“我们得把它弄回掩体。”我说，“否则，它永远也适应不了这里的生活。”

“嘘。”莉迪亚说，“它在听。”

很难知道猫能听懂多少人类语言，但她是对的。当我们轻声制订计划时，从床底下传来一阵窸窸窣窣的响声。

没有时间拖延，我们各就各位。我蹲在床的一边，而莉迪亚像突击队员一样从另一边爬向波诺。然而，这只猫对我们来说太快了。它冲了出来，进入房间。莉迪亚奋力追赶。她差点儿抓住了它，但它凭借着令人印象深刻的专业技能从她手里溜了出来，径直滑回了床底。追着波诺出入其藏身之地是项耐力运动。不久，莉迪亚便瘫倒在沙发上，而我则倒在床上，希望床垫上的压力不会挤到下面的房客。

“这一点都不好玩！”我气喘吁吁地说，“它为什么就不能友好一点？”

我盯着紫色的窗帘，想知道什么时候我们才能采纳乔恩的建议，把波诺送回比德伟。那只猫和我们住在一起显然很痛苦。

连莉迪亚似乎也不再那么痴迷于此事了。她静静地在沙发上铺好床单和毯子。我问她是否愿意和我同睡一张床，但她说她没事。说实话，我并不伤心。我的床太窄了，几乎不能算作双人床。

我从兼作五斗橱的床头柜上拿起那册《暂停》[①]，对着仅仅几条街之外的演出和戏剧咽着口水。

---

① 《暂停》(*Time Out*)：由英国媒体公司 Time Out Group 出版的一本旅游杂志。

“嘿，莉迪，”我说。“一出名叫《怪靴》[1]的演出在百老汇得到了极好的评价。要不要我来看看是否能买到票？”

她不是睡着了，就是假装睡着了。我女儿对音乐剧的兴趣的缺乏真是令人费解。

第二天早晨，我们醒来，看见一个小黑影在地板上跳来跳去，与莉迪亚的一只袜子交战。波诺用脚趾摇晃它，然后将它抛入空中，它完全沉浸在战斗中，不曾注意到我们的兴趣。前一天的创伤对它来说已经消失了，现在它正欣然乐享着与一只袜子搏斗的简单行为。波诺遭到了遗弃，而且身患绝症，但它很享受自己现在还活着而且还有只袜子做玩伴的事实。我希望自己能成为这样一个活在当下的大师。我需要几十年的治疗和精神实践才能达到那一水平。但愿我能更像波诺一些，不要再为我无法控制的事情烦恼。

它停了下来，将右后腿伸直，如同一个完美的阿拉贝斯克舞姿[2]。我以前从未见过一只猫做这样的芭蕾舞动作。

“哦，它太可爱了！”莉迪亚嚷道。

它被她的声音吓得呆住了。

“没关系的。”她轻声说。

波诺丢下袜子，像个影子似的飞入沙发床的靠背与墙之间的缝隙中。

---

① 《怪靴》（*Kinky Boots*）：一部由辛迪·劳帕（Cyndi Lauper）创作的百老汇音乐剧。

② 阿拉贝斯克舞姿：芭蕾舞演员一条腿站立，另一条腿平行向后伸展的一种舞姿。

“这是今天我们最后一次目送它。”我说。

莉迪亚把手放在波诺新的藏身之处的入口处，继续和颜悦色地跟它说话。令我惊讶的是，一个黑脑袋冒了出来，试探地用鼻子轻轻碰了碰她的手指。

这是个感人的场面，但是，如果波诺想活下去，它就需要那片药。我觉得自己像个邪恶的狱卒，抓住它，把它带进掩体里，随手关上了门。我蹲在地板上，紧紧地抱着它，把一颗药塞进它的食管里。在那个可怕的时刻，我能感觉到它（可以理解地）讨厌我。更糟糕的是，我觉得它信任我的所有机会都永远地消失了。

琥珀中的宇宙

没有比一只猫更好的艺术品了。

数学并不难。乔恩允许我们在周末把波诺送回比德伟。今天是星期三。也就是说，我们还剩下三个晚上要同一位四条腿的隐士生活在一起。这并不可耻。我们将会完成给一只病猫一个“假期”的任务。

与此同时，我决定满足波诺希望被忽视的愿望，充分利用莉迪亚留在纽约的这一周。

“我们去美术馆怎么样？”我问。

我女儿的眼睛眯了起来。当她还是个小姑娘的时候，她就对爬门框比对参观美术馆更感兴趣。

在她十五六岁直至二十出头的宗教阶段，她对任何形式的艺术表现都不屑一顾。

“什么样的博物馆？”她问话的语气让人联想到拔牙之时。

“我想你会喜欢现代艺术博物馆的。”我说，“它很现代，也不太大。”

每个杰出的画廊似乎都始于一群富有的、有公益精神的空想家。20 世纪 20 年代初，洛克菲勒、古德伊尔[①]和萨克斯[②]等人提出了建造世界上最伟大的现代艺术博物馆的想法。公众的热情高涨，收藏品迅速扩充。画廊不得不三次搬家，以便能有更大的场地，直到 1939 年在市中心的现在这个位置安顿下来。

当我们和数百名游客在寒风中排队等待开门时，莉迪亚显得有些漫不经心。我欣赏着搭在她肩上的新买的长颈鹿印花包，闭上了嘴。如果参观博物馆不成功的话，我们总归可以回到购物疗法上。

我见证了莉迪亚的无数次转变时刻——从那个摇摇摆摆地迈出第一步的圆脸婴儿，到那个奔上舞台上去接受大学学位的年轻女子。那天，在现代艺术博物馆的五楼，当我们看到莫奈的三幅睡莲的巨幅画作时，似乎发生了同样意义重大的事情。

着了迷的她陷入沉默，让自己沉入了那位大师用粉彩画出的美丽池塘里。虽然她什么也没说，但我相信这是她第一次理解了艺术的精神品质。看到这些画是多么深切地打动了

---

① 古德伊尔（Anson Conger Goodyear，1877—1964）：美国制造商、商人、作家和慈善家，固特异家族的一员。他最著名的身份是纽约现代艺术博物馆的创始人和第一任馆长。

② 萨克斯（Paul Joseph Sachs，1878—1965）：美国投资家、商人、博物馆馆长。萨克斯曾担任福格艺术博物馆的副馆长，也是金融公司高盛的合伙人。

她，我热泪盈眶。即使我们当天下午就要收拾好行李离开纽约，这次旅行也是值得的。

我能理解为什么莫奈在生命的最后三十年里一直在画睡莲。当你日渐衰老，准备将自己的身体交付给自然时，自然就会变得越来越神奇。他在自己的魔法池塘里看到了宇宙，画了它将近250次。

在日历或餐巾纸上欣赏莫奈的睡莲是一回事，但站在三幅长度分别超过六英尺的画作前，你将被带至另一个世界。

当我们走下楼来，穿行在令人费解的21世纪的作品展览厅时，莉迪亚问我，艺术这是怎么了。我觉得没有资格回答这问题。我们在礼品店短暂地停留了一会儿，买了几张我们最喜欢的画作的明信片，然后叫了辆出租车。

“我们到弗里克[①]去吧，”我说，想碰碰运气。

“那是什么？”

“是个更小的博物馆，里面收藏了很多古老的杰作。”

“有多古老？”她有些怀疑地问道。

“等我们到了那儿你就知道了。”我说，“如果你不喜欢，我们可以走。”

当出租车驶过公园大道上的一排排鲜花盛开的树木时，摩天大楼的缝隙里弥漫着春天的清新空气。纽约正处于她最

① 弗里克收藏馆（Frick Collection）：一家艺术博物馆，位于纽约市曼哈顿上东区亨利·克莱·弗里克之家（Henry Clay Frick House）。这里收藏着实业家亨利·克莱·弗里克（1849—1919）的收藏品。

神奇的美妙时刻，而我的女儿也开始向艺术张开怀抱，这让我情绪高涨。

“我真该杀了你！”一名悍马司机透过开着的车窗冲我们的司机喊道，因为我们的司机显然没有挪到一边，好让他插进自己的车道。

我们吓得直哆嗦，几乎以为悍马人会举起左轮手枪，使我们不得不去清洗人行道上的出租车司机的脑浆。

“浑蛋。”我们的司机咕哝道，同时猛踩油门，以惊人的速度来了个急转弯，向前驶去。一旦与那个侵略者保持了安全距离，司机便放慢了速度，解释说他是个虔诚的佛教徒及和平主义者。但是他在这个城市生活了二十七年，所以他有资格使用当地的语言。

莉迪亚很快克服了对“旧东西”的保留意见。盖恩斯伯勒[①]肖像中那揶揄的歪嘴或戴着18世纪假发的女人眼中那诙谐的光芒都在提醒人们，人并没有改变。权力、性、名誉和死亡都持续地困扰着人们。

我被吸引到描绘动物的作品前。在三百年前的画作中，猫、狗和马被画家满怀柔情地予以了描绘。看到人类与其四足的动物朋友之间的联系永恒不变，这真令人欣慰。麻烦的是，从每一只绘制精美的动物的眼睛里，我都能看到波诺在盯着我看。就像莫奈在他的池塘里欣赏宇宙一样，我在思考

① 盖恩斯伯勒（Gainsborough，1727—1788），一译康斯伯罗，英国肖像和风景画家、制图师和版画家。

用波诺的琥珀色目光去理解一切创造的可能性。我们的囚徒正在向我靠近。

我们回到家，听到爪子在地板上摩擦的声音。

“哦，好吧。”我说，看着一条毛蓬蓬的尾巴消失在床下，“只剩两天了。”

当我们外出探索这座城市时，波诺所做的一切都是个谜。我很沮丧。这就像是同鬼魂一起生活一样。

“什么还剩两天？”莉迪亚问。她正在开一罐猫食。

我们放弃了把波诺关在掩体里的做法。这是毫无意义的。每当我把门开上一条缝，以便把碗塞进去时，它就会蹿出去，并拒绝被逮住。

“乔恩说我们可以在周末带它回收容所。还记得吗？”

莉迪亚看起来很震惊。

“我们不能那样做！”她说。

“让我们面对现实吧。它就是场灾难。”

“不，它不是！它很美。”

“它只是躲在床底下，对我们怒目而视，就好像我们是一对杀人犯。”

莉迪亚的眼睛变得像莫奈的池塘一样湿润。

“你说你是个喜欢猫的人。”她说。

“我是的，但是……”

“它需要我们。”她的声音因激动而变得沙哑。

“我知道，但它几乎没什么起色。”

“没人说这很容易。”她说，“我们不能让他至少待到我回家吗？只剩七天了。”

我很难说出不字。一周会过得足够快。

莉迪亚对波诺的热情与日俱增。当她躺在床边的地板上，用无限的耐心同我们的影子客人交谈时，他们之间产生了一种实实在在的联系。

波诺有狡黠的流浪猫的一面。无论它经历了什么，它都证明了自己是个幸存者。有时它是如此的安静沉默，使得我们都忘了它在房间里。当它偷听我们的谈话时，似乎我床下的这个影子正在洞察我们的一切。我想知道它脑子里在想些什么。

虽然它拒绝在白天接近莉迪亚，但到了晚上，它会蹑手蹑脚地走出来，睡在她头顶上方的沙发靠背上。她一醒来，它就再次飞快地跑开了。

这一切都很感人，但我有更迫切的担忧。

当我用不含药物的食物取代餐食时，它对它抱以同样的鄙视态度。由于这只猫正在让自己处于饥饿减肥法之中，你别指望可以把药物偷偷地放进它的食物里。更糟糕的是，由于我们因为要把药灌进它喉咙而展开的可怕斗争，我成了它最不喜欢的人。

只有一个人可以打电话。

“嘿，你好啊！波诺现在怎么样？”乔恩的声音散发着温暖。

这是一个答案可长可短的问题。我不打算坦白烟囱事件。

“它还行。它喝了不少水，但它不再吃你给我们的罐头食品了。”

“我明白了。”乔恩的声音听上去一点也不惊慌。

“第一次是可以理解的，因为我碾碎了一颗药，把它搅在了糊状食物中。”我说，“它一定是讨厌它的味道。”

“你能像我给你示范的那样，人工给它喂药吗？”乔恩问。

“只有一次。”我说，声音哽咽起来，“现在它恨我。”

我在电视节目中看到过工作中的猫语者。人们和自己的猫之间的问题几乎总是源于人类的错误举动。我过去常常看不起那对猫会攻击他们脚踝的夫妇。难道他们没有看到这只猫觉得无聊吗？现在，我同任何一个电视上的倒霉的猫主人一样身心俱疲。我能感觉到乔恩在电话线那头认真地听着，就像个精神病医生一样。

“它当然不恨你啦。”乔恩说。每个音节都流露着善意。

“而且我无法抓到它给它再吃一次药。它跑得太快了。”

显然，乔恩处理过比这严重得多的人猫问题。他是那么轻松随意，使得我想尖叫出声。

“我是个失败的领养人。”我补充道，希望他会坚持让我们立刻把波诺送回去。

相反，他以一种安慰人的方式笑了起来。“不，你不是的。”他说，“在一块新鲜鸡胸肉或火鸡肉里面塞一片药就可以了。它会喜欢的。”

“你确定吗？”

“你做得很好。”他说，“随时打电话给我。如果我不在这里，你始终可以和其他工作人员谈谈。”

猫语者的信心是如此地让人安心，我想我可能有机会应付下去——只要他愿意搬来同我们一起住上一个星期。

深藏不露的爱

只有当猫准备好时，才会对爱做出回报。

爱一个人是很容易的。让他们反过来爱你则可能很复杂。人们为之战斗、牺牲，并为此创造了最伟大的艺术。据我所知，你越渴望得到别人的爱，他们就会逃离得越快。

我仍然无法彻底了解菲利普和我对彼此的感情。这是种罕见的爆炸性事件，就像小行星撞击地球一样。我比他大八岁，还有两个拖油瓶的孩子，几乎不是个好的追求对象。他刚从军队退伍，身体健硕得好似直接从希腊雕塑画廊里出来的。由于我们在很多方面都正好相反，依照逻辑，我们有无数次分道扬镳的可能。如果我说，没有出现过几次可能会发生这种事的场合，那我就在撒谎。

二十多年来，我们是如何始终相亲相爱的，这甚至比我们坠入爱河的方式还要神秘。除了现在，我宣布了暂停，而且我们在世界的两极。天知道他在墨尔本在干些什么，而我则在消磨我的自由，渴望得到一只病猫的爱。

作为一个女人，我听过无数个激情遭拒的真实故事。爱情已经成为另一种消费品。人们认为，如果他们有足够的欲望，并且愿意支付足够高的代价，他们就会得到它。他们太过努力，太早且太多地暴露了自己。通常情况下，他们只剩下破碎的自我和一堆心理学家的账单。

我认为，诀窍在于观察诱惑者和与动物对话者的技巧。如果你真的想要某人爱上你，首先要表现出你的爱慕之情，然后在自己周围营造一个良性的空间，并后退一小步。这让另一个人——或生物——可以观察你，并决定他们是否感兴趣。这给了他们前进的空间。这样一来，他们就会认为，是他们选择了你。如果他们对你最初的爱慕表现表示反感，起码你尚未彻底地羞辱自己。

在乔恩对我说了打气的话之后，我决定不再为波诺而自责。我们的开局很糟糕，但我们可以继续前进。当猫听到我洪亮的声音而畏缩不前时，我不再往心里去，也不会去模仿莉迪亚那唱歌般的语调。它必须适应这样一个事实：尽管我有很多缺点，但这就是我。

我并没有向它要求太多的回报，除了接受——以及愿意吞下偶尔会有的药丸。我们都有伤口、不安全感和对未来的疑问。从现在起，我要冷静下来，以便我和猫能找到一种相处之道，莉迪亚会充当我们的大使，至少在接下来的几天可以如此。

此外，我们不能把它送回收容所，除非米凯拉亲眼看见了它。

“你觉得这个地方还臭吗？”我问道，同时把我们放在壁炉架上的画廊明信片整理好。

“我说不上来。”莉迪亚说，一边把她的床折回成沙发的形状，“我们应该买些空气清新剂吗？”

“花儿会更好些。”

我匆匆穿过马路，抱回了一大捧香味浓郁的紫丁香。我们把它们放置在战略性的位置上——掩体外、床边，以及（为了阻止波诺故技重演）壁炉前。

“现在干什么？”莉迪亚问。

“等着，我想。”

“我是说，米凯拉不用钥匙怎么能上楼来呢？难道没有门铃什么的吗？”

之前我们从未有过客人。

“我没看见过。我下楼去街上等她。”

一阵爆炸性的嗡嗡声让房间都震动了起来。

“门铃！”莉迪亚说，“一定有办法从这里打开楼下的门。”

我看着她在我们门口旁边的一个看上去像是废弃不用的按键上按下了按钮，想知道是什么让她觉得这行得通。她一定是《老友记》看多了。我跌跌撞撞地走下楼去迎接我们的客人。

“这不是世界上最伟大的公寓，”我说，一面护送着米凯拉走进我们的公寓，“但是大得足以让一只猫游来荡去。”

我们朴素的环境在一瞬间似乎让米凯拉有些退缩。

“噢，”她说，恢复了镇静，“它……很可爱。”

我们做的咖啡还过得去。有机无花果饼干很脆。但是，房间里有一头琥珀色眼睛的大象。

“波诺在哪儿？”米凯拉问道，期待地扑闪着眼睫毛。

我试图寻找一个在社交层面可以接受的答案，甚或是一个善意的谎言。

“在床底下。”

“哦。”

“它很害羞，但我们不在的时候它就出来了。”我说，试图让语调听上去很随意，“至少，我们认为它是这样的。”

“它很神奇。”莉迪亚插嘴说，“过来看看。”

我女儿跪在床边，趴在地上，招手让米凯拉过去。看到这位衣着优雅的编辑伏下身，在莉迪亚身边摆出同样的姿势，我真希望自己之前想到了要拖地。

“哦，它确实很可爱！”米凯拉说。

当她站起来掸去身上的灰尘时，米凯拉似乎一点也没有失望。她同意莉迪亚的意见，说它确实是只漂亮的猫咪。

“我得到了一些好消息。”米凯拉说，“维达一直在努力工作，她给你争取到了进入《赫芬顿邮报》（*Huffington Post*）的传送门。这真不同凡响。”

当然，我听说过《赫芬顿邮报》，它是阿里安娜·赫芬顿

（Ariana Huffington）2005 年创办的在线报纸。每天都有数以百万计的眼睛在滚动翻看着它的页面。但是传送门听起来像是《星际迷航》[1]里的东西。我在脸书上发帖子就已经够困难的了，更不用说潜入一道传送门了。

“我们认为，如果你能为他们写一篇关于波诺的博客，那就太棒了。”米凯拉说，浑身散发出百万瓦特的乐观能量。

“如果我们能激起一些兴趣，也许我们就可以为它找到一个永久的家。”

那一刻，我肩膀上惯常的紧绷感升级为疼痛。

“你是说，某个会收养它的人？”我问。

我们不仅要养育这只病入膏肓的猫，我还应该写一篇《赫芬顿邮报》的博客，为它找到一个真正的家？米凯拉和维达以为我能就一只拒绝从床底下爬出来的猫说些什么话？

“我不是个博主。”我说，“事实上，我不知道该怎么做。”

“维达是个技术奇才。”米凯拉说，“她的营销专家团队将帮助你登录。或者你可以把写的东西通过电子邮件发给她，她会帮你把它们放上去。”

我从盘子里又拿了一块无花果饼干，咬了两口，等着糖分兴奋症的镇静效果发挥作用。世界上大约有三个人会读我为《赫芬顿邮报》写的文章。其中两个已经有猫了。希望有

---

① 《星际迷航》（*Star Trek*）是一部由吉恩·罗登伯里（Gene Roddenberry）创作的科幻电视剧改编的美国电影，讲述了詹姆斯·T. 柯克船长（威廉·沙特纳饰）和他的船员在星际飞船“企业号”上的星际冒险故事。

任何人能足够爱我们这个反社会的室友，以至给它一个家，这真是异想天开。

“别担心。”米凯拉说道，“我对此有良好的预感。”

我不知道卡士达将军在得知酋长“坐着的公牛”正在等着他时，是否也说过同样的话。[1]

---

① 卡士达将军（George Armstrong Custer，1839—1876）：南北战争中受到林肯青睐的骁勇善战的年轻将军，曾被派至西部去镇压印第安人。1876 年 6 月 25 日，在蒙大拿州小比格霍恩河附近的山谷里，无视部下忠告的卡士达将军率领 200 多名骑兵轻敌冒进，很快他们就遭到了由酋长“坐着的公牛”（Chief Sitting Bull）带领的数千印第安人的伏击，几乎全军覆没。

忧郁颂

有时猫只渴望独处。

莉迪亚想来纽约的原因之一，就是想和她的文学偶像诺拉·艾芙隆[①]走在同一条街上。遗憾的是，这位《心火》（以及杰出的新闻作品）的言辞诙谐、不求闻达的作者已于一年前去世。诺拉在自己的一篇文章中将用线修眉视为一种“神奇而又令人兴奋”的脱毛方式。这一实践活动尚未以任何引人注目的方式到达墨尔本。我女儿很快就指出了距我们街区的熟食店几扇门之遥的一个沙龙。我知道她渴望经历这个过程，以此来向诺拉致敬，而且我也很是好奇。此外，我并不打算阻止她探索虚荣这个概念。

透过沙龙的窗户，我们看到一位治疗师用牙齿咬住一根白棉线。然后，她向顾客弯下腰，操纵着那根线，使之成了

① 诺拉·艾芙隆（Nora Ephron，1941—2012），出生于美国纽约市，美国编剧、导演、制作人、演员，代表作有《心火》《当哈利碰上莎莉》《西雅图夜未眠》等。

类似于猫支架的东西。顾客和治疗师都全神贯注。

这一古老的手法起源于几千年前的亚洲，与打蜡脱毛的痛苦相比，它看起来令人享受。我经常在想，什么样的虐待狂会想到这样一个主意，在人的眼皮上涂上热蜡，然后再把它连同多个皮层一起撕掉。

我们急不可耐地一头钻进沙龙，三十分钟后，我们出来了，受到了惩戒，脸变得通红和刺痛。与用线修眉相比，涂蜡脱毛如同在斐济过节。不过，我禁不住要欣赏莉迪亚的眉毛，现在它形成了完美、优雅的弯弧形。

为了城里的一个重要夜晚，我们都想拿出自己最好的状态。米凯拉邀请我们和吉恩一起去参加队列舞会，她向我们保证，这是一种从不列颠群岛引进的形式简单的民间舞蹈。当乐师们演奏里尔舞曲[①]和吉格舞曲[②]时，喊出舞步的指挥会指导舞者做出一系列动作，让他们以复杂的有氧运动模式在房间里旋转。我注意到跳舞的人总是在微笑或大笑，有不少人都在卖弄风情，暗送秋波。

活动在切尔西的一座教堂大厅的地下室举行。乍一看，这似乎是一场依照纽约标准而言的完全正常的聚会——直到我注意到，那个穿着长至脚踝的蓝色天鹅绒长袍、戴着钻石

---

① 里尔舞曲（reels）：流行于苏格兰、爱尔兰或美国的一种轻快舞曲，通常由两对或四对人表演。

② 吉格舞曲（jigs）：一种起源于 16 世纪的英国的活泼欢快的舞蹈，多与爱尔兰舞曲和苏格兰乡村舞曲有关。

耳环的健壮女性实际上是一个长着帅气的胡须的男人。队列舞是项剧烈而复杂的运动。我对它完全无能为力，很快就去场边喘气了。很多人都去请莉迪亚进入舞池。她接受了所有的邀请，我很高兴地看到她玩得那么开心。

我满足于独自一人在这奇观中喝酒，几乎没有注意到一个正在向我靠过来的男人。他出奇的矮，炭色的头发被刮梳成了平行线。

“这么说你也讨厌跳舞，是吗？”他问道。

当他在我旁边坐下时，显得很忧郁。我并不会为此感到担心。在这些个没完没了的打了鸡血般的时刻中，我发现忧郁的陪伴令人耳目一新。

“如果我身体好些的话，我就会更喜欢它的。”我回答。

我们双双陷入了沉默。对悲伤的恐惧已经成为一种全球恐惧症。有人不开心的时候，人们会让他们去买抗抑郁药，而不是坐下来同他们说说话，而在很多情况下，这可能就是他们所需要的。若无悲伤，生活就会像路边的广告牌一样平淡而肤浅，更谈不上欣赏快乐了。此外，每一位伟大的艺术家都会从悲伤中汲取灵感。

“你是哪儿人？”他问道。

我告诉了他。

“我来自上西区。”他说，“我的祖先来自阿尔巴尼亚。纽约的每个人都来自其他地方。”

他讲述起他生活中的一连串灾难性的恋爱故事，我则在此过程中将我的无酒精的果汁饮料一饮而尽。他在独白的间歇，将悲伤的脸转向我，问起我的婚姻状况。

“二十二年！”他说，语气中有种暗示，似乎我得承认自己在地下室里养了很多性奴，“一个人怎么可能结婚二十二年？”

我不想说这是个我一直在思考的问题，也不想说，我向自己的婚姻告了假，以便寻找答案。相反，我告诉他，长久婚姻的基础是希望对方原谅你的错误。作为回报，你也要努力忽略他们的错误。

“这不适合我。”他摇了摇头说。

我表示同意，它并不适合所有人。

“我想要百分之百的激情、性和浪漫。”他热烈地说着自己的想法，“因为激情会逐渐消失，直至你俩坐在餐桌上，盯着各自的手机……”

他厌恶地举起一只手。这人说得有道理。当米凯拉和吉恩旋转着从我身边经过、含情脉脉地深情对望着时，我突然想到，也许他们拥有理想的两性关系。虽然他们住在不同的公寓楼里，但他们在一起已经十五年了。在他们的例子中，一点点私人空间似乎让他们的浪漫之情得以延续。

“想知道我的问题是什么吗？”他说，并不是要等回答，“我孤独。”

纽约是孤独者的磁石。我听说有些人去那里就是因为他们渴望独处。他们相信，相比于只有一棵椰子树的岛屿，他们在一个每平方英里挤了 72000 人口的岛屿上可以生活得更加宁静。尽管如此，独处和孤独之间还是有区别的。就我个人而言，在这个令人眼花缭乱的城市里，没有什么比独处和自由更吸引人的了。

“在某种程度上，每个人都是孤独的。”我说，“即使你遇到了你的灵魂伴侣，并在一起度过了数十年的幸福时光，你们中的一个也必定会先行死去。”

他好像没有被说服。

“此外，当你爱一个人的时候，你总是把他们放在第一位。”我补充道，“当我母亲因癌症而处于弥留之际时，她把时间都花在了安慰我们剩下的人上面，说她没有痛苦，一切都会好起来的。”

“我猜这让她忘记了一些事情。”他说。

“性爱和激情是好的，但只有一个人会在你一生中的每个夜晚都与你同床共枕。”我说。

“是的，我听说过这话。”

“这是一份不错的保险单。”我说，“如果没有其他人对我们怀有热情，我们至少可以喜欢自己。”

“但我确实爱着一个。”他说，“想知道那是谁吗？”

没有必要回答，因为他反正会告诉我的。

“我的狗。”

我大大地松了口气。我把他的快乐忏悔当作是一种确认，说明他并不是试图要来撩拨我。再者，他既有敏感和智慧去欣赏动物的爱，这意味着他大有可能会没事。

“它有着最迷人的个性。”他接着说，“我们每天散步两次，每次我回家它都在等我。它有一张滑稽、悲伤的脸。我叔叔去年去世时，它还真知道这事。它每晚都睡在我的床上。它愿意为我做任何事……”

我拍了拍那男人的手，说我真为他感到高兴。然后我回到舞池，开始了又一轮的互绕舞、摇摆舞和阿列曼达舞。我喜欢同一点也不再陌生的快乐的陌生人跳舞。融入原汁原味的汤水中，却又在其中悠然自处，这正是我需要的东西。然而，我不知道这种兴奋会持续多久……

几个小时后，我们回到公寓，我检查了波诺的食碗。鸡肉已经被舔得干干净净，但药片却躺在一边，孤单且看不到尽头。

柏朵百货的边缘政策

猫与奢侈品惺惺相惜。

有那么一两次，我坐下来打算写博客，但似乎全无头绪。三天后，一旦我向莉迪亚挥手告别，我就要把我们的客人送回比德伟。虽然我希望波诺能对我好点，但它一看到我就会眯起眼睛，赶紧跑开。它还没有为吃药事件而原谅我。

我将非常想念莉迪亚。也许我家乡的朋友们是对的，我失去了理智，以为自己可以在纽约浴火重生。虽然这座城市很迷人，但这里的生活并不真实。

当我被诊断为癌症时，我的恐惧并不在于我可能会死，而在于我还没有完全地活过。难道我在澳大利亚的生活中所最不喜欢的东西就是我最需要的东西吗？没有了菲利普、约拿和我们单调的存在，日子就失去了其稳定的节奏。历史无人可与之分享，现在也没了其基础。如果我在第五大道上倒地而死，会有救护车呼啸而至。但没有人会把它当回事。

不过，我还不打算订回家的机票，并请求原谅。可坚持下去也并不容易。我得在这个月的租约到期后再找一套公寓。

“它不是很可爱的吗？！”当波诺从床底下蹑手蹑脚地走出来，在莉迪亚的腿上蹭来蹭去时，她说。

“是的，”我说，“但是它已经好几天没上大号了。”

痴迷于波诺的大便是对我的剃头挑子一头热的补偿。

“它吃了那整块鸡肉。”莉迪亚说，这时，猫跳到了她的腿上，允许她用手抚摩着它的背部。我感到一阵嫉妒的刺痛。

“我知道。”我说，“我弄不明白的是，为什么这么多的食物可以从一头进去，却不会从另一头出来。”

波诺凝视着莉迪亚，仿佛她是只属于它的女神。我看得出它有一颗温柔的心。她把鼻子埋在它毛茸茸的鬣毛里。

“噢，波诺！”她用她特别的波诺之声说，“我会非常非常想念你的！”

它回敬了她一声猫叫，跳到地上，轻手轻脚地跟着她走向冰箱。自从我们开始给它喂鸡肉后，它就对这个电器设备产生了一种健康的热爱。在它神秘生活的某个阶段，一定有人爱过它，而它也必定对那份爱付出了回报。

与此同时，我迫切地想要找到一种方法，能让它把药吃下去。在宠物用品店，蓝铃正在橱窗里梳洗自己，毛皮闪闪发亮。多丽丝从里面招手让我们进去。

“我一直在想着你们。”她说，“你们养的猫怎么样了？”

“波诺很可爱！”莉迪亚说，“它的毛剪得帅气极了，性情也很甜美。你会非常喜欢它的，多丽丝。”

“它有肾衰竭。”我补充道。

多丽丝的脸上闪过一丝关切的神情。

“有多严重？”她问。

“他们告诉我们，已经发展到相当晚的阶段了。”

“别担心。”多丽丝说，“我养的每只猫都有肾衰竭。只要悉心照料，它们可以活上不少年。木兰带着这病活了十年，直到十七岁。”

蓝铃跳上了柜台。

“不光这样。”我说，“波诺不愿吃药。它有药物恐惧症。”

“你在用药片袋吗？”多丽丝问，一边用手抚摩着兰铃的后背。

“那是什么？”

“难道你来的地方没有药片袋吗？”多丽丝有些震惊地问。

即使有的话，我也从来没听说过。

“看这儿。”她指着身后墙上的海报说，“这些袋子是用经过特殊加工的食品做成的。你所要做的就是将一颗药藏在里面，然后猫就会把它整个吃掉。”

我知道那经过特殊加工的东西。在澳大利亚，这东西会大块大块地装在色彩鲜艳的塑料袋里出售。我不得不停止购买它，因为对约拿来说，它就像可卡因。尽管如此，我还是愿意尝试任何东西。

我们谢过多丽丝，匆忙赶回公寓，设下了一个经过特殊加工的药物袋的陷阱。自信波诺的问题已经解决，于是我们向他挥手告别，听命于这个城市的不可抗拒的召唤。

莉迪亚对消费主义的迷恋远未结束。我发现萨克斯第五大道有些让人难以招架，于是我们就去了中央公园，以及一家看起来较传统、较低调的百货商店。无知者无畏。若是我对柏朵·古德曼[①]有所耳闻，我可能就会对它退避三舍。

这地方的奢华程度超过了豹子的爪子。在楼上，我看了看孩子们的衣服。

“看这条漂亮的小裙子！”我说，“它太适合安妮了。只要10美元。难道你会不喜欢价廉物美的商店吗？”

莉迪亚低头看了看价签，指出我看错了零的排列。

“它实际上是1000美元，”她说，从我手里把它拿走，放回到衣架上。

一个穿着件羊绒大衣的三十多岁的金发女郎把我挤到了一边。

“我真的决定不了。”她对她打扮得无可挑剔的朋友说，“为萨曼莎的产前派对是该买古驰还是巴宝莉？”

那女人举起两件尺寸和颜色都一样的小背心。

“巴宝莉很经典，”她的朋友说，“但古驰具有那种欧洲风

---

① 柏朵·古德曼（Bergdorf Goodman）：一家位于纽约曼哈顿中城第五大道的奢侈品百货商店。该公司于1899年由赫尔曼·柏朵（Herman Bergdorf）创立，后来由埃德温·古德曼（Edwin Goodman）和他的儿子安德鲁·古德曼（Andrew Goodman）共同拥有和管理。

格。”

金发女郎的眉间出现了一条黑线。那一定是她上次注射肉毒杆菌素时被忽略的地方。自从进军伊拉克以来，还从未有过如此重大的决定。

“我知道啦！”她在停顿了很长时间后说，“我两件都要。”

穿着新衣服、梳起新发型的莉迪亚与周围的环境堪称相得益彰。但我那乱蓬蓬的头发和溅满颜料的外套让我觉得自己就像狗狗表演中的杂种狗。消瘦、穿定制服装、吹发定型等都跟我远挨不着边儿。然而，就像所有受过良好教育的人一样，销售人员特别劳心费力地想让外来者感到自在些。

我们顺着鼻子闻到的气味下了电梯，来到地下室的化妆品部，找到了一家看上去很不错的小咖啡馆的入口。那是午餐时间，菜单上的价格也并不离谱。

“对不起，夫人。”

那声音属于一个眼睛炯炯有神的年轻人。我瞬时间被他的深色西装和时髦发型迷住了。直到我看到他令人恐惧地挥舞着一支大号的化妆刷。

“夫人要不要在用餐前稍微修饰一下？”他问。

在我们那儿，主动提议要某人梳妆可能会把你送上法庭。

“现在不，谢谢。”我说，假设这句话在美国有不同的含义。

“你觉得我们该离开吗？”我低声对莉迪亚说。

我试图把她拖走，但她坚持自己的立场。一个乐于助人的侍者把我从外套里拽出来，向我们指了指一个位于角落的长软座。

我在软垫上落了座，假装在研究菜单。这地方有种低调的奢华。衣着讲究的女人们像鸟儿啄食般地吃着沙拉。

“那是貂皮吗？”莉迪亚问，看着服务员把另一位顾客的外套送去了衣帽间。

虽说身处这些不事张扬的特别优待之中让我很不自在，但莉迪亚倒似乎一点也不怯场。

“这是那种母亲和女儿谈论在汉普顿举行婚礼的计划的地方，你不觉得吗？”她说。

我简直不敢相信，她的佛教徒的长袍能够与如此奢华的环境契合得天衣无缝。

当我试着想字正腔圆地说话时，服务员令人安慰地未表现出倨傲神情。

“我们喝杯酒吧。”莉迪亚说。

“带酒精的？”

“你可能不知道，但在我的学生时代，我大部分的午餐时间都会喝得醉醺醺的。”她说。

侍者微微一笑，建议我们喝一杯带点柑橘味的淡霞多丽葡萄酒。

“那不是你过去常去的象棋俱乐部吗？”

“我们是这么叫它的，”她撩了撩头发说。新的金色条纹使她看起来像个电影明星。那是唇彩的闪光吗？

两杯水出现在我们面前。

“我猜我每天都会学到一些东西。”我说，“祝你平安回家。”

“还要祝波诺。”莉迪亚说，碰了碰我的杯子，“哦，我有件事想和你谈谈。”

“汉普顿的婚礼？”我问。

“不。”她笑了起来，“我知道我一走，你就打算把它送回收容所。”

“你为什么这么想？”

“如果你真的想留住它，你现在应该已经开始写博客了。”

服务员把我们完美无瑕的沙拉放在桌子上。

“这就像是在参观白金汉宫，而且是让女王给你做煎饼。”我低声说。

莉迪亚用她那心理医生的目光盯着我。

“别转移话题。”她说。

“听着，我喜欢波诺，但它讨厌我。这就像一场不对付的婚姻。”

“它是世界上最漂亮的小猫。”她说。

“我知道，但是我花了一辈子的时间来照顾那些无助的动物。我患上了照顾者疲劳症。”

我的女儿并没有把我的话当回事。

“你知道，事情并不总会一帆风顺。”我说，“要是我无法给它找到个家怎么办？如果它死于我无法让它吃药怎么办？

那会令人心碎的。”

莉迪亚举起叉子，把它放进沙拉里。

“如果你不能为它做这件事，那就为我做吧。”她说，“求你了，妈妈。答应我？”

当我盯着我的玻璃杯，试图审视我的选择时，从某处的扬声器里飘来了一阵音乐声。我别无选择。

“好吧。”我说，“我答应。”

我们匆匆回到公寓，迫不及待地想看看经过特殊加工的食品袋是多么受欢迎。波诺却连碰都没有碰它们。它也没有理那些鸡块。

恨不得拔头发

猫咪也是人。

波诺看起来仍然像个饥荒受害者。它的毛皮比以前更黯淡了。我担心它的健康在我们杂乱无章的照料下每况愈下。我一直希望它能在第二天前后回到比德伟的它的看护者的怀抱。乔恩和他的助手们更有能力为它提供所需的药物。可是莉迪亚使这一切都结束了。如果波诺想跟着我活下去，我就需要一个新的、可行的管理机制。

我给收容所打了个电话。一个女人接了电话。

“乔恩在吗？”

“对不起，他今天出去了。我可以帮你吗？”

出去了？猫语者怎么能休假呢？

“是波诺，”我说，“那只小黑猫，患有……”

“我们都认识波诺。”她声音里带着笑意说。

我的床下有一种反复挪动的声音。波诺在一字不落地听着。

“那个，我很担心它。它拒绝吃药。我试过了一切方法。”

“它喝水吗？”她问道。

“是的。但是它一直没有上大号。而且它太瘦了。”

我等着那个好心的女人让我马上把它还回去。

“它总是挑食。”她说，“我们给你的罐头食品里有药物。”

“它也不怎么喜欢那个。”

“它吃了点儿吗？”她问。

“一点儿，偶尔。”

“好吧，那就足以让它保持稳定了。”

“鸡肉呢？”

“如果它不再喜欢鸡肉，你可以试试新鲜的鱼。”

我记得奥莉维亚曾经告诉我，野猫比家猫更要求饮食上的多样化。如果一只流浪猫在这里吃到一片老鼠肉，在那里吃到一口蟑螂肉，它很可能会得到它所需要的全部营养。相比之下，一只厨房猫的所有营养需求都能在一听罐头（或一堆干粮）里得到满足。我想知道，波诺的挑食是不是更多的与它无家可归的日子有关，而非与它的疾病有关。

“乔恩什么时候回来？”我问。

“过几天。同时，请放松，享受波诺的陪伴。它是一只很棒的小猫。”

放松？在为一只病得很严重的猫负全责时？

莉迪亚只能再陪我两天。我决定是时候把她拖到我的私人游乐场——百老汇了。我希望她能像我一样热爱音乐剧。当我在新西兰的一个小镇上长大时，音乐是我的信仰。我把业余制作水平的《南太平洋》[①]《国王与我》[②]连同当地奶牛场的牛奶一起吸得精光。对我来说，罗杰斯和汉默斯坦[③]是懂得有关爱、生命和死亡的一切的哲学家。在《俄克拉何马州》[④]中，他们甚至展示出，他们知道生活在地球边缘的一个小社区是什么感觉。我喜欢音乐剧，因为它们断言，一个活泼的女孩所要做的就是坠入爱河，结婚，从此过上幸福的生活。

能够参观这些作品的诞生地，同吉恩·凯利[⑤]、朱莉·安德

---

① 《南太平洋》(*South Pacific*)：由作曲家理查德·罗杰斯（Richard Rodgers）和作词家兼剧作家奥斯卡·汉默斯坦二世（Oscar Hammerstein II）合作完成的百老汇音乐剧。

② 《国王与我》(*The King and I*)：由作曲家理查德·罗杰斯和作词家兼剧作家奥斯卡·汉默斯坦二世合作完成的第五部音乐剧。

③ 罗杰斯和汉默斯坦指的是作曲家理查德·罗杰斯（Richard Rodgers，1902—1979）和作词家兼剧作家奥斯卡·汉默斯坦二世（Oscar Hammerstein II，1895—1960），他们共同组成了一支颇具影响力、富有创新精神和成功的美国音乐剧写作团队。他们在20世纪40年代和20世纪50年代创作了一系列百老汇音乐剧，开创了音乐剧的“黄金时代”。

④ 《俄克拉何马州》(*Oklahoma*)：由作曲家理查德·罗杰斯和作词家兼剧作家奥斯卡·汉默斯坦二世共同创作的第一部音乐剧。

⑤ 吉恩·凯利（Gene Kelly，1912—1996），美国舞蹈家、演员、歌手、电影导演、制片人和编舞。他以充满活力和运动精神的舞蹈风格、英俊的外表和他在银幕上扮演的可爱角色而闻名。

鲁斯[①]以及休·杰克曼[②]走在同一条街上，就如生活在梦中。

“想想看，”我说着，把胳膊伸到她的胳膊中，“我们呼吸的空气与桑德海姆[③]的是一样的！”

我好像也说过我们早餐吃吐司。当我去莉迪亚所在的斯里兰卡寺院看她时，我们的角色发生了奇怪的逆转。也许这就是业报，因为你不理解在一个蝎子经常出没的闷热难当的寺庙里，在百分之百的湿度中冥想十二个小时的那种兴奋感。

坐在尤金·奥尼尔剧院[④]里，等待着《摩门经》演出的帷幕升起，我的兴奋之情，我想，对她来说，几乎让她有些受不了。也许她对这部音乐剧的主题感到不自在：年轻天真的白人把他们的宗教强加给非洲村民。但在开场表演时，当一位演员拖着头死驴走过舞台时，就连她也大笑出声。这无疑与她在第三世界的经历产生了共鸣。

然而，尽管我喜欢《摩门经》的一切，莉迪亚似乎只是

---

① 朱莉·安德鲁斯（Julie Andrews，1935— ）：英国女演员、歌手和作家，曾在《窈窕淑女》（*My Fair Lady*）和《卡梅洛特》（*Camelot*）等舞台剧以及《欢乐满人间》（*Mary Poppins*）和《音乐之声》（*The Sound of Music*）等影片中出演角色。

② 休·杰克曼（Hugh Jackman，1968— ）：澳大利亚演员、歌手和制片人，出演过多部著名的电影和音乐剧，曾因在《悲惨世界》（*Les Misérables*）中的表演而赢得了奥斯卡最佳男演员提名和金球奖最佳男演员提名。在百老汇剧院，杰克曼凭借在《绿野星踪》（*The Boy from Oz*）中的角色获得了托尼奖。

③ 桑德海姆（Sondheim，1930— ）：美国作曲家和词作者，以对音乐剧的贡献而闻名，获得过奥斯卡金像奖、八次托尼奖、八次格莱美奖、普利策奖、劳伦斯·奥利弗奖和 2015 年总统自由勋章。

④ 尤金·奥尼尔剧院（Eugene O'Neill Theatre）：位于曼哈顿中城西 49 街 230 号的百老汇剧院。

在忍耐它。她是如何遗漏了家庭音乐剧的基因的，至今仍是个谜。她的祖母曾在《天皇万岁》[①]的三部作品中饰演卡蒂莎[②]（诚然是业余的）。我难以相信莉迪亚的血管里连一点油彩的痕迹都没有。我猜有些人就是无法理解演员为什么每隔五分钟就要放声高歌。

“你不喜欢它吗？！”当我们走出剧院时，我问道。

她的回答简短而沉闷。听起来像是“相当”。

在我们回公寓的路上，她指出了一张海报，是也在百老汇上演的诺拉·艾芙隆的剧作。《幸运星》[③]是艾芙隆的最后一部戏。这部由汤姆·汉克斯主演的戏剧讲述的是20世纪80年代的一位住在纽约的报纸专栏作家的故事。我想让我们共同度过的最后一个夜晚成为值得纪念的夜晚。如果我不能改变她对音乐剧的看法，我想她至少会欣赏一部戏剧。奇迹般的是，还有空座。我订了两张明天的票，那是她在城里的最后一晚。

当我们打开公寓门时，波诺像往常一样待在床下。一只

---

① 《天皇万岁》（*The Mikado*）：一名《秩父市》（*The Town of Titipu*），是由亚瑟·沙利文（Arthur Sullivan）作曲、W. S. 吉尔伯特（W. S. Gilbert）编剧作词的一部两幕轻喜歌剧。

② 卡蒂莎（Katisha）：《天皇万岁》中的主要女性角色，由女低音歌唱家演唱。

③ 《幸运星》（*Lucky Guy*）：诺拉·艾芙隆（Nora Ephron）创作的话剧，讲述了记者迈克·麦卡利（Mike McAlary）从1985年开始到1998年41岁去世的故事。这是艾芙隆的最后一部作品，也是汤姆·汉克斯（Tom Hanks）的百老汇处女作，他凭借这部作品获得了世界戏剧奖。

常驻的老鼠都会更友善些。

莉迪亚洗澡时，我打开了笔记本电脑。几声汩汩的声响过后，菲利普出现在屏幕上。他坐在炉火前，盖着毯子，约拿蜷缩在他的膝盖上。

“你在忙些什么？”他问道。

“没忙什么。我们刚刚去看了《摩门经》。它真是妙不可言。你会喜欢它的。我们还去买了东西。莉迪亚买了这只漂亮的手提包，还有……”我得降低我们的开心程度，“你的工作怎么样？”

“像往常一样忙碌。我们不得不解雇一个人。”

我知道他多么讨厌那样做。这些年来，我了解到，企业界就是只鲨鱼缸，人在其中只能吃或被吃。

“真遗憾。”我说。

他看上去比我记忆中的要老。当然，我也变老了，但只是在外表上。约拿冲我眨眨眼，打了个哈欠。

“这里太冷了。”他说，“我们得在冬天之前把暖气弄好。”

我都忘了我们的房子在夏天是烤箱，秋天来临的时候是冰箱。同他说起中央公园里的水仙花和一天高似一天的温度，似乎不太公平。

“那只猫怎么样了？”他问道。

“波诺？它是个难对付的家伙。我们的小乖乖怎样？”

“它太爱舔自己的毛了。它的一条腿几乎全秃了。看到了吗？”

菲利普举起约拿的前腿，向我展示了小腿部位的一段苍白的狭长地带。约拿可怜巴巴地看了我一眼。

“那只灰猫又欺负它了吗？你记得给它吃药吗？”我问。

“兽医认为这是分离焦虑。她要我尽可能多地关注它。”

“真的吗？”我说，喉头发紧。可怜的约拿。老实说，因为总在担心波诺，我几乎没有想过它。不过，约拿有靠谱的人照顾。

“我们的床单放在哪儿？”他问。

“在盥洗室的柜子里。”

“它们对我们的床而言都太小了。”

“你就全都比比看。”我说，“试试绿色的。”

他们融入黑屏后，我几乎感到释然。我不打算急急忙忙回家去继续一次床单之旅。不过，我对约拿感到内疚。自从癌症发作以来，我决心要对生活说“是”。但这次 Skype 聊天更多的给我的感觉是，我有点自私了。

我不知道让我看约拿的腿是不是菲利普告诉我他也需要我的方式。如果他没有提到床单，我可能就会受到诱惑，飞回家去。

另外，我在做母亲的四十年里错过了很多东西。20 世纪 70 年代，我度过了童年的最后几年，生育了两个小男孩，萨姆和罗布。20 世纪 80 年代，萨姆死后，我沉浸在悲伤之中，接着是莉迪亚出生的喜悦。20 世纪 90 年代我再婚再育，这次生下了凯瑟琳。在所有这些阶段，我从未停止工作，为报纸、杂志和电视撰稿。有时候，除非直到我把事情写在纸上，后来是写在电脑屏幕上，否则它们就好像不曾真正发生过似的。如果现在，在我快六十岁的时候，我还弄不明白自己是谁，并实现自我，那么我什么时候能那么做?

在墨尔本的家中，所有的日子似乎都千篇一律。日复一日，年复一年。在纽约，每时每刻都刻蚀着张力。每天晚上，躺在紫色的窗帘下，我都为第二天的生活而充满孩子气的兴奋。

虽然我很爱菲利普，但我不确定自己是否竟还能缩成一团，以适应我们在炉火前的老习惯。我的父母就这样度过了他们的晚年，母亲为她曾作出的妥协感到痛苦。实际上，她死的时候，手里还拿着一个茶盘。我不知道我想要怎样告别人世，但一定不是那样的。

当你坠入爱河时，有那么几次，你会禁不住地突然放声歌唱起来，在那之后，便开始了实打实的生活。关于分娩、垃圾之夜以及轮到谁洗碗之类的音乐剧并不多见。很遗憾罗杰斯和汉默斯坦从未写过这一部分。

一旦莉迪亚回到澳大利亚，即使我在音乐剧里肆意徜徉，或者因为假装自己是个土生土长的纽约人而让自己变成个白痴，也不会有人把它当回事了。当然，我会信守我的承诺，再多照顾波诺一段时间，并且开始写博客。但是，即使有一千个人阅读那篇博客，它最终也一定会回到比德伟。一旦此事发生，我就不再需要担心任何人的情绪变化，或者他们是否上了大号。

就像一块华丽的波斯地毯，一种充满无限可能的生活展现在了我面前。

追星族

猫喜欢被崇拜。

当我搬到纽约时，我要住在可步行去百老汇的地方，看每一场演出。剧院是如此之小，如此老派，这让我心生欢喜。灰尘和消毒剂的气味提醒我们，最伟大的梦想是建立在污物和微生物之上的。

唯一恼人的事情就是幕间休息时去卫生间。在打印出心脏的3D版本都变得可能的时代，有些事情会说不过去，譬如，剧院里仍然没有足够的洗手间供女性使用。

《幸运星》精彩绝伦。当演员们在最后鞠躬致礼时，我站起身鼓掌，直到双手都拍麻了。

“你作何感想？”当我们和一大群人一起涌至戏院的门厅时，莉迪亚问。

“汤姆·汉克斯太棒了。”我说，“有些演员无法从电视舞台过渡到戏剧舞台，但我无法把视线从他身上移开。”

莉迪亚抱着自己的节目单，笑了起来。

“你对他的喜爱胜过了《摩门经》吗？”她问。

我怎么会不呢？在他作为小报记者迈克·麦卡利的角色中，汤姆·汉克斯实际上已闯入了我的过去。

“在20世纪70年代和80年代，新闻编辑部对女性来说很艰难。”我把手插进口袋说，“与我们一起工作的那些家伙搁在现在都会被关进监狱。”

我告诉她，在我十八岁的时候，作为一名实习记者，首席记者是怎样带着我去了一家酒吧，并宣布他将在自己的汽车后座上，与我发生性关系。

“你怎么办？”她问道。

“我当时还年轻，天真到会当面嘲笑他。”

诺拉·艾芙隆显然在同一时代的纽约也经历过类似的事情，并将它们打磨成了艺术品。

“你认为他还在这儿吗？”利迪亚问。

“谁，汤姆？他可能在后台卸妆，如果我们在后台门口等着，也许就能看到他。”

“真的吗？”

“他总得想办法离开那栋楼吧。他甚至可能会在你的节目单上签名。”我递给她一支笔说。

我们失望地看到舞台门口挤满了粉丝，于是我们穿过马路，从远处观察着。当一个伟岸的身影出现时，大家都屏住了呼吸。数以百计的智能手机齐刷刷地举了起来。我们羡慕地看着那位明星停下来和人们聊天，在他们的节目单上签名。

“他在舞台上一定戴了假发。”莉迪亚说。

我摘下眼镜，在外衣袖子上擦了擦。她是对的。那位演员头秃得像条梭鱼。

“那不是汤姆！”我说，同时眯起眼睛细看，“是其他的演员。你知道，那个老家伙。”

我们看着他消失在人群中，变得和我们其他人一样默默无闻。

我们等待着……等待着。汤姆现在肯定已经卸完妆了。剧院外面的人群很平静，但越来越多。一阵骚动不安的涟漪在他们中间荡开去。我转过身来，看见街道尽头有十几名骑警排成了一行。

这些马匹可不是能用胡萝卜来解除其武装的可爱小马。它们长得极其高大。对于一个膝盖有问题的汤姆·汉克斯的信徒来说，它们可真是吓人。白色的雾气从它们的鼻孔里喷射出来，在寒冷的夜空中盘旋不去。一块防暴盾牌反射出霓虹灯的闪光。

“我们走吧。”我说。

可莉迪亚装作没听见。我惊恐地看着她穿过街道，加入舞台门外的铁杆粉丝团中。我在她身后叫她，但她已愣了神。我倚在一根柱子上，试图欣赏这壮观的场面。每当从剧院里走出一个身影时，那群人都会屏住呼吸——直到他们意识到那不是汤姆，而是另一个急切地想把自己的魅力像闪闪星光一样洒在他们身上的演员时，才发出一声叹息。

到现在为止，我很确定汤姆已经走出了后门，正泡在他下榻的酒店的浴缸里。令我恐惧的是，那排马开始沿着街道向我们走来，它们低着头，好像在努力回忆购物清单上的东西。

人们分散开来。我不知道是该跑过马路去找莉迪亚，还是继续沿着我这一边的人行道往回走，希望她随后能找到我。一股母性的本能涌上心头，我以妇女参政论者的方式冲到锃亮的马蹄前。我的心都快要跳出嗓子眼了，就这样抓住莉迪亚的手肘，把她引到城里一个比较安静的地方。

“为了我们的最后一晚，我想带你去个特别的地方。”我说，此时我们正停在西 44 街的一幢看上去不很显眼的大楼外面。

“我不喜欢爵士乐。”她说。

我恳求她以开放的心态去靠近鸟园[①]。这家俱乐部得名于查理·帕克[②]，他还是以“鸟”著称的中音萨克斯魔术师。这个俱乐部已经赢得了世界爵士乐角落的美誉。

当我们进入大楼那深红色的室内时，我感觉受到了凉爽的洗礼。我们坐在一张小桌子旁，点了饮料，与此同时，四

① 鸟园（Birdland）：一家 1949 年 12 月 15 日在纽约成立的爵士俱乐部。最初的“鸟园”位于曼哈顿西 52 街以北的百老汇 1678 号，由于租金上涨，于 1965 年关闭，1986 年，第二家同名夜总在位于曼哈顿的剧院区开业，离原夜总会所在地不远。目前的位置与以前的纽约观察家总部位于同一栋大楼。

② 查理·帕克（Charlie Parker，1920—1955）：美国爵士乐萨克斯管吹奏者和作曲家。

重奏把如同熔化了的金子的音符灌入了我们的耳朵。

我从眼角的余光看到，莉迪亚的表情从不喜欢爵士乐变成了其实非常喜欢它。她的注意力集中在一位非裔美国钢琴家身上，他的演奏就好像他有四双手似的。他开始即兴独奏之后，她使劲地拍着手。我的女儿变成了一个迷妹了。

爱有许多方面。深切而快速地爱上一位爵士钢琴家，可能与其他表现形式一样强劲有力。演出结束后，那位钢琴家独自坐在酒吧里用餐。

“你为什么不去跟他打个招呼呢？”我问。

莉迪亚听了这话，似乎有些难为情。

“这是他最不想要的东西。”她说。

“他是个艺术家。一些像他这样的人要靠人们的赞美才会意气风发。于他而言，那是氧气。”

她不肯让步，但她的眼睛紧紧地盯着他。

“我该对他说些什么呢？”她问。

“只需告诉他你有多喜欢这演出。这会成就他的夜晚。”

我们拿起外套。在我结账的时候，她克服了沉默，大步走向那位音乐家。他抬起头，让她坐下来。他们互相交谈时，他们的头倾向了彼此。那人低头看着自己的胸口，说了一些话，逗得莉迪亚笑了起来。他们是如此热衷于永恒的调情艺术，我不知道自己是否应该找个借口离开。

但几分钟后，莉迪亚站起身来，在门口与我会合。当我们穿过寒冷的夜晚走回公寓时，她满脸通红，兴高采烈。

“你在想什么？”我问。

就在不久以前，我还不敢问这么敏感的问题。如果我问了的话，她就会像只贝类动物一样节节退缩。

“我在想，”她说，抬头凝视着那些闪闪发光的塔楼，“有一天我会收养一只救援猫。”

我想象着莉迪亚和雷蒙在一起、一只猫趴在他们的腿上的画面。谁知道这会导致什么呢？一只宠物，然后是一个婴儿。如果发生这种情况，他们可能会每年带婴儿来看望我一两次。

在他们探亲的间隙，我可以通过 Skype 给婴儿唱百老汇歌曲。

因为哪个头脑正常的女人会拒绝在纽约生活的机会？

毛皮馅的承诺

对作家而言，没有比猫更好的伙伴了。

莉迪亚站在我们公寓的中央，手里攥着过去十天她睡过的床单。她把它们扎成一捆递给我，问我是否介意在回澳大利亚时把我们买的毯子带回去。她的背包里已经没有空地方放它了，可她渐渐喜欢上了它。随着她的床又翻回为沙发，房间显得棱角分明，冰冷得像个病房。我简直不敢相信她要走了。我问她是否想从壁炉架上拿走一些艺术画廊的明信片。她把莫奈的睡莲——从现在起是她的睡莲了——塞进了背包。

纽约改变了我们的关系。我们接受我们之间的分歧而没有急于下结论，一起经历风险，共同开怀大笑。这座城市让她对艺术、时尚、爵士乐和戏剧发生兴趣的方式令我感到惊讶。在多年内敛朴素的宗教生活之后，纽约释放了她的性感。从逛“维多利亚的秘密”，到与爵士钢琴师聊天，她顺遂于周围环境的活力，让自己变得生机勃勃。

更重要的是，我从未见过她如此心甘情愿地对一个活着的生物敞开心扉。

“哦，这是给波诺的。”她把手伸进背包，递给我一根猫咪钓鱼竿，“别忘了和它一起玩。”

猫感觉到有什么事情即将发生，于是从床底跑出来，蹭着她的腿。尽管它像往常一样拒绝让她把他抱起来，但它还是邀请她用手抚摩它的背。

“噢，波诺！”她说，眼泪像小瀑布似的顺着脸颊流下来，“我会非常想念你的。”

它用金色的眼睛凝视着她，用鼻子爱抚着她的手指。

“你会给它找到一个家的，是吗？”她问，从衣袖中抽出一张纸巾。

作为父母，你的孩子多大并不重要。无论他们是四岁还是四十岁，如果你的阑尾能帮你治愈孩子的疼痛，你就会用菜刀把它切下来。

“我会尽力的。”我说，领着她下楼，来到街上。

这一次，我们不用等出租车。

“我们玩得很开心，不是吗？”我说着，拥抱了她一下。虽然我从不喜欢和我的孩子们说再见，但我总是设法让这样的场合变得愉快，以防生活出现可怕的转折，结果发现，这是最后的告别。

“照顾好波诺，好吗？”她说，“我等不及要读第一篇博文了。”

她爬入汽车后座时仍在哭。

我上楼。波诺回到了它的藏身之处。没有莉迪亚，房间显得空荡荡的。

独自一人在纽约将比我想象的更具挑战性。我觉得自己很脆弱，不受欢迎，过了最佳保质期——就像一只无家可归的病猫一样。一对琥珀色的前灯从床底下射向我。它不喜欢我。想想看，它也不是我想要的猫。可是莉迪亚爱它，它也有它的骨气。也许这只猫可以与我互相扶持，共同创造新的生活。即使谈不上别的，至少你回家时有他在等着。

“你是怎么想的，波诺？你，我，还有这座大城市。我们要不要试一试？”

两只前灯眨了一眨。

我把笔记本电脑从套子里拿出来，放在壁炉旁边的小桌子上。这已经不是第一次了，我想知道为什么有那么多人认为他们想成为作家。对于工作场所的伙伴关系来说，这相当于灯塔的看守。当我在写一本书时，如果幸运的话，我在一天中会有不止一次的人际互动，通常是和一位咖啡师。一旦我的可回收利用的杯子装满了所需的修复后，我便匆匆赶回家，盯着空空如也的电脑屏幕。每当这时，我就会发明种种不写东西的借口，比如，清理冰箱、清空洗碗机，或者搜寻蚂蚁。

写作比人们想象的更辛苦。我通常在午餐时间就会精疲力竭，于是我会躺在床上，听着一段冥想录音蒙眬入睡。在那之后，我会关上窗户看白天的电视，以防隔壁邻居希瑟听到。

当我文思泉涌、觉得自己势如破竹时，通常是我的工作最糟糕的时候。经过无数次的删繁就简之后，妙言佳句会像个孩子似的以最简单的形式呈现。

晚上睡觉的时候，我在脑子里反复琢磨着白天写下的段落。我会想到许多绝妙的点子，但通常到了早上，我就把它们忘得一干二净。

友情被束之高阁。几个月后，我忘记了如何与人进行对话。当一本书最终发行并需要推广时，人们就会期望我经历一次性格转变，变得谈吐诙谐、衣着得体、外向开朗。

尽管存在种种挑战，但作者的生活以我从未想象过的方式使我眼界大开。毫无疑问，在家里倒垃圾与在奥地利的城堡里享受皇室待遇，或者同我的意大利翻译一起漫步在科莫湖[①]岸之间的鲜明对比，往往会使我感到忐忑不安。

在书展上，在不同国家的巡游中，有些际遇将使我终生难忘——在华沙，我遇到了一位女士，她站起身，通过翻译说，我们的家就是波兰的家；在日本，我与只是想表达自己的痛苦的海啸受害者一起哭泣。我永远不会忘记在维也纳的一间莫扎特曾在那里演奏过的精美房间里举行的品读会，或者在葡萄牙与高中学生的会面，通过会面我了解到，他们与澳

---

① 科莫湖（Lake Como）：意大利伦巴第的一个冰湖。它的面积有146平方公里，是意大利第三大湖泊。

大利亚的青少年面临着同样的挑战。无论走到哪里，我都会遇到一些人，他们的动物守护者帮助他们战胜了失落和痛苦。

邮件也常常让人深受感动。我试着回复所有邮件。每隔一段时间，就有一位读者会从地球的另一边来看望约拿。它接待过来自意大利、加拿大、瑞士和法国的客人。她们都是集智慧和魅力于一身的女性。当约拿接受朝拜时，我则奉上自制的香蕉蛋糕，考虑到那些人旅程的遥远程度，这似乎只是件微不足道的小事。

电脑嗡嗡地启动，屏幕充满期待地亮了起来。我吸了口气，输入了“《赫芬顿邮报》博客”几个字。标题总是很简单的。喝了两杯咖啡、吃了一个水果馅饼后，我再次把手指搁在了键盘上。

波诺是我见过的最奇怪的猫……

破掉的窗户，敞开的心扉

女人最好的保镖是她的猫。

我完成了第一篇博文并按下了发送。虽然文字可以是强有力的和经久不衰的，但我不相信它们足以改变我的四足房客的生活。不管我怎么轻描淡写它的病情，不管我让它看起来多么有吸引力，《赫芬顿邮报》的读者想要收养它的想法都是不切实际的。

既然我有了新获得的自由，是时候走出去并融入其中了。如果城市的喧闹不能提振我的情绪，那就没有什么能够做到了。

自从我把靴子换成一双鞋底像棉花糖一样柔软的跑鞋后，我开始喜欢上了走路。和大多数纽约人一样，我每天平均要走四英里，但人行道对我的脚而言有些硬。即使我在这个城市拥有一千双鞋，我最终还是会每天都穿软垫运动鞋。

我快步走下山坡，向中央车站走去，在莉迪亚非常喜欢的服装店外停了下来。进去看那些不适合我的衣服是毫无意义的。

我需要走入人群，所以我去了时代广场。一个赤身裸体的牛仔拿着帽子要小费。从技术上讲，他并不是全裸的，但仍有大量的鲜肉裸露在外。我还记得莉迪亚是如何被他那颇有心计地弹奏的吉他声所打动的。我站在国债钟[①]下，看着上面的数字以令人眩晕的速度旋转。时钟似乎是在警告说，每个人的生命都在以极快的速度飞速流逝，是到了我们该注意的时候了。莉迪亚在这儿的时候，时代广场曾经很有趣。现在，这里仅仅让我觉得既拥挤又俗气。

耀眼的霓虹灯使我的眼睛疼痛。一个穿着乱蓬蓬的埃尔莫[②]装束的小贩纠缠着我与他合影。我把他打发走后，他走向一条长凳，摘去头套，点燃一支香烟。这个埃尔莫面具下的男人看起来是如此心灰意冷和疲惫不堪，我走过去给他扔了一些咖啡钱。

我从时代广场逃到了那个相对安稳些的餐厅，莉迪亚和我曾在那里吃了第一顿饭。没有了她，我感到很脆弱，一方面试图跟上人类的潮流，与此同时，又要与我想要转身离开

---

① 国债钟（National Debt Clock）：广告牌大小的滚动显示器，不断更新显示当前美国的国家债务总额和每个美国家庭的债务份额。它目前安装在纽约市曼哈顿第 44 街和第六大道西南角的一栋建筑的一侧。

② 埃尔莫（Elmo）：美国儿童电视节目《芝麻街》（*Sesame Street*）中的木偶角色。他是一只毛茸茸的红色怪兽，带着假声，在《芝麻街》上主持最后一段针对幼儿的时长 15 分钟（2017 年之后为 5 分钟）的节目《埃尔莫的世界》（*Elmo's World*）。

的背离倾向作斗争。

也许我进行这个冒险已经迟了三十年，有些太晚了。如果我摔了跤、掉了钱包或丢了护照怎么办？我倒是不怎么担心会遭到抢劫。在外面的大街上，我是个在一根静脉中跳动穿行的单血细胞——太微不足道了，不会被单独挑出来攻击。再说啦，担心一些我无法控制的事情是没有意义的。

“打扰一下，太太，”一个男人的声音说，此时我正在等红灯过马路，“你的鞋带松了。”

这是种不经意的善举，却让我振奋了起来。也许有一天，对这个来自另一块土地的陌生人来说，纽约会有家的感觉。

然而，我感受到了过去生活的牵引之痛。我们后花园的树上的叶子想来正在变黄并开始坠落。约拿会蜷缩在炉火前，如果幸运的话，它已不再舔自己的腿了。我需要告诉菲利普，我是多么怀念他温暖的身体，以及周日早上的执手散步。回到公寓，当我在笔记本电脑上开启 Skype 时，我惊讶地发现，我在屏幕上显得多么的衰老。我拉上窗帘，让光线变得柔和一些，又把电脑支成一个可掩盖我那青筋暴跳的脖子的角度。我本想用一种浪漫的语调开口说话。相反，我的声音中带着恼怒的锋棱。

“它在哪里？”当菲利普出现时，我问道。

尽管他微笑着，似乎很高兴见到我，但我看得出他的心不在焉。

“谁，约拿吗？在楼上睡着，我想。”

“它腿上的那块皮肤怎么样了？”

“哦，老样子，可能更糟了一点。”

“更糟了？！有多糟？”

“它没事的。”

我意识到了我丈夫的那种缺乏参与感的漫不经心。

“你在看橄榄球比赛，对吗？”

他的眼睛向旁边瞟了瞟。某个大腿健硕的球员肯定踢进了一个球。

“我最好还是让你去看球。”我说。

他欣然接受了我的提议。在橄榄球和啤酒的陪伴下，他似乎太过享受没有我的生活了。

“我猜想，在结婚二十二年后，男人更喜欢看橄榄球比赛，这是再自然不过的事了。”我说道，一面阖上了笔记本电脑。

这不是件好事。我在自言自语。然后我想起乔恩说过的给小猫们读书的话。光是人的声音就能起作用。于是，我向潜伏在床下的隐形房客发表了致辞。

“天啊，波诺，我的膝盖疼。这就是为什么你要用你的后腿做那些阿拉贝斯克舞姿的原因吧？你得了关节炎或其他什么病吗？你觉得你会喜欢我吗？我不吃猫肉，你知道的。再说了，我俩都已不再年富力强。这提醒了我，如果你能试着上大号就太好了。你觉得呢，波诺？”

我的问题换来的是沉默。我闭上眼睛，试着接收我那毛茸茸的室友的心理波长。蹦入我脑子里的那句话响亮而清晰——“你疯了！”

天光渐暗时，我走到附近的一家酒吧，那里有一群亲切友善的人正全神贯注地观看调酒师头顶上方的电视上的一场篮球赛。他们时不时地爆发出欢呼声。尽管为了我们的婚姻起见，我一直试着去理解橄榄球运动，但运动的魅力仍然是个谜。我可以欣赏运动员年轻健美的身体和获得它们所需的自律精神，但是，无论他们在打什么比赛，那都是场非写实的战争。我瞥了一眼那些在啤酒上方微笑着的紧张面孔——深深地感到孤独。

后来，我回到公寓，把前门背后的所有门闩都闩上。在确保我已安全地将世界拒之门外后，我检查了一下窗户。令我沮丧的是，我的床的上方的窗户插销完全是坏的。在莉迪亚和我住在那儿的全部时间里，有人是可以爬上防火梯钻进房间来的。

打电话给泰德或负责租赁公司的随便什么人毫无意义。在这个时间点，我只能接通一台电话答录机。菲利普一定已快速沉入梦乡，在他的两膝之间，约拿也在熟睡。再说了，他离这儿那么远，又能做些什么呢？在这种情况下，打电话找警察也有点太夸张了。没有人可以求助。我吓得汗毛直竖，赶紧拉上窗帘，关上灯，爬上床。由于城市的灯光透过紫色的窗帘照射进来，我们公寓里最黑的时候也会有点淡淡的紫色。我把莉迪亚的毯子盖在脸上，抓住枕头，渴望能回到家中的炉火前。

当我期盼睡眠能把我送到一个更友好、更安全的地方时，有什么东西跳到了床上。我吓得僵住了，竭力抑制住想要尖叫的冲动。

几秒钟后，令我极其欣慰的是，我看到一只黑色的小狮子跳过被子，依偎在了我的脚边。

独处，但不孤独

猫咪可从日常生活中看到美。

第二天早上醒来时，我脸上有只小绒球。当我的视线变得清晰些时，这才看清楚，它不是小绒球，而是波诺那毛茸茸的尾巴。它正蜷缩在我旁边的枕头上。那双猫头鹰似的眼睛目不转睛地盯着我。

我抑制住想哭的冲动，感激地伸出双臂搂住它，重新闭上眼睛，假装睡着了。在仿佛经历了几世的生死之后，我感到有什么东西在我的鼻孔周围悠然地弹来弹去。波诺正在用它的尾巴叫我起床。

尽管我很想伸出手去，梳理一下它那乱蓬蓬的毛发，但这只猫已经清楚地表明了我们之间的关系的动向。它是摇滚明星，而我是卑微的粉丝。

“早上好，先生。”我说，“你坐在那儿多久了？”

它眨了眨眼，低下头，就像我看到它和莉迪亚在一起时想吸引她注意时那样。我微笑着，慢慢地举起一只手，用食指搔搔它的额头——任何多余的动作都会是冒昧的。我不禁注意到，和约拿的相比，它的脑袋是多么扁平和宽阔。

当波诺抬起下巴，允许我抚摩它那蓬乱的脖子时，它发出了某种我以前没听过的声音——一种虽然轻但绝不会搞错的咕噜声。与约拿低沉的嗓音相比，波诺的声音是种八音盒发出的悦耳旋律。

我不假思索地坐了起来，伸手去抚摩它的背。

它的毛皮暗哑而坚硬。在它的饮食中加入的新鲜鱼肉和鸡肉丝毫也未改善它的皮毛。波诺跳下床，飞快地跑进床垫下的阴影里。

虽然我很想念莉迪亚，但她的离去似乎使得波诺得以伸出一只试探友谊的爪子。在接下来的日子里，我发现在不被他人的欲望和感知所遮蔽的情况下体验这座城市，堪称一种解放。

游走在纽约的大街上，我重新认识了一个我数十年来都不曾了解过的人。她比我们上次一起出去玩的时候要老，也不再那么天真。我不介意她的陪伴，还了解了一些我已忘怀的有关她的事情。

在一片向日葵的田野里，总有一朵花朝着不同的方向生长——不是放弃群体成员身份，而只是采取了不同的角度。那就是她。

她这个人会勾起过分热心的商店侦探的盯梢决心，因为她对自己的外貌没有一丝神经质的关注。她在商店里漫无目的地闲逛，脑子里却想着不相干的事情，商店侦探将之解释为可疑之举。当她把手伸进口袋时，侦探会走上前去，主动提供帮助。这将是毫无意义的，因为除非他想讨论朝霞的形成，除非他也认为它们看起来像安格尔[①]笔下的裸体，否则她便全无兴趣。

当人们挤上公共汽车或火车时，她通常是最后一个人们愿意在其身边坐下来的人。她不知道这是为什么——也许这和她的身材或者她心不在焉的神情有关。也许她看上去令人生畏。虽然她很注意自己的穿着打扮，但有时她也会怀疑，自己是不是被误当成了拾荒妇。她不在乎——她认为流落街头的人值得拥有比他们已有的更好的声誉。

她也是在电影院里坐错座位的那个人。一个怒气冲冲的女人唐突地走近她，要求她离开座位，这对她来说是相当司空见惯的事。如果另外那个女人足够冷静地查看票据，她们通常会发现，她根本就没坐错——但如果那个女人非常想要那个座位，她就会让她坐上去。

她与悲伤绝非泛泛之交。她心中的伤口是永久性的，但并非畸形。它们是她可以邀请其他想倾诉悲伤的人进入的空间。能分担他人的悲伤，无论它属于一个亲密的朋友还是来自世界另一端的读者，都是生命的一大特权。

① 安格尔（Jean-Auguste-Dominique Ingres，1780—1867）：法国新古典主义画家，其肖像画最为人所称道。

她喜欢沉默。你可以从中听到那么多的声音。

如果非要她作出选择，她会是猫而不是狗。不是因为她写了猫的故事。狗无遮无拦。它们会为了换取一碗肉而不惜暴露自己的一切。另一方面，猫分享的是它认为你应该知道的东西，并保留了消失的权利。

花朵会对她产生影响。它们提醒人们生命的美丽和脆弱。无论是在纽约还是在墨尔本，每当她拿着一束花走在街上时，汽车都会慢下来，让她先过马路。一个拿着花的人标明了自己是个爱人的人或被爱的人。他们可能是在照顾一个有麻烦的朋友，或者是旁人关注的焦点。怀抱鲜花，你便走在了爱的光晕里。

处于生命的开始和结束阶段的人让她兴趣盎然。她喜欢看到一个婴儿从婴儿车里抬起头来朝她看，像敬礼一样举起胖乎乎的手指。或者，在擦肩而过相互点头致意时，一个老人的眼中闪现出的认出她来的光亮。那些站在生命边缘的人会感激来到此处的奇迹。他们的优先顺序一目了然。他们品味着每一个时刻。动物也有类似的态度。

她喜欢观察母亲在把一小片面包喂给婴儿时嘴唇张开又合上的样子。小孩子的脸庞真是迷人。有些孩子的表情显得少年老成。家族的相似性令她好奇。一对耳朵或两只眼睛那代代相传的方式很是吸引人。

虽然她失去了一个孩子、一只乳房、一个兄弟、父母双亲和一些亲密的朋友，但她并没有细想生活从她身上夺走了什么。生活所给予的远比带走的多，而且天天如此，持续无休。

在这个许多人都被手机里的超现实世界弄得神魂颠倒的时代，她发现恋人的出现令人心安。两个机器人相爱还需要很长一段时间。

她觉得，危险不在于机器人变成了人，而是反过来。看着地铁上的乘客，她为车上的每个人都在低头看手机而感到悲哀。当他们封闭自己并陷入半催眠状态时，他们的目光呆滞。他们在夜晚碰触的最后一样东西是他们冰冷的技术薄片。当他们早上醒来时，最先伸手去够的不是另一个人的温暖，而是他们的手机。这让她想知道，忘记如何当一个人需要多长时间——一代还是两代？

她明白为什么宠物越来越受欢迎。人们比以往任何时候都更需要温暖的皮毛带来的安适感和信任的眼睛发出的光芒。在很多情况下，那就是他们必须与自己的动物自我保持联系的全部原因。

虽然她喜欢朋友和家人的陪伴，但她也同样满足于独自坐在餐馆里，听别人是如何努力地理解自己世界的意义。

那就是我重新认识的那个女人。所以，尽管我独自一人待在纽约，但我一点也不孤独。我有自己的陪伴，而我很喜欢这一点。

我还有波诺。无论是在林肯中心[①]欣赏瓦格纳的歌剧，还是在诺利塔[②]的伦巴第餐厅[③]用力地咀嚼比萨，我都知道，在联合国附近的一座不大优美的建筑物的三楼，一颗小小的跳动的心在等着我。

一天早上，当我在内衣堆里翻找我的新胸罩时，我发现了一个从澳大利亚带来的毛茸茸的粉红色猫玩具。我把它放在床边的地板上，出去逛了一天。

那天晚上我回来的时候，波诺正在公寓里把那个东西扔来扔去，好像它是有史以来最好的宠物玩具似的。令我欣喜的是，它开始上大号了。

① 林肯中心（Lincoln Center）：一个占地 16.3 英亩（6.6 公顷）的建筑群，位于纽约市曼哈顿区林肯广场附近。它是许多在美国国内和国际上都享有盛名的表演艺术组织的所在地，包括纽约爱乐乐团、大都会歌剧团、纽约市芭蕾舞团和纽约市歌剧院。

② 诺利塔（Nolita）：源于“小意大利北部”，是纽约市曼哈顿区的一个行政区。

③ 伦巴第餐厅（Lombardi's）：一家比萨店，位于纽约曼哈顿区诺利塔区。它于 1905 年开业，被比萨名人堂承认为是美国第一家比萨店。

讲故事

猫只有在高看你时才会让你撸。

我没有得到《赫芬顿邮报》的任何消息，开始怀疑他们是否收到了我的第一篇博文。出于对这种缺乏回应的担忧，我给维达打了个电话。她以她标志性的轻松活泼接听了电话，说她已经和那里的一位编辑谈过了，那篇博文要过几天才能发表。除了米凯拉，维达是我见过的最乐观开朗的人。

同时，维达补充道，出版社希望我将波诺带到他们在十天后举办的新书发布会上。发布会将在一家宠物店中进行，所以波诺是不会孤单的。

我试图解释说，让波诺主持新书发布会就好比让霍华德·休斯[①]在他自己的歌舞盛宴中当主演。这会给它带来精神创伤，破坏我们已取得的进展。如果让它出现在陌生人面前，

① 霍华德·休斯（Howard Hughes，1905—1976）：美国商业巨头、电影导演、演员、慈善家，被誉为世界上最成功的个人之一。

它就会蜷缩成一团，那么给它找一个家的机会就更加渺茫了。

最后，我们同意到时候再作决定。

即使出于某种原因，《赫芬顿邮报》决定不使用我的文章，我也要继续写第二篇博文。

"我只是试着帮助你。"我对自己的室友说，它仍然像复活节岛上的纪念碑那样热爱交际。

没有人说这会很容易……我打下这些字，就像一个讲故事的女学生。波诺在床底下拒绝让步。

在我敲打着键盘时，一副胡须从阴影中露了出来。一只鼻子和一对红绿灯似的眼睛在一点点地向前挪动。那只猫从它的安全洞口看着我，似乎很好奇。我叫它的名字，但它没有回应。

"你是一只难养的、让人觉得吃力不讨好的动物。"我说，把注意力转回到键盘上，"你想待多久就待多久吧。"

博文写到一半，我扑倒在沙发上，翻看电视频道。美国想要脱离英国的痛苦挣扎似乎以斯德哥尔摩综合征[①]的一种奇怪变体的形式让这个国家沉迷于《唐顿庄园》[②]和《呼叫助

---

① 斯德哥尔摩综合征（Stockholm syndrome）：人质对绑架者产生的一种心理依赖情结，在此情结作用下，被害人对加害人产生好感、依赖心，甚至会协助加害人，将解救者当成敌人。

② 《唐顿庄园》（*Downton Abbey*）：一部由朱利安·费罗斯（Julian Fellowes）创作的以 20 世纪初为背景的英国历史剧。

产士》[1]。虽然我对他们版本的《巡回鉴宝》[2]很感兴趣，但很快我就麻木了，变得昏昏欲睡。我正要把那东西关掉，这时，一个小小的身影一路小跑地穿过房间向我奔来。

我一动也不敢动，假装被广告迷住了。波诺走近我，用前额轻轻推了推我的鞋沿。我忍住了想大叫出声并拥抱它的冲动，不理它，一直盯着电视。波诺发出了铃声般清澈的喵喵声。我假装没听见。

当它跳到沙发上，在我身边坐下的时候，我的心像我们坏掉的冰箱里的冰激凌一样融化了。我向它倾过身去。它犹豫了一下，似乎想改主意，赶紧去寻找掩体。但它站着没动，让我把手滑过它那骨瘦如柴的脊背。

人的手很适合摸猫的脊椎骨。它们的曲线设计天衣无缝地互相吻合。我又来回撸了它几下后，便能听到猫喉咙里肌肉的震动所带来的咕噜声。据奥莉维亚说，明尼苏达大学的一项为期十年的研究发现，养猫的人患心脏病的概率要比没有这种住家咕噜器的人低40%。波诺的咕噜声随着每一次的抚摩变得越来越响，我能感觉到我的肌肉在放松，我的肺在缓慢地深呼吸。

当它抬起脸时，它的眼睛穿透了我的灵魂。在它身上，

---

① 《呼叫助产士》（*Call the Midwife*）：一部英国广播公司的历史剧，讲述了20世纪50年代末60年代初，一群助产士在伦敦东区工作的故事。

② 《巡回鉴宝》（*Antiques Roadshow*）：自1979年开始播放的一个英国电视节目，在节目中，古董鉴定人会到英国的各个地区（偶尔也会到其他国家）去鉴定当地人带来的古董。后来在包括美国在内的许多国家中都出现了类似的电视版本。

我看到了喜鹊凝视中的野性，看到了无与伦比的美丽，它来自一个毫不怀疑自己的目标、也不为自己的生命只有短短几年的事实而烦恼的生物。

波诺和我都从对方身上认出了某种东西。我俩都在随波逐流，有一点磕磕绊绊，不确定我们的余生将如何度过。我们都迷失了方向，在寻找着什么。我们谁也不知道自己属于哪里。波诺在那一刻抓住了我的心。不管我们周围的一切有多么混乱，我们都拥有彼此。

“别担心，我的朋友。”我说，“我会给你找到个家的。”

与它的皮毛的碰触让我意识到，我想家了。可是，当波诺把它那可爱的爪子放在我的腿上，把脸埋入我的手中时，我知道那只猫已认领了我。纽约也以自己的方式认领了我。我俩都开始有了归属感。这座永远的不眠之城事实上是永远不会噤声的城市。每天清晨，在黎明降临之前，我都会在嘈杂声中醒来，在柏油路上的轮胎声的背景下，听到建筑工地的轰鸣声。随着工作日的开始，空调机组的嗡嗡声将与出租车的喇叭声、汽笛声、刺耳的刹车声和卡车的倒车声交织在一起。在外面的人行道上，由一百种不同语言构成的背景嗡响声中会穿插着警马清理喉咙的难以想象的声音。有时候，这座城市的噪声和能量会演变成一个怪物，让我筋疲力尽。撤退到我们的楼内的宽慰感和把钥匙插入心形锁的安乐感是无法估量的。

我们这栋楼的每一层都有些许不同的气味。在最下面的街道那一层，有着强烈的汽车尾气和卷心菜的气味。走完第一段楼梯，在所谓的二楼，那种气味让位于混合着奶酪气味的煮过头的意大利面的味道。

我担心我们的地板上有层肉味的涂层，暴露了我们的动物偷渡者的存在。我和泰德的未经核实的交流让我不确定，我们的公寓是否正式地允许养宠物。如果我们因为养波诺而打破了某种公共规范，我担心居民们可能会拿着干草叉出现在我们门口。顺着似乎是从公共垃圾槽散发出的那湿漉漉、酸溜溜的气味追踪一番后，我终于在垃圾堆里找到了一只空的猫沙袋子，于是松了一口气。直到我意识到那是我们扔的。

在我们下方，三楼散发着香烟和袜子的臭味。三楼的居民似乎仅仅通过指示牌互相交流。每扇棕色的门上都装饰着禁止吸烟的告示，只有我们正下方的那扇门除外。且不管住在那里面的人是谁，他反正曾用"不要摔门"的横幅回敬过楼上。我曾悠闲地研究过那些愤怒的涂鸦，因为我在爬楼的时候，通常会在那里停下来喘口气。

一天，在成功地购买了既合身又不是黑色的衣服后，我在三楼停下来，常规性地喘口气。让我惊讶的是，"不要摔门"的标识被拿掉了。一副镜片厚如拿铁杯底的眼镜出现在门缝里。

"在一个为某个年龄段的女性开设的商店购物了，是吗？"眼镜的主人用浓重的爱尔兰口音说。

他的脸窄小而多皱，在苍白的皮肤的映衬下，头发黑得很不自然。

“你是怎么知道的？”我大吃一惊地问。

“我的一个朋友几年前常和她约会。”他边说边朝印在我购物袋上的一个女人的名字点了点头，“她的品牌非常成功。”

我的愤慨反应让位于消遣取乐。

“你是说我应该从别的商店买衣服吗？”我问，下意识地扫了一眼他的衣服：一件开领的犬牙花纹衬衫外松松垮垮地罩着件灰色开襟羊毛衫，这副打扮的他很难说是卡尔·拉格菲尔德[①]的化身。

“一点也不。”他说，“我是说这是为老年妇女服务的商店。”

对我而言，服装一直是焦虑之源。我一直在寻找一个自封的造型师。

“你是说她的衣服是为比我老的人设计的吗？”

“那要看情况了。”他说，“你多大？”

谈话变得越来越无厘头。我之前以为他是同性恋，但现在开始担心他根本不是。此外，在我的成长过程中，没有什么比老来装嫩更丢脸的事了。当然，在给老绵羊开的商店里为小羊羔买衣服则肯定是没问题的。

他自称是帕特里克。在弄清楚了我的谋生手段后，他向

---

① 卡尔·拉格菲尔德（Karl Lagerfeld，1933—2019）：一位居住在巴黎的德国服装大师，在时尚界人称“老佛爷”“大帝”。他是香奈儿（Chanel）、芬迪（Fendi）以及他自己的同名时尚品牌的创意总监。

我保证，他认识所有曾在纽约生活过的伟大作家。阿瑟·米勒[1]是个喜怒无常的人，但写了《安吉拉的灰烬》的弗兰克·麦考特[2]是他最要好的朋友。

当然，弗兰克现在已经告别了人世。每位伟大的作家似乎都已入土，手里还紧拽着雷明顿牌打字机。

帕特里克问我家有没有蟑螂。我说到目前为止我还没见过。他想知道我一个月付多少钱。我告诉他我记不得了，这是真的。他说，不管多少，肯定是太多了。

"告诉我，你写过些什么？"他问道，从口袋里掏出一支烟，用一种青蛙般的目光盯着我。

"嗯，一只猫。"我回答道，因他的那些文学界的朋友的高贵血统而自感卑微。

他噘了噘腮帮子，我认为这是在掩饰失望之情。

"我现在懂了。那是本儿童读物吗？"

当我解释说它不是儿童读物，猫在某种程度上是种隐喻时，他说他不介意读一读它。我告诉他我可以找个时间带给他一本。

"很好。"他说，一边点燃香烟，猛吸一口，仿佛他的性

① 阿瑟·米勒（Arthur Miller，1915—2005）：美国剧作家、散文家，20 世纪美国戏剧界的重要人物。他最受欢迎的剧本包括《我的儿子》（1947 年）、《推销员之死》（1949 年）、《坩埚》（1953 年）和《桥上的风景》（1955 年，1956 年修订）等。

② 弗兰克·麦考特（Frank McCourt，1930—2009）：爱尔兰裔美国教师和作家。他的《安吉拉的灰烬》（*Angela's Ashes*）一书获得了普利策奖，这是一本悲喜剧性的回忆录，讲述了他童年的悲惨境遇。

命就全靠它了。“那么，你就到时候下来喝杯茶吧。”

我带着困惑和隐约的恼怒之情吃力地爬上最后一段楼梯，手里紧紧抱着我新买的老太婆的衣服。我故意“砰”的一声关上门。尽管如此，知道纽约还有人喝茶，这还是让人挺安心的。

成为当地人

猫咪喜欢有归属感，却又保持着其局外人的地位。

我现在不是独自在家吃早餐，而是在第二大道对面的熟食店吃。那里云集了为其工作日做准备的普通人，其氛围十分友善和谐。我喜欢把燕麦片刮进纸杯，在上面撒上核桃、浆果，偶尔还有一抹奶油。卡布奇诺也不错。

当一个身着联合国制服的警察用流利的西班牙语点煎蛋卷时，我对其语言能力起了妒意，心中突地有了种刺痛感。厨师熟练地往平底锅里敲了三个鸡蛋，然后转向我。

“你想要吐吗？”他问道。

“吐？”我问，一阵不舒服的刺痒感顺着我的脖子爬下来。

那个警察低下头看着我，眼里流露出一种好笑的神情。

“是的。”大厨倾过身来对着我的脸喊道，“你到底要不要吐？！”

我从来没听说过“吐”这东西，也许是某种墨西哥玉米卷吧。

“吐司。”那个警察笑着插嘴说，“他是说吐司。”

我的脸一下子红了，朝着别在那个警察腰带上的武器瞥了一眼。虽然他看上去很友好，但我永远也不会习惯与带枪的警察打交道。尽管如此，当他用一只手去捋他那顺滑的黑发时，我还是忍不住要欣赏他双肩那结实的线条。

“谢谢你帮我。”我说，这时，厨师正把煎蛋卷递给他。

“这是我的荣幸，太太。你不是本地人吧？”

“不是，但我在你们的城市过得很愉快。”我说这话，更多的是为了避免被逮捕。

“纽约！”他翻着白眼地说，“我讨厌这城市。”

“你是什么意思？”我问。

“它让人厌倦。”

我可以想象因生活在纽约而烦恼，或者，在他的职业中，也许甚至会因作战而精疲力竭。但对纽约感到厌倦无疑也会对生活感到厌倦。

“你还想生活在哪里？”我问。

“我等不及想搬到个小木屋去。”

我见到过住在小木屋里的人，诚然，所谓的小木屋是用石棉而非木头盖的，所以那些人迫切地想要搬出去。

“你想住哪儿的小木屋？”我问。

他的眼睛里充满了梦幻般的神情。

“在某个地方的山上。”

我没有说什么让他幻灭的话，但显然他最近没有尝试过住在小木屋里。

虽然我是个外国人，但我不再觉得自己像个旅游者。就像沿着人行道跟在自己的狗后面一路小跑的人一样，我已经成为这幅城市织物上的一根经纬线，一个荣誉市民，家里还有只动物在等着我回家。

像我这样的当地人有种与众不同的气质。我们手里没有地图和旅游指南，也没有因为因全神贯注地盯着手机里的地图而错过的每一样值得看的东西而坐立不安。虽然我们很警惕，但我们并没有紧紧抓着手提包，好像随时都可能被抢劫似的。

我们保留了抱怨天气的权利，以及当一个醉汉荒腔走板地在地铁里大声唱歌时交换眼神的权利。我们对游客通常是视而不见的，因为他们会在自己的鱼缸里游来游去，“办”时代广场、帝国大厦和自由女神像。

我几乎还谈不上被授予了这座城市的钥匙，但有一天，当一个背着标志性的背包、穿着步行鞋的中年妇女走近我时，我的地位得到了肯定。

“劳驾，”她请求道，“你能告诉我这是去中央车站的路吗？”

我几乎无法抑制我的狂喜。我身上的某种东西尖叫着说，我在这个大城市里如鱼得水。她把我错当了成本地人。她的口音听起来像加拿大人。

“当然可以。”我说，用的是正礼貌地帮助一个不那么幸运的人的纽约人的口吻，“你只需一直走到坡底下，然后左转。你不会错过它的。”

她可怜巴巴地表示感激。我说这没什么，并祝她在余下的假期里一切顺利。

我在农村长大，在不同的城市生活过，所以我理解城乡之间的那种张力。当这个城市恰好是“大苹果”[①]的时候，这种差距就加剧了。众所周知，纽约自视甚高，颇具优越感。我真希望我能告诉他们，从农民的角度来看，城里人是些无法在乡村活下去的人。

游客是半隐形的，但我很快就意识到，纽约人自能认出彼此，而让我感激涕零的是，他们竟以一种随意的方式将我也包括在了自己人中。当我大步流星地走下山坡去买猫沙时，在集市上卖花的印度家庭会向我挥手致意。在宠物用品商店，多丽丝和我可以用半个下午的时间来讨论比对用棕色粗麻布和毛毯制成的猫爬架的各自的优点，与此同时，蓝铃则在橱窗里摇着尾巴。

虽然卖手袋的人从来没有邀我与他们交谈，但我与一些乞丐保持了点头之交，尤其是那个下午大部分时间都拖着残

① “大苹果”（Big Apple）：纽约的昵称。它最早在 20 世纪 20 年代由《纽约晨报》（*New York Morning Telegraph*）的体育专栏作家约翰·J. 菲茨·杰拉德（John J. Fitz Gerald）推广开来。自 20 世纪 70 年代以来，它大受欢迎，部分原因是纽约旅游局的一项宣传活动。

躯坐在我们大楼外台阶上的乞丐。我想起了格雷格对我说过的话，朝那人的口袋瞥了一眼。如果他带着枪，那一定是把很小的枪。

甚至我们楼里的人也开始打招呼。他们大多数都是三十多岁的单身职业人士。他们远比我在墨尔本的因在死胡同里的停车位而争斗不止的大多数邻居们要友好得多。我再也没有在楼下看到过帕特里克，或听到他的动静。他可能去与唐娜·塔特[1]共进午餐了。

我平生第一次沉迷于洗衣店——是在好的方面。最开始，我把外套送到东44街的洗衣店，问他们能不能把上面的油漆斑点去掉。他们说没问题。当我发现这些快乐的小伙子洗衣加烘干的价格是每磅八美元时，我每隔几天就会带着另一捆衣物去那里。我的衣服被紧紧地压在塑料薄膜里密封起来，看起来就像是别人的。不再满身都是食物污渍的我得到了数量可观的金属衣架，我会把它们拿回去让洗衣店的人循环使用。

在这个城市，每个小烦恼都能得到关照，并以负担得起的价格得到解决，这样的生活正变得让人欲罢不能。一天下午，我去找了针灸师，看他是否能治好我的膝盖。他一开始

① 唐娜·塔特（Donna Tartt，1963— ）：美国作家，著有《神秘历史》（1992年）、《小朋友》（2002年）和《金翅雀》（2013年）等。塔特凭借《小朋友》获得了2003年的WH Smith文学奖，凭借《金翅雀》获得了2014年的普利策小说奖。2014年，她被《时代》杂志列入“100位最具影响力人物”名单。

就喋喋不休地说出他针灸过的所有名人的名字，这让我想起了帕特里克。我想知道拽人名是不是种纽约病。给我查了脉搏后，他摇了摇头，说我阳气太盛，肝火太旺——哪一个听起来都不像是恭维。

后来，我一瘸一拐地回到山上，安慰自己说，对于当今世界上的任何一个女人来说，阳气太盛可能都是件好事。我相当震惊地发现，女权主义并没有按照它应有的方式突飞猛进，而是回到了我们烧胸罩时的状态。如果当今的年轻女性认为给男朋友发送臀照（她们的屁股的照片）是一种解放之举，那么我会为她们和她们的女儿感到绝望。

当我打开公寓门时，我惊讶地发现，一个小黑影雀跃地朝我走来，用欢迎的喵喵声向我打招呼。我大叫出声，弯下腰去抚摩它，但它却向后跳到了地板的另一头。

波诺跳上床，看着我打开笔记本电脑。我在《赫芬顿邮报》上的第一篇博文已经上线。不仅如此，还有一大群读者发表了评论。

嘿，海伦，波诺太可爱了！谢谢你写关于救援猫的文章。很多人认为他们非得从宠物店购买动物。虽然我知道你不能带波诺来科罗拉多，但我会一直记着你俩的。

亲爱的布朗太太，我住在俄罗斯的莫斯科，在过去的17年里，我一直在照顾那些被遗弃的猫。它们是我最好的朋友。我希望波诺能找到它应得的家。

你好，我想要一只像波诺这样的猫，但是我们已经有五只了，妈妈说那已经够了。等我长大后，我要在一个像比德伟这样的收容所工作。爱你，尼克，小石城，阿肯色州，美国，世界，宇宙。

亲爱的海伦，我们整个兽医诊所都爱上了波诺！如果你能抽出时间在募捐会上发言，提高人们对救援动物的意识，我们将非常高兴。奥利安娜，洛杉矶。

海伦，救援动物都是最棒的。我一辈子都收养的是收容所里的猫。他们是如此充满感激之情和爱意。有时很难说是谁在拯救谁！爱你和波诺，吉娜，菲尼克斯，亚利桑那州。

亲爱的布朗太太，我爱波诺，但我不能收养他，因为我住在新西兰的奥克兰。取而代之的是，这个周末我将去我们当地的收容所。如果我能找到一只跟他长得有一点儿像的猫，甚或是长得不像他的猫，他就会和我一起回家。把这件好事做下去。你的安德里亚。

情感会计

爱猫即是爱生活。

“看来你有个粉丝俱乐部啦，波诺。”我说。

那只猫从它最喜欢的黑白波点枕头上眨着眼睛看着我，发出一声猫叫。过去，当我叫它的名字时，它总是装聋作哑。

“这么说，你是知道你的名字咯？”我关上笔记本电脑说，“饿了吗？”

我向冰箱走去，我的室友蹦蹦跳跳地跟在我后面。它的步态是如此优美，仿佛是在云上冲浪。

“你考虑过当模特吗？”我问，“你可以有自己专属的 T 台。”

波诺迈着猫步走过地板，然后以标志性的阿拉贝斯克舞姿将后腿翘了起来。同一个欣赏我的幽默感的猫生活在一起，这感觉很好。

它在冰箱门前放低了腰腿，用期待的目光盯着冰箱把手。

“先生今天感觉怎么样？来点小鱼？也许是一片鸡肉？”

波诺冲我尖声地喵了一下。当我把鸡肉舀进它的碗里时，它感激地咕噜了一声。

“真是只彬彬有礼的猫。”我说，用手摸了摸它的背。我很高兴地感觉到在那粗硬的皮毛下面开始有了一层脂肪。我的饥荒受害者正在长胖起来。

波诺在猫沙盘里快速地停了一下后，疾步向我走来，扑向我的鞋带。我拿出莉迪亚的鱼竿，我们像两个傻子似的浪费了美妙的十分钟。

对于一只病猫而言，它真是活力十足，但过了一会儿，它又退到枕头边，怡然自得地发出咕噜咕噜的声响，完全没有停下来的意思。那声音甜美且具音乐性，如果莫扎特是只猫的话，他想来就会发出那种声音。

我注意到，这些天来，波诺的咕噜声越来越大，越来越频繁。这只小猫在公寓里漫步时，几乎不停歇地自顾自地哼个不停。就好像它无法相信自己的运气是如此之好，来到了一个得到体贴入微的照顾和喂食的地方。还有，是的，现在我不得不承认，它还得到了爱。

我本不想爱上波诺，现在我开始明白为什么我这么努力地不去爱它。自从得了癌症后，我便屏蔽了自己，不去考虑爱上新事物的可能性。爱了就不可避免地会失去，而我不确定自己是否还能承受更多的痛苦。但波诺让我了解到，活着的意义在于对爱的可能性保持开放态度。无论一个人承受了多少身体上和情感上的伤害，内心都必须保持开放。另一种选择是痛苦、孤独、如同行尸走肉般地活着。

当一个城市充满爱的时候，它会呈现出不同的色彩。大街上的面孔似乎更加柔和了。春日的微风更像是一种拥抱，而不是一把利刃。摩天大楼外的夕阳像女学生的午餐盒一样闪耀着粉红色的光芒。

爱所带来的问题是，心灵迟早会收到它的发票。波诺是个如此感情外露的小家伙，现在你根本不可能让它重新回到笼子里去生活了。这给我留下了两个选择：(1) 通过博客为它找到养父母；(2) 如果做不到那一点，就安排把它送往澳大利亚，只希望它和约拿不会把彼此的眼珠子挖出来。

我研究第二种选择的次数越多，这种可能性似乎就越小。把一只健康的猫带出国就已经够复杂的了。即使波诺通过了兽医的检查，让它接受检疫和痛苦的飞行也可能会超出它脆弱的身体系统所能承受的范围。不管怎样，就目前而言，我想都无法去想回归过去的生活这件事。

还有第三种选择。但我得就此同菲利普好好谈谈。第三种选择既疯狂又具潜在危险，涉及我继续留在纽约，收养波诺，并希望我的丈夫和约拿会接踵而至。第三种选择需要凭借足智多谋和策略性思维向菲利普提出——而这两件事我几乎都不擅长。

说来说去，我其实并不需要担心第二种和第三种选择，因为一个叫安吉的女子通过《赫芬顿邮报》的博客爱上了波诺。我给维达打了个电话，告诉她这个令人兴奋的消息。

“安吉想收养它！”

“那真是太棒了！”维达尖叫了起来，“我太高兴了。她住在纽约的什么地方？”

我翻看着安吉的邮件。

“柏林，德国。你认为这会有问题吗？”

“不，如果她真的想要它的话，”维达说，“我有些朋友把猫带到了世界各地。我来帮你查一下。”

“等等。她还写了附言。虽然我很想马上领养波诺，但恐怕我丈夫对猫过敏。”

“哦，”维达说，“也许波诺不得不继续找下去。”

一阵子之后，有着对猫过敏的伴侣的二十岁左右的人的魅力开始减退。既然收养是不可能的，他们为什么还要联系我？一个佛罗里达的男人想坐飞机来见波诺。当他的热情消退时，我并不难过。他很像脸书上的那些满头银发的追求者之一，他们在脸书上的自画像宣称自己是“单身，想要找乐子”。

情况不出我之所料。在网上给一张猫的照片“点赞”并写下满篇的形容词是很容易的。然而，现出身来，将一条有呼吸的、脆弱的生命接在你手中，那就是另一回事了，这就好比猫咪变了颜色。

在第二篇博文发布之后，新一波的波诺信徒从世界各地潮水般涌来，这时，我把希望寄托在了来自布鲁克林的露西身上。她似乎是个深明大义的年轻女子，对动物怀着真挚的热爱。她喜欢波诺的样子，尤其是它的毛发造型。更重要的是，她没有被它的预后诊断所吓倒。

在她打算来访的那天下午，我匆匆赶到花店，买了一大捧红黄色的郁金香。当我抱着它们路过帕特里克的房门时，门突然开了。

“她死了！”他欢天喜地地喊道。

我僵住了，差点把花掉在地上。虽然我知道帕特里克很可能是个边缘怪人，但我并没有把他归入杀人犯的行列。回想起过去的记者生涯，我深吸了一口气，用一种平静的语气询问死者的名字。

“玛格丽特·撒切尔！”他说，眼睛在眼镜后面疯狂地转动着。

“你是指那个曾经当过英国首相的女人吗？”我问，心中大感宽慰，知道他不会向我借毛巾，并要我帮他把一个超大号的垃圾袋从滑道上吊起来。

“可算解脱了，我说。我们在爱尔兰对她恨之入骨。”他说，示意我进入他的巢穴，“为此，我们需要来杯威士忌。”

虽然玛格丽特·撒切尔执政时我并不爱她，但我并不急于在她的墓碑上跳舞——或者为这样的事而对其他任何人的死亡感到欣喜。再说啦，尽管我一直千方百计地付出努力，但我从来没有体会到威士忌的妙处。

帕特里克一定感觉到了我对他的激烈情绪所感到的不安。

“我们现在是在中央公园偷猎，对吗？”他问道，声音柔和下来，目光落在我的郁金香上。

我告诉他，由于我的客人，守灵仪式得再等一天。我一说出这个词就后悔了。

“那是个什么样的客人呢？”他问，双臂交叉，斜倚在门框上，仿佛他整个下午都有空似的，毫无疑问，他确实如此。

一个朋友的朋友，我说。由于不在出版界，所以他不认识任何人。

帕特里克特别提醒我，我欠他一本书，也许我可以在明天下午三点钟左右带着它来喝下午茶。我点了点头，急忙上楼收拾公寓，准备迎接我们的贵宾。

波诺在门口迎接我，扬着尾巴向我跳来。

“这是你新生活的开始。”我说道，一面把郁金香插进花瓶。

不久，这地方就被布置得像个带花园的样板房似的。波诺感觉到了什么，甚至让我撸了撸它的尾巴。

这只猫像电影明星一样在窗台上伸展着身体，我则在iPad上玩拼字游戏，并喝下过量的咖啡。在另一幢楼里，办公室工作人员把桌子收拾好，下班离开了，这时，天光变成了柔和的淡紫色。

一个小时后，我给露西发了条短信，但没有收到回复。当希望变成失望时，我并没有生她的气。她本不想让我们失望。这种经历可能只是她在走向成熟的道路上的一块绊脚的燧石。也许现在她明白了善意与行动之间的鸿沟可以像大峡谷一样深。

金色塔楼

猫咪善妒。

波诺成了我们公寓的国王。它的肚子圆鼓鼓的，皮毛似乎也更光滑了——不是因为它让我把它从头到尾刷成那样的，更别说让我给它修剪趾甲了。虽然它还是不让我抱它，但我从未见过这么快乐、这么感恩的猫。

每天晚上它都睡在我旁边的枕头上。每天早上醒来时，我都能感觉到一只爪子在轻轻拍打我的眼睑，仿佛波诺在检查我是否还在呼吸。然后，它又坐回到枕头上，饶有兴趣地看着它的女巨人室友打着哈欠，呻吟着醒来。

当笔记本电脑因Skype的接入电话汩汩作响时，我揉了揉头发，希望菲利普不会因为看到我清晨首如飞蓬的样子而被吓死。这么晚了他还在工作，他穿着西装的样子看上去帅极了。

“领带好棒啊。”我说，“哪来的？”

波诺在我的脚下欢快地叫了一声。

“你给我买的，还记得吗？”

菲利普的电脑晃动了起来，约拿那张怒气冲冲的大脸怒视着我。

“怎么了，小乖乖？”我问。

“它听到了另一只猫的声音。”菲利普说着，抚摩着约拿，试图安抚它，让它在自己的腿上坐下来。

“哦，约拿！”我说，“你不需要担心波诺。你真是个漂亮的小乖乖！”

约拿的耳朵竖了起来。它一向喜欢奉承话。

“看看那双眼睛。”我补充道，竭力不去理睬波诺，它现在正在我的脚踝周围绕来绕去，“它们怎么变得这么蓝了？”

当波诺第二次发出喵喵的叫声时，约拿把脸贴在屏幕上，像只熊一样发出咆哮声。

“别傻了，约拿。”我说，“波诺是你的朋友。”

当约拿的眼睛眯成两条青绿色的细缝时，我能感觉到第二种选择正在消失。约拿绝不会欢迎一只竞争对手进入它的生活。

“你给它找到家了吗？”菲利普问道。

“我本以为找到了。一个女孩说她想要它，”我说，“但是她放了我的鸽子。”

“真可惜。”菲利普摇摇头说。他的失望看起来是真心实意的。

“我有个疯狂的邻居。”我说，为了提振精神，“他叫帕特里克。他是爱尔兰人，特别喜欢拽人名。想来他认识所有在纽约生活过的作家。”

“他是个作家？”

“我不这么认为。他只是跟作家们喝酒和上床。”

“他就住在楼下？”菲利普用一种平静得足以在牧师茶话会上布道的语气问道。

在每一段两性关系中，都有一个爱人的人和一个被爱的人。对于菲利普，我始终都是那个爱人的人——爱慕他，没有安全感，害怕他会被一个懂橄榄球规则、拥有在健身场所练就出的健美大腿的女人掠走。女性朋友们不断地告诉我，我能和他结婚是多么的幸运，而我也不得不表示同意。他是个出色的丈夫和父亲，拥有无限的善心和耐心。

然而，自从得了癌症后，我的那种焦虑大大地减少了。人生苦短，没有必要为那些可能永远不会发生的事情而烦恼。

癌症让我了解到，比死亡更糟糕的事情是忘记充实地过好每一天。看似矛盾的是，由于生病，我感到比以前更有活力了。因抛弃或被抛弃而变成一个单身女人的前景不再可怕。我不仅在纽约生存了下来，而且还在享受孤独。我不需要找借口，也不需要向任何人为自己辩解。没人会期待我把阿司匹林放进口袋，以防他们头疼。再说有波诺跟我做室友，我几乎谈不上孤单。

我第一次意识到，菲利普可能也有些许的不安全感。每当我开玩笑说他可能会拿我与户外徒步旅行杂志的封面模特作交换时，他就会回敬我说，我可能会和某个……搞文学的私奔。

“哦，不！”我说，“并不是你想的那样。他可能是同性恋。”

事实上，帕特里克是个调情高手，几乎可以肯定是个直男。

“事实上，我肯定他是同性恋，”我补充道，“他对我的着装很感兴趣。”

约拿又大叫了起来。菲利普把头歪向了一边。

“不是你想的那样！”我说，“你知道同性恋男人大多喜欢购物。”

“你和他一起去购物了？”

约拿发出一声不寻常的嗞嗞声，这对波诺毫无影响，它正仰面躺在地上，玩弄着一张废纸。

“没有！我晚些时候要去他那儿喝杯茶，庆祝玛格丽特·撒切尔去世。就是这样。”

“我不知道你还挺关心玛格丽特·撒切尔的？”

“我不关心！我没关心过……这是纽约行为，”我撒谎道，“这里的人现在都在这么做。只是，他们大多数人都喝威士忌。”

一阵尴尬的沉默。

他松开领带，说起要吃晚饭的事。事实上，他看上去很累。

当我们互道“我爱你”以结束交谈时，约拿朝我投来恶狠狠的一瞥。

那天下午，我走下楼去，在“不要摔门”的标语上敲了敲。要是菲利普能见到帕特里克，他就知道自己没什么可担心的了。我等了一两分钟，但没有人来应门。我如释重负，把一本书放在标语下方的地板上，踮着脚尖走开了。

要做的事情太多了，我要为宠物商店的新书发布会拾掇自己。即使是在状态最好的时候，签售也会让我紧张。有一次，在新西兰的一个小镇上，一个排了二十分钟队的女人弯下腰对我耳语着说，有一天她会成为坐在椅子上的作家，而我将是向她致敬的人。我告诉她我很乐意互换位置。

我担心的一件事是，当读者见到我的真人时，他们会大失所望。我在社交媒体上发布的照片算不得是我最丑的。此外，我并非总是很有趣或很深刻，而且最近我可能还有点聋。然后还有个在每个人身上要花多长时间的问题。如果人们是骑着马穿过战区来见我的，他们应该得到的就不只是一丝轻快的微笑和在他们刚买的书上的潦草签名。我担心会拼错名字。或者，在这一切的恐慌中，暂时忘记了一个前来支持我的朋友的名字。我试着想蒙混过关，于是问她想让我给谁签名。当她搂着我的肩膀说“就给我”时，这种尝试便完全无济于事。

很多时候，人们想要向我讲述自己的悲伤故事，而这样的相遇弥足珍贵。我们互相拥抱，有时还一起哭泣。在许多情况下，他们所需要的似乎只是他们并不孤单的保证。在这个崇尚成功的世界里，死亡被认为是终极的失败。我永远也无法给这些人足够的时间。我们共同认识到，没有痛苦和失去，生活便将是一段毫无意义的狂欢之旅。

另外，有读者也许会向我津津乐道地说起他同邻居因为狗叫而发生的争吵的细节。如果读者碰巧是波兰人、日本人或德国人，需要有翻译参与其中，那么交流就会变得更加令人困惑。这时，出版社的代表如果机灵的话就会介入进来，引导读者走向饮料台。

在签名售书会上可能发生的最糟糕的事就是没有人出现。不过，由于宠物店的环境，这在纽约不太可能发生。再不济，也会有几位贵客出席。

撇开其他的不谈，我对我的新衣服很满意。那件电光蓝的外套长得足以盖住我的臀部，而且我穿黑色的裤子也不会出错。唯一还需要打理的就是我的头发。在离开澳大利亚之前，我向我的墨尔本美发师布伦丹保证，我会去一家沙龙试试水，他对这家沙龙的网站非常着迷。

我一如既往地提前到了，于是穿过介于第 56 街和第 57

街之间的第五大道，进入特朗普大厦[1]的金碧辉煌的内部。在它那闪闪发光的玻璃悬崖的映衬下，门厅就如同是现代版的法老墓。埃尔维斯[2]的哀伤旋律从看不见的扬声器中飘荡出来。出于好奇，我乘坐自动扶梯来到位于夹层的一家星巴克，点了一杯卡布奇诺。

虽然我对那个在电视上解雇人的戴假发的大亨挺熟悉，但显然没有人真会把他当回事。即使他拥有一座最高楼层标着 68 楼的 58 层的大楼时，也不受人待见。这就像一个十几岁的男孩发誓说 6 英寸其实是 8 英寸一样。

在美发店里，留着小胡子的着色师马尔切罗在我的肩膀上搭了一条黑围巾。

“你小时候的头发一定很稀少。”他说，一面用梳子梳着我的发根。

“你是怎么看出来的？”我问。

“这只是我的一种天赋。”他说。

“就像……一种无形的力量？”

“你可以这么说。”他说，“我还能从人们的头发上看出他

① 特朗普大厦（Trump Tower）：一座 58 层、664 英尺（202 米）高的多功能摩天大楼，位于纽约市曼哈顿中城 56 街和 57 街之间的第五大道 721—725 号。这里是特朗普组织的总部。此外，这栋楼还拥有与这栋楼同名的开发商、美国总统唐纳德·特朗普（Donald Trump）的顶层公寓住宅。

② 埃尔维斯·普雷斯利（Elvis Presley，1935—1977）：美国歌手和演员。他被认为是 20 世纪最重要的文化偶像之一，被称为“摇滚之王”，在中国，人们通常称他为“猫王”。

们的国籍。”

“真的吗？你在课堂上学过吗？”

在我的家乡，布伦丹总是在上课。

“才不是呢。”马尔切罗说，他的地中海式眼睛对着镜子眨了眨，“这是我与生俱来的东西。从不会出错。”

“哇！这太奇妙了。”我说，“你能说出我是哪国人吗？”

“当然。”他说，听起来就像魔术师将要施法一样。

在马尔切罗检查我的头皮时，我屏住呼吸等待着。我简直等不及他来解决我们家族世代争论不休的问题：我们是苏格兰人还是法国人？

“德国人。”马尔切罗宣布说。

“什么？”我惊讶地说，“你确定吗？”

“毫无疑问。”他说，举起梳子，把它像魔杖一样指着我，“你是德国人。”

一个身材曼妙的加拿大女孩负责给我吹头发。

“你有只猫吧？”在机器的嗡嗡声中，她大喊着说。

我差点从椅子上跳起来。沙龙里的每个人似乎都能通灵。

“你究竟是怎么知道的？”我问。

她笑着指着我袖子上波诺的毛发。虽然她已经从多伦多搬到了纽约，但她的新生活远没有她希望的那么美好。由于通勤时间长，工作时间长，她正挣扎着在越来越少的睡眠中生存下去。她说，难怪纽约人会变得神经质，或者转而求助于药物。

我从来没有在宠物店签售过书。多亏了出版团队的理解，波诺留在了我们公寓中的枕头上。一对英俊的黑色替角和一只玳瑁猫代表它插足进来，占据了店里的中央舞台。像波诺一样，它们也在为进驻新家作准备。尽管顾客们兴致勃勃地围着它们的笼子转来转去，但没人愿意带着一只新宠物出门。这让我清醒地意识到，我要为一只肾脏受损的猫找位全职妈妈的想法是多么天真。

我的书陈列在商店的后面。我坐在那里的桌子旁，举起了笔。

“波诺在哪儿？”一个尖利的声音使我警觉起来。

“它今天不能来了。”我说，抬头看到一个穿灰色雨衣的老妇人。

“我在《赫芬顿邮报》上读到了关于它的消息。我看过照片。”她说。

“你有兴趣收养它吗？”我问。

“没有，但是没有它在这里，那么举行这次活动还有什么意义呢？”她的语气变得咄咄逼人。

“我相信你能理解，它的身体不太好。”我说。

“不够好！”她喊道。

我朝两边瞥了瞥，想找到一个可能的救助者，但米凯拉正在和一个男人谈话，他想知道那两只黑猫是否可以被分开领养，还是它们必须一起被领养。

“马上去把波诺找来！”女人喊道。

“我很抱歉，但是……”

让我松了一口气的是，凯伦把我送到了储藏室的安全处，而维达则把那个女人拉到一边加以安抚。

波诺以我想象不到的方式走进了更多人的生活。

恐惧机

猫咪知道何时需要拥抱。

难怪原始人以为自己生活在一个变幻莫测的巨大怪物的背上。大多数时候，那条龙都在睡觉，听任我们在昏昏沉沉的状态中随波逐流。我们沉浸在各种各样的消遣中，忘记了那个怪物的存在。但时不时地，有时是在多年的沉睡之后，怪兽会摇摇尾巴，把日常的现实抛向空中。它留下了恐慌和毁灭的痕迹。那些幸存下来的人永远地改变了。

2013 年 4 月 15 日，与任何其他时候的周一一样。我拉开窗帘，查看那充盈着水色的天空，它预示着之后必有阳光。在给波诺的碗里倒满食物后，我细细地查看了一下它最新的网上粉丝邮件。来自德国、法国、意大利、澳大利亚、新西兰和美国各个角落的仰慕者们滔滔不绝地说着溢美之词，但没有人有兴趣成为它未来的家长。我公寓的一个月的租期已经过去了一半。找到另一个可以养猫的公寓的可能性几乎为零。我担心我们快没时间了。波诺跳到我旁边的桌子上，在我的笔记本电脑屏幕边缘清理着它的牙齿。

我曾经认定，只要能让我光着身子在里面走来走去，那么无论是多大的房子我都可以接受。在纽约，房屋的价格大大超出了我的承受范围，于是我蜷缩在类似于简易厨房的阴影里。无论如何，保持谦逊低调的努力是徒劳的。尽管对面大楼里那些默默无闻的上班族令我好奇，但他们对窗外的世界却毫无兴趣。此外，我想，也不太可能有人愿意看一个壮实的中年妇女挣扎着穿裤子的样子。

在熟食店吃完早饭后，我逛到中央车站附近的邮局，给安妮和斯特拉寄去另一批《冰雪奇缘》的卡片。即使她们不去读它们，我也希望下一代能明白，还有纸和邮票这种东西存在。到目前为止，她们对此举的反应还算温和。不知她们的父母是否厌倦了我的明信片塞满了他们的信箱这档子事。

下午晚些时候，在回公寓的路上，我注意到城市的情绪发生了变化。街上的人似乎很紧张，而且异常压抑。我从街角的商店买了个沙拉三明治，把钥匙插进那把心形锁里，赶紧上楼去找波诺。

当我坐在沙发床上时，电视屏幕上出现了神色震惊的奥巴马总统。他告诫人们要保持冷静，向观众保证一定会找出肇事者。

波诺跳上我的腿，咬了一口我的沙拉三明治，到目前为止，我还一口都没吃它，它仍不冷不热地裹在其锡纸中。我难以置信地看着图像在折磨人的循环中展开。当赛跑运动员越过终点线时，人群欢呼起来。一次猛烈的爆炸。尖叫声。在运动员身后升起一缕黑烟的刹那，欢腾化作了震惊。几秒钟后，发生了第二次致命的爆炸。

自 1879 年以来，波士顿马拉松赛一直在爱国者日、也就是四月的第三个星期一举行。作为世界上最古老的年度马拉松，它吸引了大约 50 万观众。3 万名参赛者创造了一个令人难忘的奇观，但 2013 年的马拉松比赛却因为各种错误的原因被载入史册。

我为被杀的三名观众的家人感到痛心。他们的震惊是无法估量的。除了那突如其来的悲痛所带来的毁灭性的痛苦，他们还必须面对自己正当合理的愤怒。当天有超过 200 人受伤。16 人失去了胳膊或腿，最小的是一个 7 岁的女孩。

悲剧能使某些人产生非凡的同情心。当图像再次播放时，我注意到，爆炸发生后，一些人实际上是在奔向毁灭，而不是逃离它。这些英雄不假思索地冒着生命危险去帮助他人。

菲利普一脸焦虑地出现在我的笔记本电脑屏幕上。

“你没事吧？”

“我们很好。他们用高压锅制造了炸弹。”我说。

“就像我们用来蒸腌牛肉的那个？”他问。

“是的，他们把榴霰弹和钉子装在里面，”我说，“然后把它们塞进背包，放在了现场。”

菲利普摇摇头。

“这是第一次有人在美国的土地上使用这种自制设备。”我说。

“知道是谁干的吗？”

“还不知道。他们可能藏在任何地方。警察们似乎认为他们正前往纽约。”

我注意到他眼中闪现出一丝关切之情。

“我猜如果他们想躲入人群，那纽约便是最佳场所。”我说。

“我要不要帮你订回家的飞机航班？”他问。

“别担心。”我说，“我们会没事的。”

在我爬上床后，我的思绪转向了我忘记申诉的坏了的窗户插销。日子过得太过充实和刺激，所以我都懒得联系租房中介了。

波诺用鼻子蹭着我的脖子，发出咕噜咕噜的声音。

“你并不孤单，”它似乎在说，“有我和你在一起。我俩在这个星球上的时间都不长了。我们不要把时间浪费在害怕上。”

波诺第一次让我拥抱了它。它的温暖顺着我的手臂弥漫到我的全身。我能感觉到它小小的心脏在剃光的肋骨下跳动的声音。在某种程度上，波诺明白我需要安慰，一如几十年前，在萨姆死后的艰难岁月里，另一只小黑猫克莱奥所做的那样。

从那以后，我就不断从读者那里听说了许多故事，说的是在生活中最具挑战性的时刻，动物们是如何感受到他们的悲伤并尽其所能地帮助他们的。当我的哥哥吉姆被诊断为癌症时，他的英格兰牧羊犬塔什意识到发生了什么。一个月又一个月，塔什一直躺在他身边。他们在几天之内相继死去，被共同安葬在我们家乡附近的一座乡村公墓里。就墓地而言，这是个不错的地方，紧邻着一家酒吧，还能欣赏到我们从小在那里长大的那座山的美景。

即使一个恶棍在夜里破窗而入并谋杀了我，相比于世界上的其他地方（包括波士顿）所遭受的难以言喻的苦难，它也根本不值一提。我平静而自在地接受了自己的渺小。在人生的大画布上，我只是个小小的油彩斑点。波诺从床上跳下，快速向掩体跑去。

我发现拼字游戏是仅次于字谜游戏的最好的镇静剂。我伸手去拿 iPad。"恐怖分子"（terrorist）这个词的价值微乎其微。九个字母中的每一个都只值一分，而相比之下，"英雄"（hero）（举例来说）如果字母 H 被设定为三分，则这个词就可以值十五分。

我第一次听到那个 T 开头的词可能要追溯到 20 世纪 70 年代，当时爱尔兰共和军在伦敦火车站安放了炸弹。我从来都不喜欢这个词的样子，也不喜欢它耸人听闻的过度使用。大屠杀的凶手配不上一个意味着他们有更高使命的名词。他们是一群暴徒，他们寻求关注的荒唐行径在渴望点击率的媒体那里得到了回报，这些媒体所渴望的营养是容易受骗上当的公众的恐惧。

要让恐怖主义失去优势，人们需要变得更加强硬，更加务实。根据“全球恐怖主义指数”（Global Terrorism Index），在发生波士顿爆炸案的那一年，全世界有 18000 人死于所谓的恐怖行为（大部分发生在伊拉克）。同年，世界卫生组织报告说，有 130 万人死于道路交通。几乎所有的案件都涉及无辜生命的悲惨消失，并留下了一个个伤心欲绝的家庭。我并不是说道路交通应该被禁止，但在一个合乎逻辑的世界里，如果我们会害怕什么的话，那就应当是汽车。

如果某个自称是恐怖分子的目露凶光的孩子那天晚上要爬消防通道，我有一两件事要对他说说。

我把床头柜收拾得还算整洁，以防几小时后凶杀案组需要检查此处。灯一灭，波诺便跳回到床上，依偎在我旁边的枕头上。我在它一如既往的鼾声中渐渐地沉入梦乡。我们都睡得很熟——除了我定时去洗手间的时候。

第二天早上，我情不自禁地走到大街上，见证一个紧张不安的国家的情绪。在咖啡馆和商店，这种紧张气氛显而易见。只要听到警报声，就会引起一阵警觉的波动和眼神的交换。

飞机撞向建筑物的画面在许多人的脑海中仍然清晰可见。大多数情况下，人们都低着头，但每隔几秒钟，就有一个建筑工人或穿西装的女人抬头瞥一眼天空。

在第二大道的拐角处，我站在那儿等绿灯，一个神经紧张的戴鼻环的女人指着我们头顶上的东西。

“那是什么？”她问。

我抬头瞥了一眼，发现电线杆之间多了一根电线。它似乎与任何电力服务都没有联系。我不知道那是什么，但有时一个老年人的角色就是让人放下心来。

“可能是一根艾鲁夫（eruv）线。”我说。

“一根什么？”她问道。

“你知道，正统的犹太人不应该在安息日做任何事，连做饭或推婴儿车都不行。”

那个女人茫然地看着我。

“我想，如果他们安息日待在艾鲁夫线的范围内，他们就可以获准做所有这些事情。”我说。

我的理论似乎并没有让她感到安慰。

恐慌自有其用途。我们的祖先需要害怕野生动物才能生存。在21世纪，焦虑在大多数时候都是多余的，除非我们一头扎进拥堵的车流中。这并不能否认这样一个事实：我们被设定好了要去体验它——尽管并不总是对我们自身有利。每当我对这座城市的焦躁感到不安时，我就转向波诺，尽我最大的努力去追随它的榜样。它无忧无虑。

恐惧消耗了太多能量。它是政客、广告商、所谓的恐怖分子以及任何想要控制他人的人使用的操纵工具。当人们受到惊吓时，他们就会变成软弱无力的胆小鬼，毫无尊严可言。一次，在公共汽车上，我看到一个人因为害怕蝴蝶而不得不频频换座位。

听到完全成年的人用“吓人的”来描述从电话账单到香烟烟雾的一切事物，这真是令人沮丧。这种情绪会向下传导，让人变得害怕吃错食物、害怕工作不够努力、害怕太胖、害怕不富有或不够聪明。强迫性的恐惧会侵蚀而为压力。虽然我在一定程度上感同身受，但现在是人们开始像猫一样生活的时候了。对我来说，一只被理成狮子模样而预后非常不好的流浪猫是个完美的例子，说明了人们该如何充分利用活着的时间。

妄想狂的日子一天天过去。黑色的豪华轿车转过拐角，向联合国大楼驶去，那里已像中世纪的城堡一样被设置了路障。他们获知了什么事吗？在中央车站，一排排戴着头盔的人穿着黑色防弹装备，手中端着冲锋枪。这就像生活在《星球大战》的电影里一样。

人们被警告要报告可疑包裹，但在晚上，街道上仍一如既往地堆着一字排开的垃圾袋，每个垃圾袋都大得足以容纳好几颗炸弹。它们是夜景的不可或缺的一部分，以至纽约人几乎不会去注意它们。

在第一次你死我活的枪战中，26 岁的塔梅尔兰·察尔纳耶夫（Tamerlan Tsarnaev）被弟弟焦哈尔（Dzhokhar）用一辆偷来的汽车碾死，这之后，人们才集体松了一口气。随着 19 岁的焦哈尔仍然在逃的消息的公布，焦虑又卷土重来，啃噬着这个国家的灵魂。当他被发现藏在郊区后院的一艘船上时，这个传奇故事就此结束。这是漫长的四天——如果这两个杀人不眨眼的兄弟达成了前往纽约轰炸时代广场的目标，那么时间就会更长。

抱住并呼吸

猫有许多生活可加选择。

有时候，我很想知道，如果没有波诺温暖而信任的陪伴，我将如何应对波士顿爆炸案的后续影响。当情况陷入混乱的时候，有时你所要做的就是静止不动，抱住你的所爱……以及呼吸。

在枕头上晒太阳的我的猫咪朋友提醒我要好好享受这一刻。当我看着它在公寓里走来走去的时候，它教会了我，体验生活最有力的方式就是从心怀感激开始。它已经摆脱了过去的创伤，为能远离生活在收容所的压力而感到幸福快乐。

至于它的未来，我已经为我俩担心得够多的了。

把波诺送回比德伟，让它在笼子里度过余生，这就如同彻底的失败。在某种程度上，我们都是在逃的囚徒。我来纽约是为了逃离我自己制造的牢笼。离我们的允许养宠物的公寓的租约到期还有十天，我俩的时间都已所剩无几。

我想象着自己提着它的猫笼顺着河道把它送回比德伟的情形，不禁哭了起来。但这是美国，我想，用毛巾擦了擦眼睛。波诺的故事必须有个圆满的结局。

当我打电话给米凯拉时，她温暖的声音让我想再哭一场。

“博客不管用。”我说。

“你是什么意思？”她问道，“维达告诉我，有超过2200万人在阅读你的文章。”

这个数字令人难以置信。

“那是不可能的。”我说，“她肯定把零数错了吧？”

“根据维达的说法，这个数字还是个保守的统计。”米凯拉说。

我试着想象澳大利亚的全部人口都挤进了我们的小小公寓。有一件事是肯定的。没有足够的杯子传递给每个人。如果这个数字是正确的（米凯拉向我保证，我没有理由怀疑它），那么我对互联网的所有感觉就都得到了证实。可能有数以百万计的眼球在转动，但就是没有人愿意踏进现实世界并提供实际的帮助。

“这对波诺并没有什么好处，只是让它出了名而已。”我说，“它并没有比以往任何时候都更接近于找到一个家。”

电话那头一片寂静。我的朋友可能正在编辑一份即将改变世界的价值连城的手稿。

“别担心。”她说。

我不得不佩服米凯拉。与她相比，波丽安娜[1]都算是个悲观主义者。

“我有个朋友想见见它。”她补充说，“我把波诺的照片转发给了她。她情不自禁地啊啊个不停。”

她的话的作用就如同一根羽毛落在了大象的皮肤上。整个世界都为波诺所倾倒。它需要卷起袖子干实事的爱。

随着这座城市回归到其旧有的节奏中，日子过得越来越快。我一面像轮子上的仓鼠一样在博物馆、剧院和地标建筑之间马不停蹄地穿梭往来，一面试图下定决心。一旦公寓租约到期，我就得把波诺送回收容所，然后飞回澳大利亚。

除非，我做了第三种选择，租间房子住下来，直到找到另一套允许养宠物的公寓。也许米凯拉会同意让波诺在她家住上一两个星期，或者他可以暂时搬回比德伟，直到我给我们找到一个家。

大型博物馆让我应接不暇，图书馆也令人望而生畏，但位于第 36 街的麦迪逊大道上的摩根图书馆与博物馆[2]的规模恰到好处。从我们的公寓闲逛着就可以到达那里，它已成为

---

① 波丽安娜（Pollyanna）：1913 年由埃莉诺·H. 波特（Eleanor H. Porter）所著的畅销小说《波丽安娜》中的女主人公，该书现在被认为是儿童文学的经典之作，波丽安娜也成了极其乐观的人的代名词。

② 摩根图书馆与博物馆（Morgan Library & Museum）：一家博物馆和研究性图书馆，位于纽约市曼哈顿默里山社区东 36 街麦迪逊大街 225 号。其最著名的收藏是规模虽相对较小但非常珍贵的彩绘手稿以及中世纪的艺术作品。

我最喜欢的出没之地。

当我漫步在它精致的房间里，沐浴在马克·吐温、托尔金和贝多芬的原稿的恩光中时，我失去了所有的时间感。摩根是文化宇宙的缩影。

就像纽约的其他许多无价之宝一样，这座图书馆也起源于一个富有的人。皮尔庞特·摩根[①]是位专注于收集早期手稿和昔日的大师画作的金融家。1913年他去世后，他那令人咂舌的收藏，连同为其专门建造的宫殿，捐赠给了公众。博物馆一直在不断地收集和扩充其收藏品，却又不失其亲切感——而且那家出色的咖啡馆从不会人满为患。

有一天，在饮下一剂摩根的极乐之饮后，我来到一家非常棒的鞋店。当我报出十一码的鞋码时，那位笑容可掬的营业员连眼睛都不曾眨上一下。他在我的脚边放了一排色彩炫目的夏令凉拖。都是我的尺寸。我觉得自己就像进到翡翠城中的桃乐茜[②]一样。我买了一双银色的鞋子，它们舒适至极，所以我必须得回去再买一双钴蓝色的。

"你觉得怎么样？"我问道，一边转动笔记本电脑，好让菲利普看到我新买的蓝色鞋子。

"它们看上去漂亮极了。"他说，但我看得出来，他这是

---

① 皮尔庞特·摩根（Pierpont Morgan，1837—1913）：美国金融家和银行家，19世纪末20世纪初在美国主导了企业融资和产业整合。

② 桃乐茜（Dorothy）：L. 弗兰克·鲍姆（L. Frank Baum）所著的《奥茨国的翡翠城》（*The Emerald City of Oz*）一书中的主人公。

出于礼貌。男人永远不会懂得新鞋带来的兴奋感。

“安妮和斯特拉喜欢《冰雪奇缘》的卡片吗？”我问。

“我没听说过，”他说，“可是莉迪亚总是不停地说起波诺，以及她在那儿度过的美好时光。”

我们陷入沉默。在想要打破沉默的冲动下，我脱口说出了第三种选择。

“我不能离开波诺。”

沉默。

“你是什么意思？”他问道。

“在我给它找到一个家之前，我不会离开这里。”

这些话听起来比它们在我脑海中的时候更有力。但我不打算把它们收回来。菲利普挺直了肩膀。

“我明白了。”他在另一阵漫长的停顿之后说，“如果你无法给它找到个家会怎样？”

我从床头柜上抓起一张纸巾擤了擤鼻子。要是能用漂亮的包装纸和丝带把第三种选择包起来该多好。

“那我只能待在这儿了。”我说。

“你的邻居怎么样了？”他问，改变了话题。

“谁？”

“那个爱尔兰作家。”

“什么？！他不是作家。他只是个——”

“哦，很抱歉。又来了一通电话。”菲利普说，“我们正在进行一项重要的收购。”

我知道事情的轻重缓急。我们互致飞吻，道了再见。我没有机会告诉他，我最近根本没见过我的邻居。我的书已经从帕特里克的门阶上消失了，所以他显然读了那书，并讨厌它。自从玛格丽特·撒切尔去世后，我就不曾见到过他的蛛丝马迹。菲利普肯定会意识到，第三种选择与帕特里克毫无关联。

野性的呼唤

猫有时需要一个救世主。

我有点害怕向米凯拉坦承我的计划。她会以为我发疯了。但我需要告诉她波诺现在对我来说有多重要，而它是我留在纽约的原因。当她邀请我去中央公园动物园[1]见面时，我想这是告诉她我的打算的最佳场合。

这家动物园的历史可以追溯到19世纪60年代，当时它是一处动物托管地，这里的动物，比如一只熊和一些天鹅，都太难以捉摸，无法挤在客厅里。不久，一些有名望的人决定通过增加园中的动物来提高自己的声誉。卡士达将军捐赠了一条响尾蛇。

当出租车停在动物园外面时，我看到的第一样东西是米

① 中央公园动物园（Central Park Zoo）：一个占地6.5英亩（2.6公顷）的小动物园，位于纽约市中央公园。它是由四个动物园和纽约水族馆组成的综合系统的一部分，由野生动物保护协会（WCS）管理，并被动物园和水族馆协会认可。

凯拉的红色夹克，它像灯塔一样闪闪发光。她热情地跟我打招呼，我们像两个兴奋的女学生一样，在各个园子穿梭往来。中央公园动物园比我预期的要小。它占地 6.5 英亩，自有其古雅和讨人喜欢之处。尽管它的自然主义风格的展览在 20 世纪 80 年代得到升级，但它仍然保留着维多利亚时期的动物展览的气息。

我们停下来欣赏在池塘里嬉戏的海狮，然后步履轻盈地进入一片室内雨林之中。然而，米凯拉的计划很明确。作为彻头彻尾的猫女，她想让我看看雪豹。

“它在那儿！”米凯拉轻声说，指着一只蹲在一块露出地面的岩石上的令人叹为观止的雪豹，“难道它不是很漂亮吗？”

如果上帝真的存在，当她发明那黑白皮毛和蓝宝石眼睛的组合时，一定正处于创作的巅峰状态。雪豹那双沉稳的蓝眼睛里流露出的睥睨一切的神情，使我想起了处于目中无人的精神状态下的约拿。

“还有人对波诺比较感兴趣吗？”米凯拉问道。

“很多，”我回答说，“但没有人想收养它。”

“我正盼着你这么说呢。”她说，一面举起手机给雪豹拍照。它像个时装模特那样伸直了腰杆，朝着她将头摆出一个优雅的角度。

“这是场灾难。”我说，确信自己的听力又让我失望了，“它是个很棒的小家伙，但我想我已经找到办法了。我已经决定……”

“记得我跟你提起过我朋友莫妮克吗？”米凯拉插嘴道，“你会爱上她的。她是个不同凡响的人。她住在我那栋楼里，当我和吉恩外出时，她会帮着照顾我的猫。她喜欢黑猫。”

“真的吗？”我对喜欢黑猫的人颇有好感。

“她心爱的猫咪黑玛瑙几年前去世了，她到现在还把它的食盆和猫沙盘保留在原地。”

雪豹从岩石上跳下来，消失在树叶中。“她很喜欢你贴出的波诺的照片。我也告诉过她，它是一只多么可爱的猫。”

我想起了米凯拉趴在地上窥视床下的情形。这让我担心她可能夸大了波诺的魅力。

“她有兴趣收养它。”

“真的吗？她知道它的病情吗？”

“莫妮克是个护士。她的专长就是服务传染病科，她的丈夫贝瑞是内科和儿科医生。一点儿肾功能衰竭对他们来说不算什么。”

“他们一定很了不起。”我说。

“他们是了不起，我也很乐意让一位邻居收养波诺。这样一来，我就可以把它留在我的生活中了。”

这听起来真是妙不可言，但当事情看起来好得让人难以置信时，通常都不会是真的。

“我不能保证什么。”米凯拉补充道。

我凝视着灌木丛，想再看一眼那只雪豹，同时能感觉到第三种选择的根基开始动摇。我一直以为，如果波诺能找到一个温馨的家，我定会欣喜若狂。现在有了这种可能性，我却没那么确定了。既然波诺被收养了，我就没有理由继续留在纽约，去追求那自由的光辉顶点了。我将只是第五大道上的人山人海中的又一张面孔而已。

我不是那么心甘情愿地欢迎认真的竞争者进入波诺和我在我们那破旧的公寓里所营造的生活。不过，如果我不得不选择一个可以保障它的未来的人，护士和医生几乎是首选了。

“你知道它有多害羞。”我说。

米凯拉笑着说：“莫妮克和波诺必须自己作出关于彼此的判断。”

我们踱向支撑着著名的德拉跨钟①的三个砖砌拱门。这口钟是欧洲中世纪钟楼的升级版，其特色是汇集了各种异想天开的动物雕塑，它们每到整点就会随着各种旋律“翩翩起舞”。

“她想找个时间过来见见它。”米凯拉补充道，“明天上午十点半左右怎么样？”

这肯定是个玩笑。说到底，莫妮克是何许人也，再说为什么她之前没有联系过？

我抬头瞥了一眼塔顶上的一对铜猴。他们在敲钟报时。我们朝旁边挪了挪，让一个小家庭走在我们前面。两个跟我

---

① 德拉跨钟（Delacorte Clock）：位于中央公园动物园的音乐钟。1965年6月24日正式揭幕。这座音乐钟具有奇特的青铜动物雕塑，它们由雕塑家安德里亚·斯帕迪尼（Andrea Spadini）创作，其中包括一只山羊在吹笛子，一只袋鼠在吹喇叭，一只企鹅在打鼓，一只熊在打鼓，一只河马在拉小提琴。1995年，中央公园保护协会(Central Park Conservancy)监督修复了这座钟和雕塑。

孙女差不多大的小女孩在用法语聊天。乐声响起，我们看着动物们旋转着经过我们身边，完全无视人类的种种愚蠢的担忧。其中有只袋鼠在吹喇叭，她的育儿袋里有只小袋鼠。

我花了几秒钟时间听出了这首曲子："世界现在需要的是爱。"

最后的机会

猫对嘀嗒作响的钟表声免疫。

住在老房子里的人不可避免地梦想拥有一扇不哗啦啦作响的窗户。住在线条流畅、功能齐全的联排别墅里的人，渴望的是个性鲜明的住宅以及爬满白色尖桩篱笆的玫瑰。

那么，为什么一个年近六旬、婚姻幸福的女人会幻想从家中逃往纽约？也许我在追逐从未享有过的青春，也许我正经历某种激素水平的大幅下降，也许我在逃避责任，或者，我在逃离我的老伙计，死亡。

我在新西兰乡下的一座白雪皑皑的大山下长大，从未把澳大利亚视为我的心灵家园。我认为澳大利亚的土地太辽阔、气候太干燥，天空太无垠。我美丽家乡的湖泊和河流在我的血管中流淌着。此外，没有什么比澳大利亚的欣然自诩更让新西兰人恼火的了。

但当我看到德拉跨钟上的青铜袋鼠时，我的内心起了一些变化。1997 年我们搬到澳大利亚的时候，我们原以为会在那里待上五年，但不知何故，时间延长到了十六年。我们来时带着一只名叫克莱奥的黑猫，它目睹了我们逐渐展开的生活。在我们到达几个月后，我在凯瑟琳的生日蛋糕上放了五根蜡烛，它们在不知不觉间变成了十根，然后是十六根。学校考试前的焦虑之夜演变成了对于大学课程的选择决定。贯穿罗布的溃疡性结肠炎手术期间的泪水和祈祷随着他在几个月的康复期中逐渐恢复了体力而变成了宽慰。罗布有了女朋友，然后，当我们的女儿们成长为花儿一样美丽的成熟女性时，又会有局促不安的年轻男子站在我们的门口。罗布与尚特尔订婚所带来的喜悦与克莱奥离去时的悲伤交织在一起。

孩子们离开了家，但我们的房子与其说是个空巢，不如说是个岩礁池。当孙女们前来过夜、新西兰的家人和来自世界各地的访客来访时，潮水便会涌进来，灌满空荡荡的卧室。一年四季下来，菲利普和我几乎没有时间去留意彼此。当情况艰难之时，我们相依为命。在其他阶段，当我们被诱入机器人程序时，我们便忘记了要彼此紧紧相拥，一阵清冷的微风会从我们之间吹过。当然，我们也变了。他的大部分头发都掉了，而我没了一只乳房，但与我们得到的东西相比，表面上的缺陷算不了什么。在过去的几十年里，我们学会了原谅我们的差异，接受它们，在某些情况下甚至是珍惜它们。

曾几何时，青铜袋鼠的形象对我的影响并不会大于围绕德拉跨钟的河马和企鹅的影响。但在十六年后，我意识到，这不再是一个选择当新西兰人还是当澳大利亚人的问题，而是一个归属于两个国家的问题。

我们曾尽可能频繁地返回新西兰，与朋友和家人共度珍贵时光，但生活中大多数重要的和平庸的事情都发生在我们生活在澳大利亚的时候。

也许最大的奇迹是，在这个流动的时代，我们全部的三个儿女，包括他们的伴侣和我们的孙辈，都生活在同一座城市中。纽约是令人陶醉，但想想，要是不能即兴地与凯瑟琳见面喝咖啡，不能坐在莉迪亚周二的冥想课堂中，或者不能接听罗布在下班回家的路上偶尔打来的电话，在没有这些乐趣的情况下过上几个月，那就完全是另一回事了，就如同有了另一窝小猫。

不管怎样，我都不打算置波诺于不顾。说实话，莫妮克是它最好的、实际上也是最后的机会。第二天早上，星期六，我穿上银色的鞋子，冲过马路前往花店。当有人真的想买花时，花店经理总是显得很惊讶。就好像他只是出于装饰目的才把花儿们摆放出来似的。他的一桶桶水仙花散发出金色的乐观精神。它们看起来比郁金香要幸运。我买了两束回家，把它们插进壁炉旁边的花瓶里。

当我拖地板、在掩体里撒薰衣草油时，波诺在袖手旁观，神情困惑。

“你一定要拿出最好的表现啊。”我说，一面整理着我的笔记本电脑旁的一堆文件，“不要藏起来，好吗？”

为了给人留下好印象，我走进浴室，在鼻子上又涂了一层粉。一张焦虑的脸在昏暗的镜子里回望着我。我梳了梳头发，戴上一对让我感到自信的耳环，并涂了一圈口红。

我们之前曾被人放过鸽子。即使莫妮克会露面，她可能也只是出于好奇。这对她有什么好处呢？乔恩的话在我脑子里回响——只有圣人才会给波诺一个家。

门铃早响了十分钟。令我恐惧的是，我的室友如离弦之箭一般直扑床底。

前世今生

能够找到灵魂伴侣的猫是何其幸运。

莫妮克首先引起我的注意的是她的光环。现在，也许我的视力还算正常，我却更经常地看到那些光环。我认为有些人确实会自带光环。这不只是新时代才有的事。回到中世纪，画家们会理所当然地在圣徒周围画上光环。

光环比你想象的更常见。我会在婴儿、老人和鸟儿的周围看到它们。那个在有机商店工作的人有光环，那个微笑着与我四目相交的养路工人也有一圈。有时，我想知道动物们是否也在寻找光环，想知道那光环，再加上肢体语言，是否是它们决定该不该信任人类的因素。

我尚未见到正在使用手机的人的身体周围有光环。没有什么比短信的微弱响声更能抽干一种情形中的魔力的了。

第一个让我了解到光的力量的人是位高僧。早在1992年5月，当我有机会对他进行独家专访时，我以为我的老板会欣喜若狂。

当她耸耸肩说“那人是谁？”时，我变得垂头丧气。使情况变得更加复杂的是，这位高僧的时间表上的唯一可乘之机是在他的旅程接近尾声的时候，那时他将在南岛末端的达尼丁（Dunedin）。我在这个国家的另一端，靠近北岛的顶端，在奥克兰（Auckland）。最要命的是，我怀孕了，离七个月的飞行禁令只有一线之遥。

我休了年假，在一个寒冷的下午飞往达尼丁。窝在汽车旅馆里焦急地等了二十四个小时后，电话响了，我被护送到他的面前。

房间里光芒四射，似乎是从那个称自己只是个普通和尚的人身上散发出来的。我在产科病房、灵床周围和动物周围都见过这种光。我能给它起的唯一名字是纯粹的爱。他握住我的手，目光专注地与我打招呼，那神情就像看着一只野鸟的眼睛。我们好像已经认识了几个世纪。这位高僧在年纪轻轻时便逃离了自己的家乡，流亡国外，对苦难了如指掌。然而，他那深沉的、桃花心木般的笑声却如同发自大地的深处。我把采访录音保存在书桌抽屉里。每当我需要安慰，或者仅仅是想要回想活着的意义时，我就会点击播放按钮，聆听他的笑声。

我问他，在他的宗教信仰中，会把女人置于何处，这时，他理了理自己的僧袍，用那双炯炯有神的眼睛凝视着我。他说，从有时间以来，宇宙中的万事万物都源于纯粹的光。他向我保证，那光是阴性的。

所以，尽管我愿意承认，那天的太阳可能以一种非同寻常的方式照射进了楼梯井，但就我而言，莫妮克拥有一圈光环。更重要的是，她的眼睛闪烁着兴奋的光芒。她的黑头发束在脑后，脸上露着开朗的笑容，感觉有点儿像米歇尔·奥巴马[①]。我不仅当即对她热情相待，而且觉得已与这个女人相识了好几辈子了。

“对不起，波诺有点害羞。”我说。

“它在哪儿？”莫妮克问。

“它并不总是这样。”我指着床回答道，“它需要一段时间来适应人。”

她的脸上掠过失望之情。她有充分的理由转身离开。当她接过我递上的一杯茶时，我真是心怀感激。莫妮克坐在沙发上，告诉我说，她一直喜欢黑猫。我说我也有同感，并试图解释克莱奥对我们生活的影响。莫妮克的与克莱奥相当的宠物是一只名叫黑玛瑙的宝贝猫咪。它早在五年前就去世了。失去它的心碎之情一直在隐隐作痛。她把黑玛瑙的骨灰放在公寓里，还在厨房里为它保留了一处神龛。

有些人拥有的是猫，有些人拥有的是裹在毛皮里的灵魂伴侣。黑玛瑙显然属于第二类。莫妮克一直做不到考虑向另

① 米歇尔·奥巴马（Michelle Obama，1964— ）：美国律师、作家，由于她嫁给了美国第 44 任总统奥巴马，所以是 2009 年至 2017 年间的美国第一夫人，也是第一位非裔美国第一夫人。

一只猫敞开心扉。

“但我想我现在可能已经准备好了。”她说。

我在给她泡茶时，突然想到，为一只猫伤心五年是段很长的时间。莫妮克对动物的投入真是不轻。她正是波诺所需要的那种人。如果她能给它一个家，那它将幸运得不可思议——只要它能鼓起勇气，走到开阔处来做个自我介绍。

“它不太友好，是吗？”莫妮克说，我又给她倒了一杯茶。

波诺的机会就像我们杯子上的蒸汽一样在迅速蒸发。我真想抓起拖把，把它从床底下赶出来。但那样一来，莫妮克只会看到一只愤怒而害怕的猫。过了一会儿，谈话接近尾声。莫妮克叹了口气，伸手去拿手袋。我的希望几近破灭。

“它在那儿！”莫妮克低语道。

波诺从床的另一头跑了出来，仿佛正要外出购物，跟我们一毛钱关系也没有。它在壁炉旁停了下来。我屏住了呼吸。虽然自从莉迪亚往里面塞满了塑料袋以后，它就对它失去了兴趣，但我还是担心它可能会决定再试一次，活跃一下下午的气氛。它在欣赏水仙花，还将尾巴拱成一个动人的圆弧。

“看看这造型！”莫妮克说，“它真是漂亮！”

我还没见过一只猫会对真诚的奉承无动于衷。波诺转过身来，抖了抖鬣毛，向莫妮克抛来一瞥。她柔声地呼唤它。它伸直尾巴，高视阔步地向她走来。

令我惊讶的是，它跳到了沙发上，置身于我们中间。它轻声咕噜着，让自己裹在莫妮克的手下。女人和猫之间的化学反应是直接而有力的，就好像这是他们都在等待的时刻。

“我并不想让人觉得奇怪，”当波诺跳上咖啡桌时，莫妮克说，“但是你相信轮回转世吗？”

我不知该作何回答。当然，莉迪亚坚信灵魂会在永恒中循环往复。

“它身上的某些东西让我想起了黑玛瑙。”莫妮克接着说。

波诺跳下咖啡桌，落在她的腿上。它用那双头灯似的眼睛盯着她，对她发出热烈的喵喵声。

“我想是这样。”莫妮克低吟着对它做出回应。

我的胳膊上起满了鸡皮疙瘩。我想要留住波诺的任何野心都烟消云散了。这两个是彼此相属的。

“我什么时候可以带它走？”她问道。

我告诉她我需要联系比德伟，因为有文件需要填写。毫无疑问，他们会像对我一样，对她进行背景调查。

莫妮克说那很好。无论如何，她需要先和贝瑞谈谈。波诺舔了舔她的手背。鸡皮疙瘩刺痛了我的手臂。不管她丈夫怎么说，那个女人和那只猫命中注定是属于彼此的。

猫咪治疗师

猫咪会在完美时刻步入生活。

莫妮克离开后，波诺依偎在我的腿上，尾巴搭在我的膝盖上。每当城市变得过于喧嚣和疯狂时，我就会把它当作我的宁静港湾来依靠。

虽然纽约令人眼花缭乱，但波诺让我意识到了生活中的重要东西——善良、爱、耐心和尊重。它证明，你有可能放下过去的伤痛，心怀感激地享受每时每刻；就连死亡判决也不能剥夺人的喜乐权利。我无法想象，没有了它在我身边蹦蹦跳跳，我会怎样在纽约生活下去。

我越是想它和莫妮克，就越不愿去想他们之间可能存在的神秘联系。他们的故事中只有一位仙女教母。回想起我和米凯拉的对话，我意识到她有好几次都曾提到过一个可能正蓄势待发的人。只是出于某种原因，我拒绝倾听。

虽然我对波诺满怀希望，但一想到要放它走，我便心如刀绞。它以一种让我永生难忘的方式触动了我的内心。我还没准备好跟它、跟纽约、跟米凯拉和她那些鼓舞人心的朋友们说再见。

我想知道，如果给莫妮克一个冷静下来的机会，她是否会决定不去冒再次心碎的风险。黑玛瑙显然对她来说就是整个世界，她隐隐约约地透露说，它曾帮助她度过了一些艰难时光。

我一次又一次地听说过人得到动物的情感拯救的故事。当人类被压垮或遭受身体上的痛苦时，这些四条腿的斗士们似乎知道，人们对它们的需要是在一个更深层次上的。

当有读者来信，分享一只特别的动物是如何影响了自己的生活时，我总是很感动。一位全身心地照顾自己严重瘫痪的儿子的女士告诉我，他们的阿比西尼亚猫是唯一能让他微笑的东西。她说，她不知道如果没有他们猫咪的治愈性存在，她或她的儿子将会如何是好。

另一位女士告诉我，当她爱猫的姐姐自杀时，她是多么伤心。在葬礼上，当一只橘猫从一排柏树后面现出身来并绕着敞开的坟墓转圈时，她大感震惊。当那只猫跳进这位女士的怀抱时，泪水化作了微笑。在她看来，这只猫似乎是来自坟墓另一边的信使。当她抚摩猫的皮毛时，她能听到姐姐的声音在安慰她，说她的痛苦现在已经过去，终有一天她们会重新团聚。

一位失去了年幼的女儿的母亲写信说，他们的猫莉莉是她治愈的主要源泉。

猫科动物的积极力量在世界各地都有所体验。从韩国首尔到乔治亚州的亚特兰大，猫咪们正走进人们的生活，开始它们的治疗工作。

波诺也在深度的感情层面上帮助了我。它向我展示了过去的创伤是如何得到最好的宽恕和释放的。虽然我渴望生活在纽约所带来的亢奋感，但那只小猫咪是个鲜活的例子，证明最令人兴奋的事情就是活下去，带着敞开的心扉走进每一天。

我还没准备好离开它。莫妮克仍然有可能去比德伟找到另一只不那么潦倒的猫。或者，她的丈夫可能会拒绝收养一只健康状况不佳的猫。

这笔交易还远未敲定。

白兰地与自抬身价

猫有可能被引入歧途。

《爱情故事》[①] 的作者埃里希·西格尔[②] 写道：“爱意味着永远不必说对不起。”这句话真是大错特错。爱意味着总是要说对不起。菲利普由于参加工作总结会的缘故，已经有两天没上网了，但我想他现在该回家了。一旦我们的时区发生交集，我就会上 Skype 再次呼唤他。

成为“最不可能维持婚姻关系”的夫妻并不总是那么容易，但这迫使我们为了这段关系而更加努力。我们都各有退让。他放弃了鼓励我参加公益长跑活动的训练。我不再试着让他唱歌不走调。我们的大部分分歧都是用笑声和化学反应

① 《爱情故事》(*Love Story*)：一部 1970 年由埃里希·西格尔（Erich Segal）创作的美国浪漫剧情片，被美国电影协会认为是最浪漫的电影之一（排名第九），也是有史以来票房最高的电影之一。

② 埃里希·西格尔（Erich Segal，1937—2010）：美国作家、编剧、教育家、古典学家。他最出名的作品是 1970 年的畅销小说《爱情故事》和同名电影。

来弥合的。每当出现误解，我们就学着信任和放手。

我穿上外套，朝楼下走去。

“哎哟哟，这不是霍莉·戈莱特利[①]小姐吗？”一个明确无误的声音在楼梯间回荡。

帕特里克以他惯常的姿势倚在门框上，发黄的手指上夹着香烟。我迈着老牛拉破车的沉重步子走向他，等着他把我的名字改成海伦·走不动女士。

“她不是那种应召女郎吗？”我说，试图打败他一次。

当我第一次看《蒂凡尼的早餐》时，我被奥黛丽·赫本扮演的那个轻浮角色激怒了。自从看着我的女儿们长至二十多岁的时候，我意识到，每个年轻女性在努力寻找自我的过程中都有霍莉·戈莱特利的影子。

“根本不是的！她是个美国艺伎。”他说，朝着地板弹了弹烟灰，“她从某个落后的地方来到纽约，为了让自己变得更好些，就像你一样。”

帕特里克为自己的聪明而笑个不停。

“那你是谁？”我问他，“杜鲁门·卡波特[②]？”

《蒂凡尼的早餐》的这位作者声称，霍莉·戈莱特利是根

---

① 霍莉·戈莱特利（Holly Golightly）：杜鲁门·卡波特（Truman Capote）1958 年出版的中篇小说《蒂凡尼的早餐》（***Breakfast at Tiffany's***）中的女主人公。此后这部小说被拍成了电影，扮演戈莱特利的是奥黛丽·赫本。

② 杜鲁门·卡波特（Truman Capote，1924—1984）：美国小说家、剧作家和演员。卡波特的许多短篇小说、剧本和非虚构作品都被认为是文学经典，包括中篇小说《蒂凡尼的早餐》（1958 年）和《冷血》（1966 年），他将其称为“非虚构小说”。

据几个女人的故事撰写的。还有人说这个角色更像他的母亲，甚至是杜鲁门本人。

多年来，卡波特一直是我暗中企慕的对象。事实上，如果有人邀请我乘坐时光机旅行，我就会回到他 1966 年 11 月 28 日在纽约广场酒店举办的黑白舞会。在《冷血》① 获得成功后，他激动不已，举办了这一活动，向《华盛顿邮报》的出版人凯瑟琳·格雷厄姆 ② 致敬。那样的场合可谓空前绝后。嘉宾名单中包括弗兰克·辛纳屈 ③ 和格洛莉亚·范德比 ④，以及琳达·伯德·约翰逊 ⑤ 和斋浦尔 ⑥ 王公妃。虽然香槟是泰廷爵 ⑦，但午夜的晚餐却由炒鸡蛋和香肠构成。

“我想得更多的是电影中的浪漫主演。”帕特里克说，“那

---

① 《冷血》（*In Cold Blood*）：美国作家杜鲁门·卡波特于 1966 年首次出版的非小说类小说。书中详细描述了 1959 年堪萨斯州霍尔科姆一个小农场社区的赫伯特·克拉特家族的四名成员被杀事件。

② 凯瑟琳·格雷厄姆（Katharine Graham，1917—2001）：美国《华盛顿邮报》（*The Washington Post*）的出版商，也是第一位女性出版商。她领导该报纸长达 20 多年，监管着其最著名的时期：最终导致理查德·尼克松（Richard Nixon）总统辞职的水门事件报道。她的回忆录《个人历史》获得了 1998 年的普利策奖。

③ 弗兰克·辛纳屈（Frank Sinatra，1915—1998）：美国歌手、演员和制作人，20 世纪最受欢迎和最有影响力的音乐艺术家之一，在全球售出了超过 1.5 亿张唱片。

④ 格洛莉亚·范德比（Gloria Vanderbilt，1924— ）：美国艺术家、作家、演员、时装设计师、女继承人和社会名流。

⑤ 琳达·伯德·约翰逊（Lynda Bird Johnson，1944— ），美国著名女性，曾担任美国最大的儿童扫盲组织“读书是基础”（Reading is Fundamental）委员会主席，还担任过总统妇女咨询委员会（President's Advisory Committee for Women）主席。

⑥ 斋浦尔（Jaipur）：印度西部的一座城市，拉贾斯坦邦的首府。

⑦ 泰廷爵（Taittinger）：一个法国葡萄酒家族，是著名的香槟生产商。

个有着闪亮蓝眼睛的男人。他叫什么名字来着？”

“乔治·佩帕德[①]。”

佩帕德在电影中的表演出色极了。他以一种只有直男才会有的方式看着奥黛丽。他后来成了一个B级片的动作替身，这真是种可怕的浪费。不过，即使这是帕特里克告诉我他是异性恋的方式，我也不会像奥黛丽为佩帕德所做的那样，找把吉他，在防火梯上为他吟唱《月亮河》[②]小夜曲。

现在似乎不是问他是否收到了我的书的好时机。我更希望他没有。相反，我告诉他我妈妈过去是如何在婚礼上唱《月亮河》的。

“你是说，人们要她唱这首歌？”他困惑地问。

向另一个移居纽约的人讲述你的过去是个错误，除非你们亲密无间。别人总是有更精彩的故事。再说，搬到那里的全部目的就是摆脱历史。

“他们拍了一百万部关于纽约的电影，但是没有比《蒂凡尼的早餐》更好的了。”帕特里克说。

“我喜欢她站在蒂凡尼商店橱窗前的样子，还有试着吃掉那道丹麦点心的样子。”我说，“她一定很惊慌，不知道该怎么挤进那条纪梵希黑色礼服。”

---

① 乔治·佩帕德（George Peppard，1928—1994）：美国电影、电视演员，曾与奥黛丽·赫本在《蒂凡尼的早餐》分别出演男女主角。

② 《月亮河》（*Moon River*）：由亨利·曼奇尼作曲、约翰尼·默瑟作词的歌曲。这首歌最初由奥黛丽·赫本在1961年的电影《蒂凡尼的早餐》中演唱，并获得奥斯卡最佳原创歌曲奖。这首歌还获得了1962年的格莱美年度最佳唱片奖和年度最佳歌曲奖。

“我见过他一次。”帕特里克说。

“谁，乔治·佩帕德？”

“杜鲁门·卡波特。”

“不是吧？！”如果有禁止攀名人抬身价的法律，帕特里克将被判终身监禁。

“嗯，见的次数没那么多。”帕特里克补充道，“我给他递过一杯咖啡。那要追溯到70年代，他们在中央公园拍摄《安妮·霍尔》[①]的时候，我正在餐车上工作。还记得伍迪·艾伦[②]说过的那句话吗？‘杜鲁门·卡波特模仿大赛的获胜者出现了。’”

我不记得了，但我点了点头，因为打断帕特里克的话头似乎是一种羞辱。

“那可是货真价实的杜鲁门·卡波特，你知道。当他踱着步子等人的时候，有人让我给他弄杯咖啡。”

“他是个什么样的人？”

帕特里克吸了一口烟，然后从鼻孔里喷出两缕青烟，使他看上去活像一条小龙。

“很矮。”他停了一会儿说，“你这会儿愿意进来喝杯茶吗？”

---

① 《安妮·霍尔》（Annie Hall）：一部1977年上映的美国浪漫喜剧电影，导演是伍迪·艾伦（Woody Allen）。

② 伍迪·艾伦（Woody Allen，1935— ）：美国导演、作家、演员，其演艺生涯跨越了60多年。

我犹豫了一下。即使帕特里克有可疑的企图，但他是个小个子男人，我很可能会把他击退。不过，我最接近于被强奸的那次，施暴者就是个非常瘦小的男人，事实证明，他长得极其结实。话虽如此，多年的香烟和豪饮已经损害了帕特里克的体格。另外，他可能有把枪，或者至少有把菜刀。如果运气好的话，事情就会速战速决，我想。此外，我已在纽约的一扇未上闩的窗户下活了一个月，这就好比躺在铁轨上，希望火车不会来一样。

帕特里克的公寓里满是灰尘，跟他一样陈旧。里面的一切都是灰色或棕色的。他示意我坐在一张破旧的沙发上，它的残缺之处被一条虫蛀了的格子花呢毯子掩盖住了。一堆盘子脏兮兮地堆在厨房的水槽旁。空气中弥漫着香烟和走味的威士忌的味道。我瞥了一眼墙上，不禁被一排排古旧的企鹅平装书迷住了。它们是我们熟悉的橙、红、黄、蓝色调，书脊因阅读而起了褶。一台便携式录音机安坐在一堆旧杂志上，播放着埃拉·菲茨杰拉德[①]演唱的《巴黎的四月》。我暗自告诫自己，要避免去洗手间。

他递给我一只装着茶的马克杯，杯把儿上镶着金边。杯子本身是瓷制的，上面装饰着伊丽莎白女王的画像，他急忙解释说，从他的角度来看，这很讽刺。

从我所作的猜测来看，帕特里克的生活就是个大杂烩。

---

① 埃拉·菲茨杰拉德（Ella Fitzgerald，1917—1996）：美国爵士歌手，有“歌唱界第一夫人”“爵士女王”之称。

除了招待方面的工作（他说，考虑到他生性冷淡的性格，这显得有些自相矛盾），他还做了一些教学工作。他也尝试过写作。如此一来，很难想象他是如何找到时间与那些伟大卓越的人发生交集的。也许当一个人在纽约生活得足够长的时候，这样的事情就会顺理成章地发生。

当他问我是否想来杯威士忌时，我摇了摇头。

“那你就喝白兰地吧。”他说，声音是那么轻快，不容争辩。

我已经很久没喝白兰地了。温暖掠过我的血管，解开紧张的结，使一种快乐的感觉在我的全身上下油然而生。我靠在一只来源可疑的靠垫上，很想知道我为什么放弃了白兰地。这可能是为了迎合菲利普的口味，他不喜欢酒精的作用。

看穿了我的心思的帕特里克问我对《蒂凡尼的早餐》中的那位丈夫的看法。我认为那是个令人同情的形象，刻画他的人是后来又出演了《贝弗利山人》[①] 的男主角杰德·克拉珀（Jed Clampett）的那位演员。

“但他疯了，想把她拖回得克萨斯去，”帕特里克说，给我的杯子斟满了酒，“好像她打算离开纽约似的。”

我的目光转向落满了灰尘的壁炉架上的一张黑白照片。两个黑发男人手挽着手站着，冲着镜头大笑。一个显然是年

① 《贝佛利山人》（*The Beverly Hillbillies*）：1993 年上映的一部美国喜剧类电影，讲述了一个原本出身贫苦的乡村家庭因在西弗吉尼亚州的家园里发现石油而成为暴发户的故事。

轻时的帕特里克。另一个脸上挂着温柔的、近乎古怪的微笑。

“那是谁啊？”我问。

“哦，不过是我和弗兰克。”

“写《安吉拉的灰烬》的那位？”

“是的，没错。我没告诉过你他的事吗？让我再给你倒上一杯……”

一个摔门者的入侵

猫不喜欢在措手不及的情况下被擒获。

老爸过去总是在客厅的角落里留有一个小吧台。如果闭上眼睛，我几乎可以看到在一只银盘上闪闪发光的瓶子。我喜欢歌顿牌杜松子酒商标上的那个快乐的英国卫兵，还喜欢坦卡里金酒瓶那神秘的绿色。总是有一两个老爸的单一麦芽威士忌的样品，旁边是螺旋开瓶器，还有一只用来喝雪利酒的水晶雕花玻璃酒杯。那时的人们总在痛饮雪莉酒。我最喜欢的是带有一根配套的杠杆的苏打虹吸瓶，通过挤压，它可以产生即时的气泡。

几乎没有一个晚上不曾大口大口地喝下杜松子酒或威士忌。还有聚会。我们孩子都躲在楼上，大部分时间都在睡觉，但我们偶尔会听到一些传闻片段，比如，妈妈在桌子上跳舞，或者爸爸最后不得不去医院，因为他在修厕所时划伤了自己的手。

按照今天的标准来看，他们的行为似乎很疯狂，但以《广告狂人》和《蒂凡尼的早餐》来判断，根据20世纪60年代的标准，他们的行为十分正常。

爸妈让成年期看起来很有趣，我对之充满了期待。当我了解到他们许多时候的情绪高涨都是酒精刺激的结果时，我意识到，可能会有一些更富建设性的享受方式，而不需要伴随宿醉的惩罚。

我有时想知道，爸妈一生中喝了那么多的酒，是不是竟让我对这些东西产生了轻微的过敏反应。

几乎不喝酒带来的问题是我极其不胜酒力。两杯白兰地下肚后，我便两颊通红。帕特里克的公寓开始在不知不觉中绕着我旋转起来。自从上次在一家旋转餐厅吃了三道菜的晚餐后，我还从未感到如此想吐过。

我瞥了一眼手表，发现上Skype的时间到了。

“你不会现在就走的。”帕特里克在我找借口告辞时说。

我还是很谨慎，没有告诉他我养了一只宠物。在我入住以来的这几个星期里，我在这座楼里从未看到过博美犬的尾巴这类东西。虽然他很有趣，但他有条善于传播流言蜚语的危险舌头。在这最后的阶段，波诺和我最不需要的就是被赶出一幢充满了动物恐惧症患者的建筑。

“那我送你出去。”他说，一面溜达着朝门口走去。

楼梯井的寒气是种受欢迎的香膏。我听到街道上的前门砰的一声关上了，接着传来的是种沉闷的声音。我们的大楼从未安静过。

“你觉得可以随心所欲地摔门，是吗？”帕特里克冲着楼梯井喊道。

他的语气是如此尖刻，令我为听到它的人感到难过。但帕特里克的情绪转瞬即逝。

“祝你度过一个愉快的夜晚，戈莱特利小姐！”他一边说着，一边带着旧世界的潇洒气质在我面前挥动着手臂。

他的声音在楼梯井里回荡。我俯在栏杆上，大口地吸着被污染的氧气。就在那时，我注意到有人在爬下面的楼梯。他戴着一顶黑帽子，穿着一件黑外套。尽管身后拖着一只行李箱，但这个男人的步伐坚定，指向明确，几乎像个运动员。

“看看我们这儿有什么，”帕特里克叫道，“一个人间天堂的新来者！”

那人停下脚步，抬起头来看着我们。

大多数时候，生命会以一种模糊的状态快速消失，白天的大部分时间都在睡觉前被遗忘。这个特殊的时刻则截然不同。当我低头看着那张脸时，时间慢了下来，直到它像一个高山湖泊般冻结了起来。

虽然我没认出那顶帽子，但那轮廓分明的下巴、宽阔的前额和一双宠辱不惊的蓝眼睛都让我即刻感到了亲切。菲利普用他那种自成一体的方式朝我微笑着。我飞奔下楼，用双臂搂住了他。

“你怎么来这儿啦？”我说，几乎控制不住我的幸福感，

“我还以为你在参加工作总结会呢。”

他把我拉向他，吻了吻我的嘴唇。能感受到他身体的温暖，真是难以形容的美妙。

“我断定，他们一时没有我也可以应付。”他说。

这真是闻所未闻。他从不休假。当我问他是怎么进的楼时，他说他在一楼的前门那里巧遇了一个善心的女人，她让他进来了。

“我想给你个惊喜。”他补充说，拒绝了我帮他提行李的提议。

“无疑你做到了。”我说着，跟在他身后，来到了帕特里克家门前的台阶上。我一心希望帕特里克能机智而礼貌地退回到屋里。但他仍然站在门口。

“你没说过你的儿子要来拜访。”帕特里克说，在香烟的笼罩中眯起了眼。

我纠正了他。菲利普伸出手，把帕特里克的爪子包在手中，紧紧地握了握。

“那么，你就是那位丈夫了。”帕特里克经过一番评估后说，“来拯救戈莱特利小姐，是吗？那么祝你好运。”

如果我手头有帕特里克的威士忌酒瓶的话，我会很乐意用它来让他闭嘴。

搭建桥梁

领养一只猫就是把魔力带入你的生活。

波诺兴致勃勃地迎接了当天的第二位客人。它闻了闻菲利普的行李箱，看着他打开行李。我很高兴那只猫让菲利普简短地挠了挠它的下巴。菲利普评论说，波诺同约拿比起来小太多了，约拿在他不在的时候住在莉迪亚的公寓里。

“但波诺很有个性。”我在我们瞧着它的尾巴滑向床底时说。

“我看得出来。”他说。

“当它跟你混熟的时候，它会更友好些。”我说，再次伸出双臂搂住它，以确定这不是一场梦，“是什么风把你一路刮到这儿的？”我问。

“分离焦虑。我在掉头发。”

我笑着抚摩着他的头，这是他近年来剃光的。

“约拿的腿怎么样了？”

“老样子。它想你。”

“我也想你。”我说。

“你想的是什么？”他吻着我的鼻子问道。

“茶、吐司和床。”

“那就是全部吗？”他问，将我搂得更紧了。

“也许还有其他东西。”我说着，吻了吻他的嘴唇。

事实上，我想念有关他的一切——他的坚定，他的善良，他的气味。二十二年的共同历史不可能在短短的一个月内被抹去。

尽管我很乐于报告说，我们整晚都依偎在彼此的臂弯里，但床实在太窄了，无法让两个成年人舒舒服服地在一起躺上很长时间。我忘记了他有痉挛和打鼾的倾向，而我则常常以达芬奇的《维特鲁威人》[①] 的姿势睡觉。午夜前后，我掏出莉迪亚的被单，我们把沙发又翻回为一张床。

也许是喝了白兰地的缘故，或者是因为再次相聚所带来的那纯粹的快乐，我睡得比几周以来都要香甜。第二天早上我醒来时，发现波诺正从沙发背上注视着菲利普，就像它对待莉迪亚那样。

“你怎么还戴着帽子？”我问。

“这地方太冷了。”他说。

他需要时间来适应。

① 《维特鲁威人》（*Vitruvian Man*）：达芬奇的著名画作，描绘的是一个位于一个圆圈和一个正方形里的张开两臂和两腿的男子。

我迫不及待地想和他分享我学着爱上的这个城市的一切，于是我带他穿过第二大道的十字路口，去熟食店吃早餐。他似乎并没有像我一样，觉得疲惫的警察和体力劳动者的陪伴具有多大的魔力。

“你是不是觉得，也许下次我们可以去个在付钱之前不用称食物的重量的地方？”他一边说，一边把餐巾纸叠起来，把它盖在半空的盘子上，仿佛有什么东西死在了下面。

“当然。”我边说边狼吞虎咽地吃完剩下的粥，把餐巾纸揉成一团，然后把它扔进我的空碗里。

我希望这一天对他来说是完美的。虽然他对博物馆还算宽容，但他内心却是个热爱户外运动的人。

“我们去布鲁克林大桥上走走怎么样？”我问。

“听起来不错。”他说，“走到那里再走回来应该是次不错的腿部伸展运动。”

“实际上，它只有一英里多长。但上桥和下桥会让你多走很多路。”我说，“我们走个单程怎么样？”

当出租车驶向布鲁克林那一侧的时候，我抬头瞥见了那些拉起其巨大的钢丝绳的哥特式拱门。与今天的摩天大楼相比，这座桥可能显得很不起眼。然而，当它于 1883 年完工时，曾使美国的其他所有建筑都相形见绌，它还曾是世界上最长的悬索桥。

布鲁克林的氛围比我预期的更亲切、更友好。我们漫步穿过一个优哉游哉的社区，在一家嬉皮士咖啡馆停下来吃午饭。青年运动的全部意义在于冒犯老年人，在这一点上，嬉皮士的颓废主义算是失败了。我们在一个养鸡（有机的，因为别无选择）的家庭中长大，母亲还教我们自己缝自己的衣服，如此一来，嬉皮士的理想就像绳结壁挂一样为我们所熟知。

“你能想象生活在这里吗？”我问。

“也许吧。”他停了好一会儿才说。

“早上，你可以慢跑着过桥去上班。或者搭渡轮。”

我不知道是否有渡轮，但他一直喜欢船。

“我得在这儿找份工作。”他说，“那才是重点。”

我们手拉手地沿着水滨散步，此时的太阳正将其金色的光芒洒在河对岸的摩天大楼上。我想着在那些混凝土尖塔中涌进涌出的成千上万的人。在那里，梦想被创造和粉碎，但城市本身却是永恒的。这种人为的创造物竟如此美丽，真是不可思议。如果人能创造纽约，也许人类就还有希望。

我们花了些时间才找到上桥的台阶。桥是世界之间的象征性关联物。我偶尔会梦见萨姆在转身走向一座人行天桥前向我挥手告别。

然而，这一次，与菲利普一起走过布鲁克林大桥，感觉就像是我的两种生活的结合——同波诺在纽约，同他、约拿和我们的家人在澳大利亚。

“你当真想住在这里吗？”他问。

“也许不是永远，”我说，抬头看着那些高塔，“但是……”

"我知道。你迷上了波诺。天上是些什么？"

"游隼。"我说，"我听说它们会在布鲁克林大桥上筑巢。"

对鸟类的热爱是我们始终共有的情感。

"你在开玩笑吧！"他说，"那些东西是地球上最快的动物。它们以每小时两百英里的速度飞行。它们可以生活在任何地方。"

"我知道。"我说，"它们拥有世上所有的自由，但它们选择了纽约。"

我可能与那些鸟儿有些相像，它们漂洋过海地来到这里安了家。它们差点死去，但在农业杀虫剂滴滴涕于 20 世纪 70 年代被禁止后，它们回到了这座城市。

"游隼栖息在纽约的每个地方——高楼大厦，教堂塔尖……"

"你见过吗？"他问。

"还没有。我还在找。"

"我们在墨尔本也有，你知道。"他说。

"游隼，真的吗？"

"其中的一对栖息在市中心拉蒙办公大楼的楼顶。"他说。

天空变成了粉红色，风越刮越猛，帝国大厦上空乌云密布。菲利普把帽子拉到耳朵上，微笑起来，当他感觉自己虽在家外但宾至如归时，他就是这样笑的。虽然他来过纽约几次，但每次都是出差。他从来没有尽情地欣赏过这个地方。

"我理解你为什么喜欢这里，"他说，"那只猫相当特别。"

“那么，你认为你可以搬到这儿来吗？”我问。

我的丈夫陷入了沉默。他一向都三思而后行。

“我们可以试着想想办法。”他说。

我松了一口气，满怀爱意地扑向他——把他撞到了一个逐渐靠近的慢跑者的面前。

那天晚上，邮件来了。莫妮克想收养波诺。

最快乐的告别

猫咪不相信眼泪。

我是个随遇而安的人。并不是我不欣赏人们的努力。只是，如果可以用最省力的方法来做某事，我便更愿意那样做。莫妮克想尽快来公寓接走波诺，而我很乐意效劳。但当我打电话把这个好消息告诉比德伟时，他们很坚决地认为我们必须遵守领养程序的规定，事实证明，这几乎如结婚一样正式。

波诺感觉到了气氛的变化。它躲在原来的藏身之处不肯出来。当菲利普趴在地上钻进床下的阴影中时，波诺飞快地从另一边跑了出去。追逐了几分钟后，猫似乎明白了什么。它不再逃跑，侧身躺下，抬起爪子，几乎是在请求我把它抱起来。

尽管我一想到要挣扎着将它放回猫笼中就很害怕，但波诺还是尽力地使事情变得简单了。它放松地躺在我怀里，让我把它放进了笼子。

“没关系的，”我强忍着眼泪说，“你不会回监狱的。”

在我把波诺的食物和药品装进袋子时，菲利普提起了猫笼。我把那张软床卷起来夹在腋下。波诺自从睡在我旁边的枕头上之后就没再用过它。

自从莉迪亚和我第一次走过联合国大楼以来，东河沿岸的树上的花朵已经变成了深红色。风依旧寒冷刺骨，所以我的绒线帽仍然派上了用场。我们把我们的珍宝从比德伟运回家就像是昨天才发生的事。当时莉迪亚哭了，因为波诺的前途黯淡而渺茫。现在，一种充满爱的生活正等着它。

“这是家动物收容所吗？”当我们到达那幢雅致的大厦时，菲利普问道。

我们安静地坐在大厅里，与此同时，一个头发蓬乱的男人在同乔恩就他要带回家的一条狗争吵着。

“我看那只狗已经四个小时了，我现在就要它！”男人喊道。

乔恩用平静的声音向来访者解释说，他的背景调查不合规定，事实上，他最后一次收养的狗最终同他的母亲生活在一起。最重要的是，那人提供的地址是假的。

“你在说什么？它不是假的！”男人喊道。

“我们刚刚给你提供的号码打了个电话，和我们交谈过的女士说你不再住在那里了。”

当那人又要开始一番长篇大论的辩解时，保安将重心移到了脚上。终于，令所有人都长出一口气的是，他离开了大楼。

“我为此感到抱歉。”乔恩对我们说，“人们领养动物的理由并不总是正确的。他们想要的是不予回报的治愈。”

我惊讶于乔恩对动物的治愈能力的了解是如此轻而易举。他在工作中投入的思虑和关怀之深超出了我的全部经验。我们的谈话被一个急于让一只大小便失禁的十四岁的狗重新找到一个家的人的电话打断了。像往常一样，乔恩的耐心是无限的。

波诺从它的笼子里看着穿梭往来的人、猫和狗。我不知道它是否认出了这个地方。如果它认出来了，那它也什么都没有流露。

我攥着把手，擦去一滴眼泪。所有的关系都终于告别。这次告别发生得比我自私的内心所愿意的要早。波诺已把纽约变成了我的第二个家。

一大堆的“假如”在我脑海里翻腾着。

“我们走吧。”我拉着菲利普的手说。

“什么？”他看上去很警觉。

“我们带着波诺离开这儿吧，马上。”

“你确定吗？”他问。

帕特里克的话在我脑子里回响：这次祝你好运。但我丈夫不是戈莱特利医生。他飞到纽约几乎算不得是为了把我拉回到乡下人的生活中去。再说，“回”去是不可能的。即使我回到墨尔本，我也会是个不一样的女人。

当菲利普倾过身来吻我的脸颊时，莫妮克和贝瑞到了。关于绑架波诺的幻想在他们明媚的笑容中烟消云散。我把他们介绍给乔恩，他把他们带到办公室去签署文件。当他们在几分钟后出现时，莫妮克容光焕发。贝瑞有着刚当爸爸的人的那种迷迷糊糊的样子。

“我还以为我们是要带一只猫回家试试呢，”他说，“她没有告诉我我们要领养它！”

但当他看到莫妮克的笑容时，我就知道他不会提出认真的争论。他是个把妻子的幸福看得比什么都重要的男人。

“你们现在可以走了。”莫妮克抓着猫笼的把手对我说。

谁，我吗？现在？我本能地想把那把手夺回来。

我朝猫笼中看去，隔着金属条摸了摸波诺的鼻子。

“做个好孩子，好吗？”我低声说，“我爱你。”

那只剪了个狮子造型的小黑猫使我在纽约的生活丰富得无以言表。通过它，我遇到了不可思议的人，体验到了这座城市柔软的内心。它的故事感动了世界各地的人。我无法说再见。

“你在哭吗？”当我们沿着东河往回走的时候，菲利普问。

“只是风的缘故。”我撒谎道。

菲利普用双臂搂住我。我埋在他的项间痛哭。亲爱的波诺。这是最好的可能的告别。此外，我不是第一个为猫哭泣的女人。

十字路口

猫成了心灵中的永久居民。

在离开纽约之前，莉迪亚让我答应，要去参观鲁宾艺术博物馆[①]，这是一家专门收藏西藏地区及其周边国家的佛教名作的画廊。令我惊讶的是，鲁宾位于切尔西，在西 17 街和第七大道交会处。画廊里到处都是雕塑和挂毯，它的宁静与街道上的喧嚣如同是两个世界。

每对夫妻在参观艺术品时都有不同的礼仪。我们不是那种手牵着手从艺术品走向艺术品的人。菲利普通常会给每件作品都分配一定的时间和尊重，而我则从一件飞快地转向另一件，直到找到能与我对话的作品。如果附近有座位的话，我可能会高高兴兴地花上二十分钟来欣赏那一件作品。为了

① 鲁宾艺术博物馆（Rubin Museum of Art）：一个致力于收集、展示和保存喜马拉雅山脉、印度和周边地区的艺术和文化的博物馆，永久收藏的重点是西藏艺术。它位于纽约曼哈顿切尔西街区美洲大道（第六大道）和第七大道之间的西 17 街 150 号。

避免不和谐，菲利普和我通常朝相反的方向出发，大约四十分钟后在出口附近找到对方。

我被吸引到一间展室里，那里陈列着几十尊佛像。那个空间散发出这样的力量，似乎使时间自身循环不已。一个男人坐在角落里沉思。虽然我很想加入他，但我不确定我的膝盖会不会喜欢那坚硬的地板。我闭上眼睛，试图捕捉房间里的能量，以便我们回家后可以向莉迪亚汇报。

在那之后，过了好一段时间，我们才适应了街道上的节奏变化。我们一头扎进购物的人群中，在一个角落里等待着红绿灯的改变。

起先，我以为是我想象出的声音在呼唤我的名字。当我再次听到它时（这次声音更大了些），我没理它，心想在纽约一定有一百万个海伦。

一只手抓住了我的肩膀。我大吃一惊地转过头去，看到的是莫妮克那迷人的笑容。我简直不敢相信眼前的一切。

“波诺怎么样了？”我问，一面调适着见到她所带来的震惊感。

“它太棒了！”她说，因为追赶我，她略微有些气喘。

“它吃东西吗？它乖乖地吃药了吗？”我问，意识到了我声音里的焦虑之情。

令我宽慰的是，她点了点头。

“它没有一直都在躲藏，是吗？”我问。

“不，它很友好。”莫妮克说。

我感到有点沮丧。这听起来像是波诺并不想念我。当感情结束时，我听到女人谈论她们同“过渡期的男人”之间的短暂的风流韵事，他们帮助她们获得自信，这样她们就能继续去寻找真命天子。在波诺的例子中，我就是过渡期的女人，而莫妮克是真命天子。虽然我觉得有点难过，但我知道事情理应如此。

我们的道路像这样交会的机会比猫的胡须还要细微。也许这次会面是在波诺、莉迪亚和佛像之间的属灵领域中得到安排的。

当莫妮克和我在街角互相拥抱时，人群在我们周围打着转。有那么一会儿，我们好像身在什么电影中似的。

“我每时每刻都在感谢你。”莫妮克说。

这种感觉不仅仅是相互的。这个女人就是波诺一直在寻找的圣徒。灯的颜色改变了，莫妮克和我说了再见。

“我们去个安静的地方吧。”菲利普说着，领着我坐上一辆出租车，让司机去上城区。

中央公园披着她夏日的绿色盛装。菲利普内置的指南针带我们来到一处闪着丝绸般光芒的池塘，在那里，模型游艇在水面上滑行时，会欣赏到自己的倒影。如果我们是在冥府度假，他也还是能找条船去欣赏。我们坐在长凳上，一个年轻的街头艺人用小提琴雕刻出错综复杂的巴赫乐曲。

“很美，不是吗？”他说，捏了捏我的手指。

人们可能认为我们有些古怪，在结婚二十二年后仍手牵着手。但我们不是为了他们的利益才这么做的。我无法想象我的手中没有他的手的重量的生活。

“约翰·列侬和洋子不就住在这附近的什么地方吗？”我问。

“我想你会发现达科塔大楼[①]不在我们的范围内。”他微笑着说。

由于洋子比约翰大七岁，他们的年龄差距和我们的差不多。只是洋子没有前一段婚姻留下的两个孩子。

只有一个有着非凡心灵的人才能像菲利普那样接受和抚养继子继女。他对我年过半百后的生命危机也同样宽容和理解，仿佛事情理应如此。

“我不需要住在达科塔大楼里。”我说。

“你在考虑离米凯拉比较近的地方吗？”

“不。”我说，“我爱纽约，但有你在这里，让我意识到，是时候放弃对别人的生活的幻想了。”

“真的吗？”

“我们共同创造的生活已经足够珍贵了。”我说，“我俩为此花费了几十年的心血。”

小提琴手正使自己陷入巴赫引起的狂热之中。菲利普站起身，朝他走去。

“离开孩子们，我们会发疯的。”我说。

---

① 达科塔大楼（Dakota Building）：又被称为达科塔公寓，是一座合作公寓大楼，位于纽约曼哈顿第 72 街的西北角。前披头士成员约翰·列侬曾在此居住。

菲利普同那位乐师说了番话，并把一美元丢进地上的一只空盒子里，这时，乐师的脸上露出了开心的神情。

“我想让我们的孙女们了解我们，让我们帮助她们成长为青少年，你不这样想吗？”

菲利普拉起我的手。

“我得说声抱歉。”

“为了什么？”他问。

“我不知道我在生病后发生了什么。”我说，“我的周围竖起了高墙，我的情感冻结了。也许我以为我快死了。然后我遇到了波诺。”

菲利普笑了起来。

“它比我以前病得更厉害。”我说着，揉了揉眼睛，“波诺让我了解到，活着的意义在于，无论发生了什么，都要继续去爱。”

菲利普将胳膊搭在我的肩膀上，把我拉到他的胸前。

“我一直都很肤浅，以自我为中心。”我说，“请原谅我。爱的层次太多了。我们还没有探索到其中的一半。如果你还要我的话，我愿意和你继续努力下去。”

“我别无所求，”他说，紧紧地拥抱着我，“但除了一件事。”

“什么事？”

“让我们把下一次的冒险变成一次共同的冒险。”他说。

“听起来好极了！”

在我们接吻后，他领着我走过一条杨柳依依的隧道。

走向最佳状态

有些猫宁愿在黑暗中跳舞。

我们在纽约的最后一夜充满了悲伤。米凯拉和吉恩邀请我们去西 54 街 240 号的伊瓜纳（Iguana）跳舞，就在离此不远处，传说中的 54 号演播室[①]曾在迪斯科时代让世界为之惊叹。这里现在是个剧院，但在过去的那些岁月里，如果你足够光彩照人，能得到极端挑剔的门卫的认可，你就会和安迪·沃霍尔[②]、丽莎·明奈利[③]、埃尔顿·约翰[④]和萨尔瓦多·达

---

① 54 号演播室（Studio 54）：以前是夜总会，现在是百老汇剧院，位于纽约市曼哈顿中城第八大道和百老汇之间的西 54 街 254 号。

② 安迪·沃霍尔（Andy Warhol，1928—1987）：美国艺术家、导演、制片人，波普艺术运动的领军人物。他的作品探索了艺术表达、名人文化和 20 世纪 60 年代蓬勃发展的广告之间的关系，跨越了绘画、丝网印刷、摄影、电影和雕塑等各种媒体。

③ 丽莎·明奈利（Liza Minnelli，1946—　）：美国演员和歌手，以充满活力的舞台表现和强有力的女低音演唱著称。

④ 埃尔顿·约翰（Elton John，1947—　）：英国歌手、钢琴家和作曲家。自 1967 年以来，他已与作词家伯尼·陶潘（Bernie Taupin）合作发行了 30 多张专辑。

利[①]等所有人推杯换盏。在一个新年前夜的集会上，四吨重的亮片被投放在地板上，一时间使之名声大噪，即使是按照迪斯科的标准，那也多得有些过头了。人们抱怨说，他们花了几个月的时间才把衣服上的亮片去掉。在体验过印度颜料投手带给我们的经历之后，我对此深表同情。

米凯拉向我保证说，伊瓜纳一点也不像54号演播室。这将是个非正式的聚会，以20世纪60年代的音乐为特色，没有严格的行列舞——也没有亮片。她是对的。砖墙和黯淡的灯光确保了放松的气氛。

跳舞的人又是另外一回事了。纽约到处都是认真对待舞蹈的人。他们白天有着普通的工作，但在晚上，他们就变成了吉恩·凯利、帕特里克·斯威兹[②]或迈克尔·杰克逊[③]。虽然看他们跳舞是件赏心悦目的事，但我祈祷他们谁也不要靠近我。女人所要做的就是跟随男人的脚步，这是种迷思。金格·罗杰斯[④]会赞同我的这一看法的。

当我还是个孩子的时候，我上了八年的创意舞蹈课。老

---

① 萨尔瓦多·达利（Salvador Dali，1904—1989）：西班牙杰出的超现实主义画家，代表作包括《记忆的持久性》（*The Persistence of Memory*）等。

② 帕特里克·斯威兹（Patrick Swayze，1952—2009）：美国演员、舞蹈家、歌手、词曲作家。1991年，他被《人物》杂志评为世界上最性感的男人。

③ 迈克尔·杰克逊（Michael Jackson，1958—2009）：美国歌手、词曲作者、舞蹈家。他被称为"流行音乐之王"，是世界上最受欢迎的艺人之一，也是有史以来最畅销的音乐艺术家之一。

④ 金格·罗杰斯（Ginger Rogers，1911—1995）：美国女演员、舞蹈家和歌手。

师鼓励我们为自己跳舞。这是种适用于大多数事物的哲学，我很感激她在我还是一张人类吸墨纸的时候能在我身边。

虽然我喜欢这种能让音乐在我的身体里奔涌的运动方式，但我永远都不可能成为一个值得人们欣赏的舞者。

我仍然时不时地跳舞，通常是在下午六点左右，此时百叶窗已放下，晚餐进了烤箱，屋子里除了猫之外别无他人。我最喜欢的乐曲之一是“湖街潜水”[①]乐队低声吟唱的“我要你回来”。有些人不喜欢它的歌词，但我认为这首歌准确地描绘了人性的一个巨大弱点——想要你无法拥有的东西。“湖街潜水”的主唱瑞秋·普莱斯（Rachel Price）有着如此性感的嗓音，她让我的臀部旋转起来——尽管它的节奏如此不慌不忙，可以被说成是有医疗作用的。

跟菲利普跳舞很有趣，但和他一起摇摆和翻滚就像被扔进了一台巨大的搅拌机中。当音乐慢下来的时候，我由衷地感到高兴，这样我就可以用手梳理我的头发，并检查一下衬衫的腋下，看它是否被汗渍浸出了令人尴尬的阴影。

汽车城音乐有种焦糖酱淋在冰激凌上的感觉。这让我回想起我被性激素逼疯了的十几岁时的时光。我不怀念那种感觉。年轻人是美丽的，但我感到遗憾的是，他们不得不在那种状态下度过那么多年。如果让我在外表美丽但头脑混乱与一艘充满宁静和感激之情的行走的沉船之间选择，我会选择

① “湖街潜水”（Lake Street Dive）：一个多流派乐队，2004 年成立于波士顿。

后者。走向衰老自有其补偿。

最出色的舞者之一是位令人瞠目的非裔美国男人。我羡慕地看着他在地板上翩翩起舞。令我恐惧的是，他走向我并伸出手来。他唯一的动机一定是同情我笨拙的、土里土气的动作。当我解释说我无法按他的水准跳舞时，他说我当然可以，并把我引到地板上。我冲撞着他，试图跟上他的节奏，这时，他的耐心是无止境的。就在我们开始进入最佳状态时，我被他的脚绊倒了。

要是我能像米凯拉那样做动作就好了。她像只美洲豹似的扭动着臀部。当我看着她和吉恩摇身一变成为摇滚乐手时，我想起了我和莉迪亚参加冰上舞会的第一个夜晚。洛克菲勒中心的溜冰场现在想必已经融化了。那里会有遮阳伞和桌子，而不久前，赞博尼磨冰机还曾在那里辛勤劳作。我微笑着想起，当时我是多么坚定地想要养一只没什么个性的猫，或者，更棒的是，根本不养猫。现在，很难想象没有波诺的纽约。

那天晚上晚些时候，我同米凯拉和吉恩吻别时，试着假装我们只是要离开几天。一想到要永远离开纽约，我就受不了。她把我介绍给了波诺，这让我对她感激不尽。她是如何设法挥动她的魔法棒，为波诺找到一个与莫妮克在一起的令人爱慕的家的，这已超出了我的想象。

“别担心。”米凯拉说道，“我会定期给你发送关于波诺的最新消息的。”

第二天早上，当出租车轰鸣着驶向肯尼迪机场时，我纵情地欣赏着这座城市的天际线。在那群闪闪发光的高楼大厦中的某个地方，波诺步入了新的一天，而莫妮克会在旁边守护着它。就在时代广场附近，我想象着米凯拉和维达坐在办公桌前，讨论着另一位作家的另一本书。在第二大道的宠物用品店，蓝铃会在柜台上捋着耳朵，而多丽丝则在整理她的货架。

与此同时，卖手袋的人会在街角摆好摊子，而那个一条腿的乞丐则在打着一栋没有什么吸引力的、有扇红门的大楼的前门台阶的主意。

在比德伟附近的河边，乔恩和他的工作人员无疑正在欢迎一批新的需要帮助的动物。随着天气的转暖，现在已经到了小猫出生的季节了。

我热泪盈眶。成为纽约热爱动物的社区中的一员是种荣幸。我会想念他们所有人的。多亏了维达和米凯拉的决心，我才得以与全世界分享波诺的故事。

“你会回来的。”菲利普说着，从座位上倾过身来，抚摩着我的手。

这最终是个很容易作出的决定。纽约和我在那里遇到的人都很神奇。我欣赏他们，但没有什么能胜过同一个出色的男人共度余生的前景，这个男人在过去二十年里一直容忍着我的怪癖，却仍然声称爱我。毫无疑问，我也爱他。我们共同建造了一座房子和一个家庭，如同奇迹般的是，我的家人似乎喜欢我们。

“约拿见到你会很高兴的。”菲利普在我们登上飞机时说。

“我希望它不会因为我离开了这么长时间而惩罚我。”我一边说，一边系好安全带。

“我相信它不会的。”菲利普说。

当引擎发出轰鸣时，我感到一阵兴奋。这一次不是走向未知所带来的兴奋，而是想到了我将回到我们的家和一只深受喜爱的猫的身边。

从我靠窗的座位上，我俯视着那摩天大楼的森林，想象着下面某个地方有一只小黑狮猫。

因为波诺，我的一部分将会永远留在纽约。

五个守护者

有个猫主子是件很棒的事。

在我的生活中出现过一只手的手指那么多的足够重要的猫咪。它们五个都拥有良好的举止（当它们选择使用它们的时候），都有按照自己的方式享受生活的天赋，都有令人钦佩的爱的能力。

第一只是黑白相间的波斯猫，它的皮毛太长了，使得它行动不便。就像许多有着波斯猫血统的猫一样，它讨厌被人玩弄，尤其是被孩子们玩弄。我几乎无法责怪它。如果我们的体毛长达一英尺，还有巨人试图抓住我们，那么我们也会有同样的感觉。我们给它取名西尔维斯特，这是那只天生与翠迪鸟为敌的卡通猫的名字。西尔维斯特过着与它的名字相称的生活。它懒散地度过下午的时光，在我的虎皮鹦鹉的笼子上打瞌睡。当那只猫越过笼子栅栏轻击小乔伊的尾巴时，可怜的乔伊在栖木上吓呆了，变成了一种更明亮的绿色色调。

西尔维斯特不需要通灵就能知道妈妈不喜欢猫。作为回击，只要有可能，它就会在她的高跟鞋里大便。要把它的屁股架在她那不稳定的六英寸高跟鞋上，一定需要高超的技巧。尖尖的脚趾几乎没有犯错的余地。但它巧妙地隐藏起了它的武器，每次都能达到预想的效果。西尔维斯特教会了我，处于劣势的猫如果有创造性思维，就会拥有力量。

爸爸对猫的看法和妈妈的不同。有一天，他发现一只虎斑猫在煤气厂附近游荡，就把它裹起来，放在我们的老福特车的后座上带回了家。一进屋，小猫就蜷缩在扶手椅下。我盼望它能感到足够的安全，从而现出身来。当它终于这么做了的时候，我注意到它额头上的斑纹形成了一个M。当我请求叫它米奇时，我们的父母都正处在心烦意乱之中，无法提出反驳意见。我哥哥后来指出，米奇的前爪上有六个脚趾。在欧洲，据说多趾猫经常被杀害，理由是它们常与女巫为伍。然而，它们在航船上很受欢迎，欧内斯特·海明威[①]也很喜欢它们。多年后，当我们在佛罗里达拜访海明威的猫时，它们是那么的华美动人。虽然它们是那位文学贵胄的后裔，但它们保留了权利，可以躺在草地上，一举一动都像只猫一样，这让我很是开心。

---

① 欧内斯特·海明威（Ernest Hemingway，1899—1961）：美国小说家、新闻记者。海明威的大部分作品都创作于20世纪20年代中期至20世纪50年代中期，1954年获得诺贝尔文学奖。他的许多作品都被认为是美国文学的经典之作。他也是著名的爱猫人士。

米奇成了我的第一只灵猫。它似乎知道我什么时候需要抚摩他温暖的皮毛。当我在学校度过了又一个令人困惑的日子（代数有什么用？）回到家时，它会在走廊台阶的顶端等着我。它什么都懂，从来不要求回报。米奇教会了我，世上没有“只是一只猫”这样的东西。

在我近乎长大成人并匆匆结婚后，我们的大儿子萨姆说服我养了一只被他叫作克莱奥的小黑猫。萨姆去世后，它挺身而出来守护我们，这时，我了解了猫的治愈力量以及它们与另一个世界的联系。

通过与这三只猫一起生活，我学到了很多东西，包括如何欣赏微妙的能量形式。它们教会我尊重肢体语言，解读动物和人周围的光芒。对猫提要求就是在招致灾难。软化你的内心、让你与猫的关系逐步发展，这样会好得多。

我从来没有想过猫会感知命运，但在克莱奥去世多年后，当我正从癌症中康复时，我的妹妹玛丽带我去了一家宠物商店。一只疯狂蠢笨的暹罗小猫踉跄地爬上金属线，伸出爪子，碰了碰我的手。在那一刻，我知道它在让我带它回家。

约拿是只作家的猫。它的这个工作一干就是十年，而且它很把它当回事儿。在早上吃过药后，家中只剩下我们两个时，它会形影不离地跟着我四处走动。如果到了上午十点左右，我还在屋子里闲逛，拿成堆的衣服和其他借口不去工作，它就会冲到我面前，用牧羊犬的专业技能把我赶进书房。

一旦我端着咖啡在电脑前坐下，它就会满意地喵叫一声，然后跳到我的腿上。约拿会在那里打上一天的盹儿，偶尔会打断我，在电脑键盘上踩踩，或者跟打印机的引线扭打作一团。每当我写作的时候，我更愿意让自己与世界隔绝，但约拿不会听之任之。如果有人敲门，它就会冲过大厅，看看来者何人。它以同样的热情欢迎工人、邻居和宗教推销员。它不太喜欢年轻客人。一看到是个孩子，它就会一溜烟地跑去躲起来。

我们有很长的有声对话。它对一切都有自己的看法。晚上，除非我坐在棕色的扶手椅上，而菲利普坐在红色的扶手椅上，否则约拿就会感到不满。如果我们打破规则，交换座位，我们的患有强迫症的猫就会在我们面前尖叫，直到我们把座位换回来。它喜欢看电视，特别是野生动物节目，趴在它能找到的最好的软垫上看，而那通常是我的。

与约拿一起生活教会了我重新思考轮回的概念。它是被困在一只猫身上的人。

我生命中第五只意义重大的猫是波诺。我曾幻想养一只睡眼惺忪的老玳瑁猫，这真是可笑。我需要的是一只小小的摇滚明星狮子猫。我们发现彼此的时候，我们都有点筋疲力尽，对未来感到怀疑。波诺提醒我，无论过去是多么的不完整，重要的是，要用阿拉贝斯克舞姿和咕噜声迎接每一天。它把我介绍给出类拔萃的人物，并告诉我，无论处境多么绝望，都有可能发生奇迹。

我还从波诺身上学到，有时候，爱意味着放手。

等待波诺

一只猫不能两次穿越同一条街道。

米凯拉履行了她的承诺，定期向我汇报波诺的新生活的最新消息。它不再是一只收容所的猫，而是过着苏丹一样的生活，有无数的玩具和一根高达七层的猫爬架。在莫妮克的悉心照料下，它只喝纯净水。想给黑猫拍照是出了名的难，但米凯拉向我保证，它变胖了，而且它的皮毛很光滑。我很高兴地听说，近些时候以来，当有人来访的时候，波诺是个很好的主人。它还扩大了自己的角色，成了一只治疗动物，定期同莫妮克年迈的父母待在一起，他们非常喜爱它。波诺的新兽医坚持说，它已经快 8 岁了，而不是 5 岁。最重要的是，它的健康状况良好。与此同时，在家里，约拿腿上的毛又长回来了。

我不是唯一一个以米凯拉报告为消遣的人。自从我们一起在纽约共度时光后，莉迪亚与我更亲近了。她和雷蒙一起搬进了一栋联排别墅，看起来很是开心。雷蒙照料着一片盆栽植物的森林，由于房东的动物禁令，那是他们可以获得的与一只猫的最近距离。每当我和莉迪亚见面时，她总是挎着她的长颈鹿印花手提包。我把它当作我们之间的密码，不管会发生什么，我们总会拥有波诺和纽约。

虽然波诺不再需要我了，我还是很想再见到它。在我们分别两年后，我找了个借口，于 2015 年 5 月重返纽约。我试着订那间老公寓，但不再订得到。在几次徒劳的搜索之后，我在上东区找到个地方。房主是丹，他很喜欢水上运动，现如今，这种喜好可能意味着任何东西。

这一次，尽管已经是深夜了，但出租车司机似乎准确地知道应该带我去哪里。他在一幢带有平台的老楼外轻轻刹住车，那里似乎是一个文明的社区。我嗒嗒作响地把行李拖上几个台阶，进入我接下来要待上一周的基地。它的装修基调是棕色的，完全是我在网站上看到的照片的复制品。它奢华地拥有一间独立的起居室，卧室可通往一个经过铺设的小庭院。床上放着一排靠垫，上方是一张海浪的巨幅照片，那海浪似乎随时都有可能展开，淹没这个房间。我把它归因于丹的冲浪兴趣。空气中飘荡着一丝洗发水的味道。我几乎怀念起那个老地方的放荡不羁的味道了。

在我换好衣服、滑进被单之后，一个男人的声音在墙的另一边响起来。他正在打电话，同一个叫作“亲爱的”的人分享他工作日的细节。似乎他的办公室里充满了恶魔和自恋者。世界各地的企业政治都如出一辙。似乎过了几个小时后，他告诉“亲爱的”他是多么地爱她，多么地想念她，我们这才都能够睡上一觉。

第二天早上我醒来时，听到邻居又在和“亲爱的”说话。他睡得很好，谢谢，希望她也睡得好。他祝她今天过得愉快，他会每时每刻都想着她，他非常爱她。亲亲，亲亲。

拿你自己的关系与别人的关系作比较是没有意义的。其他情侣也许看起来彼此都很投入，但在公共场合上演一出戏码是很容易的。再说了，除非他们对别人偷听他们的电话有什么奇怪的想法，否则我听到的只是他俩之间的事。一想到他们正处于一场新的恋爱的热恋之中，我便微笑起来。钻石戒指和结婚蛋糕……没有什么比这更浪漫的了。

在我的邻居去上班后，我打开了那扇法式房门。这不是最宏伟的庭院，但在一个温暖和煦的春日早晨，我可不想浪费它。我越过一盆盆枯萎了的植物，踮起脚尖去探看隔壁，但篱笆就像中国的长城一样高，没有任何缝隙可加窥视。我将一把摇摇晃晃的座椅挪到一缕阳光里。一只鸟在附近的树上发出试探性的悦耳的啼鸣声。喝着咖啡，看着《纽约时报》，我简直如身在天堂。

为了打发可以见到波诺和米凯拉之前的时间，我在绿树成荫的街道上闲逛着。上东区是个远离市中心的世界。不同种族的保姆们一面冲着自己的手机大吼大叫着，一面推着超大的婴儿车，车上的孩子通常都大得足以用双脚走路了。一个极其矮小的看门人把一个身高体重都两倍于他的十几岁的孩子护送到人行道上，并帮助那个绿巨人调整他的背包。

当一辆豪华轿车悄无声息地从我身边驶过时，我被后排座位上的一个脸色苍白的男孩吓了一跳。他穿着校服，梳着整齐的头发，简直就是小富豪里奇[①]的翻版。我从没有想到，那个伴我长大的漫画书角色可能是基于一个真实的男孩。

看到两辆豪车之后，我意识到上东区居住着数以百计的小富豪里奇。然而，在这所有的富庶丰饶之中，似乎存在着一种种族隔离。我的印象是，那些服役的人不仅在其雇主眼中被认为是理所当然的，而且雇主根本就看不到他们。在一个角落里，一群非裔美国孩子聚集在一个为穷人提供免费食物的便携式流动厨房周围。

由于在纽约有这么多不同的生活方式，我很感激同波诺在中央车站附近的一间破旧的单室套里度过的那些日子。那只小狮猫为我打开了通往城市灵魂的大门。虽然我知道纽约可能是个很难居住的地方，但因为它，我始终认为它是处温暖慷慨之地。

虽然我爱这座城市，但我和菲利普、我们的家人和疯狂的约拿一起生活是对的。不管怎么说，当今的世界是个很小的地方。我安慰自己说，纽约与墨尔本之间的距离绝不会超过一天。

---

① 小富豪里奇（Richie Rich）：哈维漫画世界里的一个虚构人物，是世界上最富有的孩子。

在闲散地走过时髦的餐厅和美甲沙龙时，我假装在自得其乐。但我迫不及待地想见到波诺。

故地重游

猫在隐身时才会觉得自在。

当米凯拉告诉我莫妮克和贝瑞离开了纽约，要几天后才回来时，我的心沉了下去。与波诺的团聚暂时被搁置。

凭借其惯常的第六感，米凯拉邀请我去度过一个我的梦想之夜——在阿尔冈昆酒店[1]用晚餐，然后是《一个美国人在巴黎》[2]的百老汇演出。多年来，我一直对阿尔冈昆和那里的诙谐幽默的作家圈子怀有敬畏之情，在整个20世纪20年代，那些作家们每天都会在那里共进午餐。幸运的是，酒店保留了足够多的深色木头和地毯，让多萝西·帕克[3]、哈罗德·罗

① 阿尔冈昆酒店（Algonquin Hotel）：一家1902年开业的历史悠久的酒店，位于纽约市曼哈顿中城西44街59号。酒店被指定为纽约市的历史地标。

② 《一个美国人在巴黎》（*An American in Paris*）：美国作曲家乔治·格什温（George Gershwin）于1928年创作的受爵士乐影响的管弦乐作品，是他最著名的作品之一。

③ 多萝西·帕克（Dorothy Parker，1893—1967）：美国诗人、作家、评论家、讽刺作家。

斯[①]、罗伯特·本特利[②]和其他人的鬼魂得以长久地盘桓于此。

米凯拉和吉恩在门厅里等我。当我们互相拥抱的时候，感觉好像我们只分开了五分钟，而不是两年。每当孩子们为失去搬走的朋友而烦恼时，我都向他们保证，距离对真正的友谊几乎没有影响。此外，与和你有共同经历的人断断续续地见面交流，就像最好的干邑白兰地，因为其稀有而更显珍贵。

“你见过玛蒂尔达吗？”米凯拉问道。

我在脑海中的她的朋友和同事列表里搜索着这个名字，就是想不起有个玛蒂尔达。

米凯拉指了指房间另一头的一只正忙着迎接宾客的灰白相间的布偶猫。

“酒店的猫。”米凯拉说，“自 20 世纪 30 年代以来，阿尔冈昆就有了玛蒂尔达。当然是不同的猫，但是名字都一样。除非它是公的，那它就叫作哈姆雷特。”

“真够莎士比亚的。”我笑道。

“嗯，我们是在剧院区，”米凯拉说，“这个名字是一个演员起的。”

我穿过房间，在玛蒂尔达身前鞠躬致意。我的敬意得到

---

① 哈罗德·罗斯（Harold Ross，1892—1951）：美国记者，1925 年与人共同创办了《纽约客》杂志，从创办到去世一直担任主编。

② 罗伯特·本特利（Robert Benchley，1889—1945）：美国幽默作家，以其作为报纸专栏作家和电影演员的工作而闻名。

了认可，因为我的手背获得了帝王般的一舔。

“玛蒂尔达有她自己的脸书主页。”米凯拉说。

那当然啦。有哪位自尊的酒店高管不会这么做？

我一直很喜欢格什温[①]，而《一个美国人在巴黎》是种美味的混合物。舞者们让我想起了波诺，以及它几乎脚不点地的那种轻盈。看着一个年轻人向后下腰，我倒抽了口冷气，并希望他不会在未来的几年里因为关节炎而变得僵硬。在我年轻的时候，我曾经认为跳舞和杂技是为了炫耀。近来，我会张大嘴巴观看，想知道人体如何能够做到这一点。

我及时赶上了一辆出租车，听到我的邻居对“亲爱的”道晚安……你先挂电话……继续……爱你……你还在吗？…哦。不，你挂了！

我认为猫的一个特点就是其隐身性。美国有大约8500万只猫，但只有约7500万只狗。猫被藏在房子和公寓里。它们从花园的墙头或篱笆下观察世界。猫监视人，但我们很少见到它们。它们是消失在篱笆后面的尾巴，是在窗户里颤动的窗帘。因为能意识到别人的敏感，猫们煞费苦心地不留痕迹。相比之下，狗则要求登上中央舞台。它们在人行道上随地大小便，认定会有人来处理此事。在上东区的街道上，似乎每

① 格什温（George Jacob Gershwin，1898—1937）：美国作曲家、钢琴家。他最著名的作品有《蓝色狂想曲》（1924）、《一个美国人在巴黎》（1928）以及《波吉与贝斯》（1935）。

三个人中就会有一个在遛用链子拴着的小纯种狗。我在宠物美容院外面停下来，看狗儿们被剪出稀奇古怪的造型。从狗狗日托中心的窗户朝里看去，是由哈巴狗、博美犬、迷你贵宾犬和梗犬构成的海洋。一个满脸倦容的女人拿着拖把跟在它们后面。她不会获得年度最快乐员工奖。

上次我在纽约的时候，我没有必要把地铁当回事。住在上东区则大相径庭。我发现，只要我避开交通高峰期，地铁系统就会显得陈旧得很可爱，而且与东京地铁相比，几乎算得上宽敞。我在某本书上读到过，避免与其他乘客有目光接触是种明智之举，但这几乎适用于如今的任何交通系统。

在中央车站下车后，我穿过熟悉的商店和一盒盒橙色郁金香，来到第二大道。纽约四季如春。我怀念许多的东西——火车在我脚下隆隆作响，蒸汽从格栅和检修孔喷涌而出，仿佛这座城市随时都会爆炸。还有消防栓。我知道的其他每个城市都有消防栓，你不会看它们第二眼，但纽约的消防栓是微型艺术品。我在那家面包店停了下来，莉迪亚和我曾在那里消灭了一块拥有 100 万卡路里的糕点。为了过去的缘故，我点了一份，这是种犯罪，因为没有人可以与我分享它。就像某个正在回忆一个古老的爱情场景的人，我迷迷糊糊地走到第 44 街的拐角处。一旦那些卖手袋的人认定我不是个潜在的客户，就不再理睬我。在我们的老房子外面，还是那个老乞丐正在台阶上晒着他的残肢，嘴里嚼着一样从纸袋里拿出的东西。我真希望当我住在那儿的时候能勇敢地和他交朋友。

站在人行道上，凝视着他头上方的那扇装着心形锁的红门，我几乎感觉自己又回到了家。虽然我对周围的环境非常熟悉，但我又变回了一个局外人。即使我能算出哪个蜂鸣器属于帕特里克，他也很可能忘记了我。我并不曾在他的生活表面激起过一丝涟漪。两年内，一切都没有变，一切又都改变了。波诺和我不再住在那里了。

像猫一样生活

波诺教会我的东西。

再次见到波诺的希望越来越渺茫。我断定这可能是件好事。它现在有了新的生活，肯定不会记得我了。再说，我没有权利闯入莫妮克的世界，去占有它的任何一部分。

米凯拉曾告诉我，不要错过位于东 47 街 333 号的纽约日本协会的猫展。日本人拥有悠久的爱猫史，一些木刻印板已经有几百年的历史了。亲密的家庭场景描绘了处于每种情绪下的猫——从凶猛的猎手到毛茸茸的玩具。我被一只坐在窗台上凝视富士山的哲人猫吸引住了。猫会陪伴人们走过其生命的每一个阶段。

在最近的一次对日本的访问中，我猝不及防地面对了仙台附近的灾难，2001 年，那里发生了海啸，整个乡村地区都被吞没。事件发生的多年后，我对大片仍然无法居住的沿海土地肃然起敬。成千上万的人仍然无家可归，为失去亲人而悲伤不已。虽然损失的规模比我经历过的任何灾难都要大，但我发现很多人都别无所求，只是想分享他们的故事。这是一种基本的需求，我很想知道，把悲剧事件安排成一种合乎逻辑的形式是否是帮助大脑适应创伤的方式。在人类层面上，每当来自这个有教养的、克制内敛的社会的陌生人想要分享他们的痛苦时，我都深感荣幸。通常，人们所需要的只不过是有人能以同情之心认真地倾听其心声而已。

海啸的一个未予言说的恐怖是如此之多的动物的死亡。也许有一两次像波诺这样的奇迹，但在大多数情况下，没有时间、也没有希望去拯救它们。我的东道主们给我看的坟墓比我一生中看到的还要多。祭奠的清烟在一排排闪闪发光的黑色墓碑上缭绕盘旋。一位老人弯腰把黄菊花放在一个坟墓上。一小群家人聚在一起，为另一个人默默地垂泪。

许多从疾病和悲剧中幸存下来的人让我想起了猫。就像在比德伟的笼子里的波诺一样，它们接受了可能要花很长时间沉浸在悲伤之中的现实。这并不能阻止它们偶尔跑出来追逐一只袜子。这几乎就像是，它们经历过的痛苦体验使它们有了装备，能够去品味活着的喜悦。

虽然波诺的前景堪忧，但它并未紧张不安地为以下这样一个问题而担心或烦恼：如果飓风桑迪不曾让它失去家园，情况会有何不同。

那只狮猫每天都怀着好奇心迎接清晨的太阳。它每时每刻都在冒险。无论是蟑螂还是毛茸茸的玩具猫，它从不感到失望。

对波诺来说，每一天都是好日子，只因为它身在其中。它可能会被墙上的一道反光迷住，也会花上几个小时去追逐一个皱巴巴的纸团。

波诺知道如何照顾自己。它花几个小时去梳洗皮毛，重新打理它的狮子般的造型，然后在它最喜欢的带黑色波点花纹的白色靠垫上晒一下午的太阳。

然而，波诺仍然不失其野性的一面。它韧性十足，只要愿意，它随时都能超过我。

它对人的判断来得很慢，而如果有必要的话，它消失得很快。

波诺知道如何去爱，虽然我花了一段时间才发现这一点。它也很勇敢。不管它过去受过多么残酷的折磨，它仍然拥有足够多的残存的信任，怀着深厚的感情来接受莉迪亚和后来的我。

它是个很好的倾听者。

波诺愿意原谅别人并且继续前进。它明白生活总是在变化，最终，你不得不顺其自然。

它知道每一天都弥足珍贵，因为我们都很脆弱，我们在地球上的存在是短暂的。它太忙于活着，没有时间去担心死亡。

在波士顿爆炸案发生后的焦虑日子里，波诺知道我需要安慰。我毋须恳求，它自会给我温暖和陪伴。它让我确信，我决不会感到孤独。它从不会因为“太忙”而不去帮助朋友。

波诺怀着感激之情迎接每时每刻，这赋予了它力量和天生的优雅。正因为如此，人们对它产生了好感。然后，喜欢波诺的人们开始温暖彼此。

晚上，它坐在窗台上，抬头望着月亮，惊异于自己还活着的奇迹。

像所有的猫科动物一样，波诺有崇高的风范。无论发生什么事，我都打算像只猫一样度过余生。

我清楚地记得你哦

救援猫变身为摇滚明星。

就在我接受了波诺和我注定无法再见面的可能性的时候，米凯拉打来电话，发出了一个让人呼吸停止的邀请。

她说，波诺将很乐意在莫妮克和贝瑞的公寓里用饮料来招待客人，然后她会在自己家里请所有人吃晚饭。自从我和那位高僧会面以来，我还从未感到如此既高兴又紧张过。

在米凯拉和莫妮克居住的切尔西区，有太多的东西值得去爱。一个由移民、同性恋和创意人士组成的快乐大熔炉给这个地方带来了宽容的波西米亚精神。就像纽约的每个角落一样，这一地区也是大名鼎鼎。用不着舍近求远，光是看看位于西 23 街 222 号的红砖砌成的切尔西酒店就知道了。1953 年，当迪伦 · 托马斯[①]患上晚期肺炎时，他就住在那里。多年

① 迪伦 · 托马斯（Dylan Thomas，1914—1953）：威尔士诗人、作家，作品包括《不要温和地走进那个美好的夜晚》和《死亡没有统治权》。

后，希德·维瑟斯①的女友南希·斯庞根②的尸体在一个房间里被发现。马克·吐温③、田纳西·威廉姆斯④和查尔斯·布考斯基⑤都曾在它的四壁内挥洒笔墨。

米凯拉大楼里的门卫微笑着向我打招呼。

“我们一直在等你。”他说，示意我坐在大厅里的一把舒适的椅子上，同时打电话通知米凯拉我的到来。这座建筑同我和波诺曾出没其中的那个破旧的单室套公寓有着天壤之别。难怪米凯拉来看我们的时候显得有些吃惊。当她出现并护送我上电梯时，我几乎被紧张压垮了。

“它还害怕陌生人吗？”当电梯叹息着关上门时，我问道。

一个人对猫的要求只能有这么多。我很清楚人类和猫的

① 希德·维瑟斯（Sid Vicious，1957—1979）：英国贝斯手和歌手。作为朋克摇滚乐队“性手枪”（Sex Pistols）的一名成员，他取代了格伦·马特洛克（Glen Matlock）的位置而声名鹊起。

② 南希·斯庞根（Nancy Spungen，1958—1978）：英国性手枪乐队贝斯手希德·维瑟斯的美国女友，也是20世纪70年代朋克摇滚乐坛的重要人物。1978年10月，斯庞根被发现死在切尔西酒店房间的浴室里，腹部被刺伤。斯庞根的生死一直是音乐历史学家和“性手枪”迷们争论的话题。

③ 马克·吐温（Mark Twain，1835—1910）：美国作家、企业家、出版商和讲师。他的代表作包括《汤姆·索亚历险记》（1875年）及其续集《哈克贝利·费恩历险记》（1885年），后者常被称为“伟大的美国小说”。

④ 田纳西·威廉姆斯（Tennessee Williams，1911—1983）：美国剧作家。他被认为是20世纪美国戏剧史上与尤金·奥尼尔（Eugene O'neill）和阿瑟·米勒（Arthur Miller）比肩的最重要的三位剧作家之一。

⑤ 查尔斯·布考斯基（Charles Bukowski，1920—1994）：出生于德国的美国诗人、小说家和短篇小说作家。

全部关系都建立在猫是否愿意同你交往的基础上。而不是正相反。

对我而言，波诺已把纽约变成了一个门上有颗心的家。如果世上真有“命中注定要在一起”这样的事情，我们在那个神奇的月份里就是这样度过的。我还像那时一样爱它，但现在我完全不指望得到任何形式的承认。作为一种保护措施，我在脑海里一遍又一遍地重复着这句咒语：它不会认出你的。

“它通常会在前门迎接我。”米凯拉说。

这听起来不像过去那个一听到门把手的咔哒声就直扑床底的动物。我们走出电梯时，我屏住了呼吸。穿过走廊，一扇门嘎吱一声开了条缝。我等着莫妮克的出现。相反，在下方的地面上，露出了一只高贵的黑猫的头。它怀着领主的自信把门推开，扬起表示欢迎的尾巴，朝着我们走来。

“这不可能是波诺！”我低声说，蹲在地板上，伸出手去。

令我高兴的是，它走上前来，亲切地蹭了我一下，表示对我的敬意。如果它真的是波诺，它也不再剪狮子的造型了。它的皮毛如闪闪发亮的窗帘。这只打扮精致、容光焕发的动物，在任何宠物展上都配获得蓝丝带。

我犹豫起来。这一定是那两个女人编造的某种玩笑。莫妮克很可能养了不止一只猫，而真正的波诺正躲在公寓里的某个角落里。

正当我要叫米凯拉摊牌的时候，那只猫抬起头，用一双琥珀色的交通信号灯似的眼睛凝视着我。它们明亮而清晰。

我以前担心的那种看上去不大健康的油膜不见了。这只美丽的动物发出悦耳的叫声。然后它转过身去，伸直了它的后腿，采用的是毋庸置疑的阿拉贝斯克舞姿。

波诺也许还没认出我来，但是莫妮克和贝瑞认出了我。我们互相拥抱，发出大笑，而此时，他们的猫主子则在他们的公寓里从容不迫地四处闲逛。这所房子暴露了其主人的强迫症。除了我听说过的七层高的猫塔，这个地方到处都是逗猫的玩具和钓鱼线。莫妮克和贝瑞的公寓拥有一整个宠物店的物品——所有的一切都只为一只猫。

当波诺坐进一只纸板箱里时，我们谁也不能把视线从它身上移开。

“它喜欢盒子。”莫妮克说。

我感到一阵遗憾。波诺和我在一起的时间不够长，所以我没发现它对盒子情有独钟。天知道，如果有人告诉我，我就会给它找来二十个。另外，也许它需要莫妮克的爱所带来的安全感，才能让它放胆去享受纸盒带来的快乐。当我看到它身上的变化时，我复杂的情绪消失了。这只精力充沛的小救援猫已经变成了摇滚明星。

“它是个极其友好的小家伙。”莫妮克说，“它的健康状况极佳。”

莫妮克是最骄傲的母亲，她微笑着俯视着波诺。

“当莫妮克和贝瑞离开时，波诺有时会和我的三只猫一起待在楼上。”米凯拉补充道。

“那是当我的父母愿意让它去的时候。”贝瑞说，“在医学院，我们从未学习过有关治疗猫的知识。但波诺绝对是我父母的治疗猫。他们总是问它是否能和他们待在一起。他们喜爱它。这真的让我看到了治疗猫的力量。”

考虑到贝瑞是被骗去领养波诺的，我很高兴他的爱意是如此显而易见。也许，像大多数男人一样，他花了更长的时间来掌握为人父母的窍门。

喝了一杯酒后，我们离开波诺，乘电梯到米凯拉家吃晚饭。这不是我第一次对纽约人怡然自得地适应垂直生活的程度印象深刻。吉恩向我们打了声招呼，当我站在起居室的窗前，一时说不出话来时，他又为我斟上了更多的酒。

我感觉帝国大厦近得几乎触手可及。在它的一边，克莱斯勒大厦的顶端像个厚脸皮的堂兄弟般露了出来。杏色的云朵在屋顶花园的高处聚集。我微笑地看着那些古怪的木制水塔，它们几乎耸立在每座建筑物的顶部。它们的外形很像中世纪的干草堆，给天际线带来了一种异想天开的气氛，但正如每个纽约人都知道的那样，它们的功能是21世纪的。每幢超过六层楼的建筑都必须有座水塔和抽水系统来提供水压。

我被第八大道上的红色尾灯河流迷住了，我问米凯拉，她一天中最喜欢在什么时候来欣赏这一奇观。她把头歪向一边，好像从未想过这个问题似的。

“天黑以后，当华灯初上之时。”她说，“但接下来我喜欢的是黎明，那时城市很安静，人们还没有开始工作。”

我试着想象没有汽车尾灯的景色。

“冬天也很神奇。”她补充道，“这些建筑都笼罩在薄雾之中。”

我开始意识到，生活在一幅堪比拼图玩具的全景图中，从来不会有什么糟糕的时光。最重要的是，我悄悄地注意到，她的公寓通过了我的“裸奔”规则。

一旦我设法将眼球从那景色上挪开，米凯拉便把我介绍给她的毛皮家族，它们三个都是几乎不敢相信自己的运气的救援猫。

“来见见贝儿·阿米。”米凯拉说道，怀里抱着一只有着灰色和黄色斑点和漂亮的粉色鼻子的白色母猫，“2003 年，当它还是只小猫时，我收养了它。它是我的依偎女王，不是吗，小姑娘？它每晚都睡在我的两膝之间。”

我跟着米凯拉来到一间卧室，在那里，阿尔卡特拉兹正躺在床脚边的一条毯子上。它是只英俊的白色公猫，身上有黑色的斑纹，还有一条毛茸茸的尾巴。

“那是阿尔卡特拉兹。”她说，“它是 2008 年搬进来的，那时它才六周大。这是它自己的毯子。它每晚都睡在我的脚边。它的神经高度紧张。我称它为我的挠耳迷。”

一只黄白相间的小老虎向我们扑来。

“小心。伦吉尔来了！”

“它是一家之主，对吧，伦吉尔？”米凯拉把猫抱进怀里说，“这一只会责无旁贷地把它路上遇到的所有纸巾和卫生纸都撕碎，是不是啊，小姑娘？”

自从伦吉尔于2014年搬进来后，它便一直睡在米凯拉的左肩附近，近到偶尔会大声咀嚼她的头发。

这使我想知道，我怎么会因为睡在一只猫的下面而抱怨个不休。米凯拉是埋在它们下面度过夜晚的。

当我们把盘子刮干净时，天空暗了下来，城市成了一种辉煌盛大的奇观。那是个如此美丽的夜晚，充满了爱和幸福，我的一部分想要抓住它，把它装进一只瓶子里，就像老妈的桃子那样。但我终于明白，生活中最基本的艺术就是优雅地度过美好的时刻（以及不那么美好的时刻）。当我谢过所有人并准备离开时，莫妮克问我是否愿意同波诺单独待上一会儿。我马上就同意了，乘电梯与她重新回到楼下。

“你去吧。”她说，一面打开了前门，“我就在门口外面等着。”

当我走进去时，波诺正在纸板箱里打瞌睡。

“你好，老伙计。”我说，弯下腰，慢慢地向它走去。

它摇了摇困倦的脑袋。我问它是否还记得莉迪亚和我们破旧的老公寓。

“近来你过得像个国王，是吗？”我伸出手说。它抬起威严的下巴，让我挠了挠它。

“还记得你把壁炉堵起来的时候吗？”我说，眼泪突然从我的脸颊上滑落下来，“你在想什么呢？”

波诺低下头，发出一声清脆的呼噜声。我用手抚摩着它那被茂盛的皮毛所覆盖的脊椎骨，很高兴地发现那些肋骨架的尖锐边缘已经被填得满满的了。

“如果你认不出我来也没关系。”我哽咽着说，将眼泪从下巴上擦去，“我真为你高兴。”

我吻了吻它的头顶，站了起来。当我走向门去同莫妮克会合时，有件事让我转过身去看了最后一眼。

有人说，猫会懒洋洋地眨眼睛，以此来表达对人类的爱，也有人称之为“眼之吻”。当波诺抬头看着我，眨着那双猫头鹰般的眼睛时，一道电流在我们之间穿过。当它向我发出金色的爱的光芒时，我知道它是在告诉我，它没有忘记我们在一起的时光，它对它的新生活充满感激之情。就在这时，我听到了那我没有预料到或不希望听到的话，但它们清晰地出现了，而且用的是最亲切的声音：“现在你可以回家了。”

分离的岛屿

两只猫的故事。

我第二次去纽约之后，发生了一些非比寻常的事情。首先，蚂蚁消失不见了。我不知道为什么，除了这样一个事实：它们和我们在一起这么多年，我已忘记了恨它们，这证明了我关于敌人需要以仇恨为食的理论。

其次，通过一些理疗和普拉提课程，我的膝盖恢复了正常。

最后，我们做了件我一向认为是我最不可能同意的事。我们实现了菲利普的梦想，买了一幢海滨小屋，还买了一艘轻便的小船。这是菲利普岛（Phillip Island）（与我丈夫的姓名不同的是，它有两个 L）上的一栋 20 世纪 60 年代的凌乱的小木屋。从墨尔本开车到这个岛大约需要两个小时，它一向不是人们趋之若鹜之地，而我认为这正是它的好处。虽然它比曼哈顿略大一些，但只有 11000 名永久居民。就像曼哈顿一样，它与大陆相连——在这里，是由一座640米长的桥连接起来的。就像在纽约一样，这个岛上的人可以容忍一定程度的怪癖。保险起见，比较到此结束。

这个岛是冲浪者、农夫、环保人士和一些艺术家的家园，其崎岖的景色让我想起了我在新西兰长大的沿海地区。未经驯化的冲浪海滩让位给了受到庇护的黄金海岸。

我喜欢脚踏实地的岛民，喜欢清澈明净的咸味空气，喜欢海浪从南极大陆翻卷而来砸在岩石上的方式。但我喜欢这个岛的主要原因是，它是少有的野生动物在这里向坚持不懈的人类致敬的地方之一。海洋里有成千上万的海豹和企鹅，因而显得生机勃勃。当地的长着石灰绿色喙的巴伦角雁大摇大摆地走在路上，因为它们知道，任何轮子上的东西都会为了它们而停下来。袋鼠会定期来访我们的后院。

早上，当我们被黑美冠鹦鹉的叫声吵醒时，我静静地躺着，等待烤吐司上刮起果酱的声音。我意识到，没有什么比一起生活了二十多年的丈夫给还在床上的妻子端来茶和烤吐司更浪漫的事了。想想我竟浪费了那么长的时间来反对他的海滩小屋梦想。当然，这意味着有时得铺额外的床，但访客会自带床单，而且总是会有人拿起抹布。莉迪亚和雷蒙慷慨地捐赠了一台机器人吸尘器，它会在地板上旋转着收集我所担心的沙子。至于约拿，它很乐意花两个小时坐在它位于后座的猫笼中，以换取懒洋洋地躺在阳光下的一把沙滩椅的椅背上，度过一个长长的周末。

这所老房子似乎有可扩展的墙壁，这样一来，当菲利普的父亲从新西兰来拜访时，它便可以高高兴兴地容纳下四代人。在圣诞节和生日的循环中，我注视着我们的孙女们沉浸在将会进入她们晚年的记忆中的时刻。

我最喜欢的时刻是只有我俩（还有约拿）在一起的时候，房子将我们拥入其怀抱之中。一旦菲利普查看了潮汐且大海看起来足够驯服时，我就会帮着他让船下水。在水面上，工作日从他的脸上消失了，我看到了多年前我爱上的那个男人——现在依然爱着。

当一只海豚从浪尖上跃起，带着好奇的目光向我打招呼时，我意识到，我不需要担心自己会变老。现在最重要的是继续成长。

岛上的夜晚可能很冷。在熊熊的篝火前喝下一杯红葡萄酒后，我们一头栽倒在床上，约拿热乎乎地蜷缩在我们的脚部。当我们依偎在床单下时，我会伸手去摸菲利普的法兰绒睡衣以感受那松软的暖意。不知何故，绿格子花呢与这个岛堪称绝配。事实上，它们非常适合这些环境，所以我给自己也买了一套红色的来搭配。

一位土著居民曾告诉我，人的一生中，无论他走到哪里，都会留下银色的足迹。即使有人离开了一个地方，搬到另一个地方，他们的精神轨迹依然会留存下来。我的一部分将永远属于拥有波诺的纽约，属于新西兰和我热爱的世界的其他角落。如果我能有一千条生命，我会把它们交付给其中的每一个地方，让它们成为我的家园。现在，我所拥有的就是今生，此刻。

波诺提醒我要乐观，要有一颗伟大的心。像它一样，我尽量不把时间浪费在沉湎于我已失去的东西以及我所剩下的时间太少上。恐惧是不相干的。我们的来处与去处并没有太大的不同。

我赤脚走在沙滩上，体味着像冰镇香槟般冲刷着我的脚趾的海浪。有了家庭、友谊和持久的婚姻，生活就是完整的。多亏了波诺，我不再焦躁不安。永远的家是无价之宝。